Presque génial

DU MÊME AUTEUR :

LA FIN DE LA SOLITUDE, SLATKINE & CIE 2017, LE LIVRE DE POCHE 2018
LE DERNIER ÉTÉ, SLATKINE & CIE 2018, LE LIVRE DE POCHE 2019
LA VÉRITÉ SUR LE MENSONGE, SLATKINE & CIE 2019, LE LIVRE DE POCHE 2020

CET OUVRAGE
A BÉNÉFICIÉ DE L'AIDE DU PROGRAMME
DE PROMOTION DE LA TRADUCTION
DU GOETHE INSTITUT

GOETHE INSTITUT

TITRE ORIGINAL :
FAST GENIAL

WWW.SLATKINEETCOMPAGNIE.COM
ISBN 978-2-88944-147-1

Benedict Wells

Presque génial

Traduit de l'allemand
par Dominique Autrand

Slatkine & Cie

Pour Helene et Adrian,
qui sont comme une sœur et un frère pour moi

D'après une histoire vraie...

« Là où je suis, je ne sais pas, je ne saurai jamais, dans le silence on ne sait pas, il faut continuer, je ne peux pas continuer, je vais continuer. »

Samuel Beckett, *L'Innommable*

Sommaire

Un jour, en 2005

Claymont

1

«Je vais me barrer!»

Francis était, comme souvent, à la clinique psychiatrique, sa mère à côté de lui. La chaise était trop petite, le dossier lui rentrait dans le dos. Il avait fermé les yeux et s'imaginait sauter d'une falaise et plonger la tête la première dans la mer.

«Je vais m'enfuir ou prendre un avocat, disait sa mère. Tout ça c'est ta faute, Francis, tu as foutu ma vie en l'air!»

Depuis qu'il l'avait fait hospitaliser, avec l'aide des urgences psychiatriques, elle était passablement remontée contre lui.

Ils attendaient le médecin. Francis prit une pièce dans sa poche. Face, tout finirait bien, pile, ce serait le contraire. Il lança la pièce de dix cents et la rattrapa sur le dos de sa main. C'était le moment: pile ou face, il allait vérifier. La porte s'ouvrit et le Dr Sheffer, le nouveau chef de service, entra.

Il adressa un signe de tête à Francis et effleura les épaules de la femme de quarante ans assise sur sa chaise et qui paraissait complètement absente.

« Elle est dans cet état depuis quand ?

— Une semaine à peu près.

Francis se frotta les yeux.

» Depuis, elle est complètement folle, si on peut dire ça comme ça. »

Oui, on peut dire ça comme ça, pensa-t-il.

Le médecin prit des notes et parcourut le dossier, on lisait sur la première page « Katherine Angela Dean ».

« Votre mère souffre de troubles schizo-affectifs bipolaires ?

Francis haussa les épaules.

— Ça dure depuis des années. Si en plus elle arrête de prendre ses médicaments, c'est l'effondrement total.

— C'est bien ce que je pensais », dit sa mère.

Elle semblait se parler à elle-même et secoua la tête. Le Dr Sheffer la regarda. Ses cheveux noirs lui pendaient sur le visage, ses yeux étaient cernés et, malgré la fatigue, elle avait du mal à rester en place. Même dans cet état, sa beauté restait inaltérable.

Francis parla de sa maladie et de son agressivité à son égard : elle ne dormait quasiment plus, elle se sentait persécutée par ses voisins et par Ryan son ex-mari.

« Elle a même jeté nos téléphones portables parce qu'elle croyait qu'on y avait inséré des mouchards. »

Sa mère répondit à son regard. Soudain, elle lui pressa gentiment la main. Francis pressa la sienne à son tour. Il oublia un instant sa folie et se sentit proche d'elle, comme autrefois, lorsqu'il était enfant, et la revoir ici pour la troisième fois lui brisa le cœur.

« Quel âge avez-vous ? lui demanda le médecin.

— Presque dix-huit.

— On vous donnerait plus. »

Francis entendait ça très souvent, il ne savait jamais que répondre.

Le Dr Sheffer survola de nouveau le dossier.

« Vous avez des frères et sœurs ?

— Oui, Nicky, mon demi-frère. Mais il vit maintenant à New York chez mon beau-père. Maman et moi, on vit seuls.

— Et votre père biologique ? »

Francis regarda le plancher. C'était LA question. Il ignorait qui était son père. Sa mère n'avait jamais voulu le lui dire. Elle avait simplement mentionné, une fois, une brève liaison avec quelqu'un qui venait de très loin. « Très loin » pouvait signifier beaucoup de choses, son père était peut-être australien ou anglais. Mais derrière ce « très loin » se cachait plus vraisemblablement un connard de yuppie qui voulait voir L.A. et qui avait baisé sa mère à la sortie d'un match des Lakers. Elle était pom-pom girl et avait beaucoup d'admirateurs, l'un d'entre eux avait apparemment balancé ses gènes dans le circuit et engendré un fils sans le savoir.

« Je ne connais pas mon père. Je ne sais même pas comment il s'appelle.

Le Dr Sheffer hocha la tête et referma le dossier.

— Avec nous, votre mère est entre de bonnes mains, dit-il. L'essentiel, c'est d'abord qu'elle se repose et qu'elle dorme. »

Autrement dit, ils allaient la bourrer de médicaments et la garder en psychiatrie.

On frappa. Le gros infirmier, que Francis connaissait déjà des précédents séjours, entra en traînant les pieds.

« Bon, alors, je vous emmène dans votre chambre, Mrs Dean. »

Il la guida patiemment vers la porte. Francis se leva et remercia le Dr Sheffer. Ils se serrèrent la main. Le médecin le regardait de haut et serrait particulièrement fort, comme la plupart des hommes qui ne sont pas grands. Francis attrapa la valise de sa mère et la suivit.

En marchant dans le couloir, il appréhendait déjà les blagues nulles de Steve. Ils entrèrent dans la chambre 039. Sa mère déballa ses affaires avec un calme et un soin étonnants. Francis s'adossa à la porte et ferma les yeux, lui non plus n'avait pas beaucoup dormi ces derniers jours. Il pensa à ses camarades qui étaient en train de déjeuner en famille ou de traîner dans le centre commercial.

Steve tenta de lui remonter le moral.

« Hé ! dit-il en ricanant, il faut combien de blondes pour visser une ampoule ? »

Francis ouvrit de grands yeux et regarda l'infirmier en fronçant les sourcils. Comme ça ne suffisait pas, il ajouta un haussement d'épaules.

« Cinq ! Steve écarta les doigts d'un air triomphant. Une pour tenir l'ampoule et quatre pour faire tourner l'échelle ! »

Francis esquissa un sourire pour ne pas lui mettre la honte.

Sa mère sortait de son sac une photo encadrée : un grand garçon brun, large d'épaules avec une veste de sport, l'air épuisé mais content. À l'époque, il venait de gagner un combat de lutte important. Ça remontait à loin, comme la plupart des photos où il avait l'air content.

Pendant que sa mère continuait à déballer ses affaires, il regarda autour de lui. Le linoléum du couloir couinait à chaque pas. Les infirmières du service le connaissaient, elles lui jetaient des regards compatissants. Il se disait parfois que ce n'était pas parce qu'il avait ce problème avec sa mère, mais parce qu'il avait *en plus* ce problème avec sa mère. La plupart des gens le prenaient pour un raté sans aucun avenir, ou pour un géant débile, et il lui était assez douloureux de ne pas pouvoir leur prouver le contraire. Pourtant, il était très bon élève autrefois. Il n'arrêtait pas de sortir des phrases qui épataient les profs.

Enfant, il avait même une fois été dans les meilleurs à un test d'aptitude. Certains en avaient déduit qu'il était peut-être surdoué. « Frankie, mon petit génie ! », lui disait souvent sa mère en ce temps-là. Par la suite, il n'avait plus fait grand-chose qui aille dans ce sens, maintenant il se réjouissait que l'école soit devenue le cadet de ses soucis.

Le blanc des murs de la clinique avait jauni au fil des années, la télévision diffusait un documentaire, Francis vit quelques patients passer furtivement dans le couloir comme des zombies, en pantalon de jogging ou en short, les cheveux gras et sales. Certains marmonnaient dans leur barbe, d'autres regardaient dans le vide, d'un air hébété, abrutis par les sédatifs. *Bon décor pour un film d'horreur*, se dit-il.

Les chambres des patients étaient fermées, une seule avait la porte entrouverte. Francis tomba en arrêt. Dans l'entrebâillement, il aperçut une fille, en jean noir et soutien-gorge, en train d'enfiler un T-shirt. Sa tête avait disparu sous le T-shirt, il vit ses seins, puis son visage émergea, peau blanche, cheveux noirs aux épaules, une bouche à la courbure délicate. Et aussi de grands yeux foncés – qui regardaient maintenant vers la porte.

Francis prit peur, il ne savait pas ce qui s'était passé. On lui avait attrapé la tête, on l'avait plongée plusieurs fois dans l'eau glacée. On l'avait allongé sur une catapulte et propulsé à mille mètres d'altitude. On avait frappé sa poitrine de plein fouet, mais ça ne faisait pas mal. Tout ça en même temps. Il était 14 h 32, la vie de Francis Dean venait de basculer.

Il ne pouvait détourner son regard de la fille. Elle avait des piercings aux oreilles et dans le nez, ses poignets étaient bandés, sans doute son ticket d'entrée pour la chambre 035.

Elle parut d'abord s'en vouloir d'avoir laissé la porte ouverte, et puis elle s'en prit à lui.

« Casse-toi, espèce de voyeur !

— Je ne voulais pas... Je passais juste... »

Elle lui fit un doigt d'honneur et lui claqua la porte au nez.

Francis resta un instant planté devant la chambre et lut ce qui était écrit sur la plaque : « Anne-May Gardener ». Il retiendrait ce nom.

2

Claymont était un trou sur la côte est, juste assez grand pour disposer de l'équipement standard d'une petite ville – McDonald's, Papa John's, Starbucks, Walmart, Subway et Lucky Brand Jeans – mais un peu trop petit pour avoir droit à des festivals ou à une université. Si on voulait faire quelque chose de sa vie, on quittait Claymont tout de suite après l'école.

Ceux qui restaient souffraient d'un complexe d'infériorité parce qu'ils vivaient là, et pas cent miles plus haut, à Jersey City. Les gens de Jersey City avaient des complexes parce qu'ils vivaient là-bas et pas à New York. Mais les plus complexés, c'étaient ceux qui nichaient à la sortie de la ville, dans le *trailer park*[*]

---

[*] Il existe environ 50 000 *trailer parks* ou *mobile home parks* aux États-Unis, où échouent des familles entières, en dessous du seuil de pauvreté, parfois acculées à la délinquance, comme l'a popularisé la série *Trailer Park Boys*.

de Pine-Tree. Il y avait des dingues, des losers, des familles brisées. Même les enfants avaient l'air perturbés, avec leurs têtes tondues, leurs dents gâtées et cet air ahuri de ceux à qui la vie a choisi d'agrafer l'ignorance sur le visage.

Francis vivait là avec sa mère depuis deux ans et demi. Comme elle était malade, elle avait perdu son travail de secrétaire dans une agence immobilière. Tout de suite après, son beau-père avait spéculé en Bourse. Le peu qu'il leur donnait ne suffisait plus à payer le loyer de leur appartement dans le centre. Ils avaient d'abord logé dans un Motel 6 et finalement déménagé dans un des soixante-dix mobil-homes délabrés, à la lisière de Claymont.

Au début, Francis avait été déboussolé, maintenant il s'en fichait. De temps en temps, il entendait la police venir arrêter quelqu'un, ou il assistait à une bagarre qui laissait un type à moitié mort sur le carreau. Mais un gars comme lui, surentraîné et qui faisait plus d'un mètre quatre-vingt-dix, s'en sortait très bien dans la rue. Il y avait aussi des gens normaux et gentils dans le lotissement. Son voisin Toby Miller par exemple, qui dealait toutes sortes de substances pour que sa famille puisse boucler les fins de mois. Toby rêvait de partir un jour, d'aller à Williamsburg. Il ouvrirait un bar, trouverait une femme et commencerait une nouvelle vie. Le problème, c'était que tout le monde ici éprouvait un jour ou l'autre la même impression. À douze ans, à seize ans, certains même dès la naissance. L'impression que personne ne s'en allait jamais d'ici.

Quand Francis poussa la porte moustiquaire de son mobil-home ce jour-là, il était plus heureux qu'il ne l'avait été depuis longtemps. *Anne-May Gardener*. En d'autres circonstances, le contact entre elle et lui se serait limité au strict nécessaire. Elle aurait été mannequin et lui, justement lui, employé chez Wendy's dans l'équipe du soir. Elle serait venue le trouver à la caisse, elle lui aurait commandé une salade et un cheeseburger.

> *Anne-May. — Une salade et un cheeseburger, s'il vous plaît !*
> *Francis. — Voilà, ça fait 2,90 $. Tu ne préfères pas le maxi-menu-éco avec frites à 3,80 ?*
> *Anne-May. — Non, merci.*

Voilà ce qui se serait passé, leur échange ne serait pas allé plus loin. Mais maintenant elle était à la clinique, à quelques chambres de sa mère, et elle était visiblement cinglée. Avec un peu de chance elle n'était pas près de sortir et il aurait tout le temps de nouer le dialogue. Demain en sortant du lycée il irait rendre visite à sa mère et passerait voir Anne-May par la même occasion, pour s'excuser de l'avoir reluquée, ensuite il lui raconterait que sa mère était là aussi et que c'était pour ça qu'il était complètement tourneboulé, et

Anne-May aurait peut-être pitié et parlerait avec lui. OK, le coup de la pitié était assez minable, mais *who cares*, l'essentiel était d'entrer dans le jeu.

Francis alla dans sa chambre, une petite pièce avec quelques posters et un vieux PC. Le téléphone sonna, il laissa sonner, la plupart des appels n'annonçaient rien de bon. Ça pouvait être la clinique, ou le lycée, ou pire encore, un des ex de sa mère. Après le divorce, elle se cramponnait toujours à des types riches, elle lui en parlait avec enthousiasme, rêvait d'un avenir meilleur avant de se faire chaque fois larguer. Maintenant, les amis de sa mère étaient tous des losers, certains auraient été mal barrés en cas de contrôle policier.

L'un d'entre eux, qui s'appelait Derek Blake, était passé une fois passablement ivre, après leur séparation, et il avait levé la main sur sa mère. Francis se trouvait là par hasard et l'avait défendue. Derek s'était rué sur lui comme un fou furieux mais Francis était un lutteur entraîné et l'avait aussitôt plaqué au sol, puis il lui avait balancé encore quelques coups de pied dans les côtes, l'avait attrapé par la chemise et jeté hors du mobil-home.

Le téléphone sonnait depuis plus d'une minute. Agacé il décrocha.

« Salut Frankie, c'est Nicky.

Il était content d'avoir répondu.

— Salut ! Qu'est-ce qui se passe ?

— La clinique a appelé papa. Il dit que maman est encore malade. »

Nicky reniflait, Frank essaya de le consoler au téléphone.

Il n'avait plus que de rares contacts avec son petit frère, la dernière fois qu'ils s'étaient vus, c'était quelques semaines plus tôt, pour les treize ans de Nicky.

Pour Francis, c'était la faute de son beau-père : Ryan Wilco. Francis avait trois ans quand sa mère avait rencontré dans un café un jeune avocat de Newark. Ils s'étaient mariés peu après et sa mère s'était retrouvée à nouveau enceinte, de Nicky. Pendant un certain temps, tout avait marché comme sur des roulettes. L'enfance de Francis avait été remplie d'excursions le week-end, de dîners tous ensemble, avec une immense chambre d'enfants et des lits superposés, il dormait en haut, Nicky en bas. À l'époque ils vivaient à Jersey City. Mais sa mère et Ryan s'étaient séparés moins de quatre ans et demi plus tard. Bagarre, action en justice pour la pension alimentaire, la totale. Nicky avait déménagé à New York avec son père. Sa mère et lui avaient échoué à Claymont. Une « ville en plein essor injustement sous-estimée, au cœur du New Jersey », disait le prospectus, autrement dit le trou du cul du monde. Sa mère voulait démarrer ici « une nouvelle vie ». « On va s'en sortir nous deux », lui répétait-elle comme un mantra. Six mois plus tard, elle atterrissait à la clinique pour la première fois.

« Dad pense que tu pourrais venir chez nous si tu veux », déclara Nicky.

Francis alluma une cigarette et inhala une longue bouffée. Il secoua la tête. Ryan lui manquait et rien ne lui aurait fait plus plaisir que d'habiter chez lui. Mais c'était terminé. Ryan avait été comme un père pour lui pendant des années, et après la séparation il lui avait carrément tourné le dos.

« Non c'est bon. Je reste ici.

— Dommage. On aurait pu jouer au basket. Maintenant je sais marquer des paniers. La semaine dernière j'ai battu Jamie dix à trois.

Dans son excitation Nicky parlait trop vite.

— Jamie Roscoe le voisin ? Il t'a toujours laminé.

— Oui, *avant* ! »

Francis imaginait son frère radieux, le téléphone à la main, et il sourit. Nicky était si petit que tout le monde avait fini par s'en inquiéter. Il faisait comme s'il s'en fichait mais Francis savait que ça le tracassait.

« Bon, d'accord.

Il écrasa sa clope.

» Je passe chez vous un de ces quatre et on se fait une série de paniers. Tu vas certainement me battre aussi. Tu deviens vraiment trop bon. »

Nicky gloussa dans l'appareil.

Après avoir raccroché, Francis fit le ménage. Il ramassa les affaires que sa mère lui avait jetées dessus, nettoya la cuisine étroite, les toilettes dégueulasses. Il répara même le robinet. Rafistoler un truc cassé faisait du bien. Le chat entra dans la cuisine ; son beau-père le lui avait rapporté du refuge quand sa mère était tombée malade pour la première fois. Le chat se lova autour de ses jambes en miaulant, Francis lui répondit par des miaulements. Ils parlèrent un moment ensemble sur ce mode, il aurait bien aimé savoir de quoi. Francis lui caressa la tête et vida un sachet de croquettes dans son écuelle. Pendant que le chat mangeait, il sortit ses billets de loterie de sa poche et s'attaqua aux zones à gratter. Le moment le plus excitant de la journée : il pouvait espérer pendant quelques secondes avoir gagné le gros lot et partir d'ici. Mais les billets étaient tous perdants.

L'après-midi, Grover pointa le nez dans sa chambre.

« Tu es là ! », dit-il en se laissant tomber sur le matelas.

Grover Chedwick était son ancien voisin et son meilleur ami. Il semblait vouloir cumuler tous les stéréotypes du nerd. Ses cheveux sombres étaient coupés trop court, il était grand, pâle et maigre, il portait des lunettes en corne et baissait tout le temps les yeux, si bien que même les ados de treize ans se foutaient de sa gueule. Pour des raisons inconnues, Grover se baladait en bottes noires même en été, en plus il portait toujours ces T-shirts avec devant une formule censée être drôle, du genre « FBI – Female Body Inspector ». Celui du jour était rouge pétard, avec le slogan « SAVE FERRIS* ».

---

* Save Ferris est le nom d'un groupe californien formé en 1995, dissous en 2002, qui est tiré d'une réplique du film d'ados *La Folle Journée de Ferris Bueller*, comédie américaine de 1986.

« Tiens.

Il tendit à Francis un paquet de feuilles.

» Je t'ai apporté les devoirs pour demain, au cas où tu voudrais les faire.

— Merci, c'est bon.

— La question était purement rhétorique. »

Grover parlait souvent avec un débit très lent comme si sa voix sortait d'une bande magnétique au ralenti, alors que ses pensées étaient plutôt en mode accéléré : c'était un génie de l'informatique, il avait des notes exceptionnelles et un QI très élevé. Deux boîtes d'informatique lui avaient déjà proposé de l'embaucher après l'université.

Il caressa le chat et demanda prudemment :

« Tu veux parler de ta mère, Francis ? »

Grover avait la manie de toujours nommer les gens à qui il s'adressait. Il n'avait pas l'air de s'en apercevoir. Il était d'ailleurs le seul à l'appeler Francis, tous les autres disaient Frank ou Frankie.

« Merci, ça va. »

Grover hocha la tête. Il ouvrit son ordinateur et ils se mirent à jouer à *Unreal Tournament* – comme tous les jours ou presque. Francis savait que c'était minable, mais ce serait quoi l'alternative ? Qu'un ami fils de millionnaire les invite à une garden-party estivale avec de jolies filles ? Comme dans les films : on entend les rires fuser et le *plop* des bouchons de champagne, on va se chercher à boire, on bavarde avec un tas d'abrutis et on se retrouve soudain à l'écart, debout à côté de la super-nana avec laquelle on a flirté toute la soirée, on papote un peu avant qu'elle vous prenne par la manche et dise : *Toi, je ne sais pas, tu es différent*, et dans la seconde qui suit on la regarde, on pose son verre et on l'embrasse...

Bullshit! pensa Francis. Jamais en mille ans ils ne seraient invités à un truc du genre, alors allons-y pour *Unreal Tournament*. En même temps, il n'avait pas de problèmes avec les filles autrefois. Il n'était peut-être pas le type le plus malin de Claymont et il ne pouvait pas non plus se payer des fringues de luxe. Mais il avait été dans l'équipe de lutte à l'école avant sa blessure au genou, et puis il n'était pas timide. Au contraire, il avait beaucoup d'amies en ce temps-là, il n'avait même pas besoin de se donner du mal. La poisse avait commencé avant même qu'il puisse coucher avec des filles. La plupart des soirées avaient lieu le week-end, et lui devait presque toujours travailler. On dit qu'une aura positive ça compte pour les femmes. Quand il se trouvait devant une fille, il pensait aux murs blancs de la chambre d'hôpital de sa mère, à l'herbe jaunie devant son mobil-home ou à ce sentiment de naufrage garanti quand il passait une épreuve écrite au lycée... Tu parles d'une aura positive !

Il alluma une cigarette et mentionna en passant qu'il avait fait la connaissance d'une fille à la clinique.

« Sérieux ?

Grover tapait sur son clavier d'un air concentré.

» Tu sais que les quatre premières secondes sont déterminantes. C'est là qu'une femme décide si elle veut de toi ou pas.

— Oui, bon, les quatre premières secondes étaient plutôt… *mitigées*.

Francis martelait lui aussi les touches ; son *alter ego* virtuel expédia deux adversaires dans l'autre monde.

— Elle aussi, elle est malade, Francis ? »

Francis haussa les épaules puis se mit à lui parler d'Anne-May. D'abord avec une certaine retenue, mais au bout de quelques secondes on aurait dit qu'il avait été à deux doigts de coucher avec elle.

Grover déglutit. Contrairement à Francis il n'avait pas la moindre expérience féminine. Quand on prononçait devant lui des mots comme « nichons » ou « mouillée », il devenait écarlate. C'est tout juste si des jets de vapeur ne lui sortaient pas des oreilles comme dans les BD. Francis s'en amusait. Grover devait se masturber cinq fois par jour mais coucher vraiment lui faisait sûrement peur. Non pas que la question se pose, grands dieux non, même pas dans cent ans, mais n'empêche, il avait certainement une peur terrible à l'idée de se retrouver un jour devant une femme nue.

Alors plutôt *Unreal Tournament*.

3

Francis ne voulait pas passer la nuit à la maison, ils montèrent dans la Chevy d'occasion que Grover avait eue pour son permis. Ses parents avaient de l'argent ; son père était le propriétaire de Spin Technology, une boîte qui fabriquait des programmes antivirus, sa mère était conseillère financière. Ils habitaient une petite maison blanche à bardeaux, dans le centre-ville. Un quartier où les rues étaient bordées d'érables immenses et portaient des noms prometteurs comme Lincoln Lane, Dublin Avenue ou Seahaven Boulevard. Avant d'être obligés de déménager, Francis et sa mère habitaient presque en face de chez les Chedwick.

« Oh ! Frank, mon pauvre ! dit la mère de Grover. J'ai appris pour Katherine !

Elle lui prit le bras.

» Hé ! Terry, Frank est là.

On entendit un grand bruit et le père de Grover – cent vingt kilos, barbe et casquette de baseball – entra dans la pièce.

— Ah, Frankie !

Sa main s'abattit sur l'épaule de Francis.

» Les temps sont durs, je sais. Mais je suis sûr que ta mère sera bientôt rétablie. »

Francis acquiesça. Bien sûr que sa mère serait bientôt rétablie, le problème était plutôt qu'elle se remettrait à aller mal un jour ou l'autre. Parce qu'elle semblait ne plus pouvoir échapper à la trinité diabolique : les hommes, la maniaco-dépression, le séjour en clinique.

Pour le dîner, il y avait des côtelettes, des pommes de terre et – on se demande bien pour qui – de la salade. Francis regardait les Chedwick couper leur viande en petits morceaux et l'enfourner dans leur bouche avec délice. Ils étaient tous les deux plutôt obèses, ils ne couchaient sûrement plus ensemble. Ils avaient déplacé le pôle du plaisir de la chambre à la cuisine. Pourquoi pas, ça avait l'air de leur réussir. Leur conception de la vie s'énonçait à peu près ainsi : *Quand tu es à court d'idées, fais griller un steak.* Francis trouvait ça très bien. La devise de sa mère était manifestement différente : *Si tu ne sais pas quoi faire, couche avec le premier type venu.* À déconseiller.

Contrairement à ses parents, Grover ne mangeait rien, il se contentait de boire du jus de fruits. Ses habitudes alimentaires ressemblaient à celles d'un boa constricteur. Il jeûnait pendant deux trois jours puis bâfrait soudain comme un malade, plusieurs pizzas ou des steaks qu'il mettait ensuite des jours à digérer. C'est peut-être pour ça qu'il était si maigre.

Ils passèrent le reste de la soirée dans la chambre de Grover. Les Chedwick avaient réhabilité le sous-sol et leur fils y régnait désormais sur un immense royaume des ombres, avec lit à deux places, écran plat et plusieurs ordinateurs. Aux murs, des posters de Lara Croft, du Grand Canyon et de batteurs célèbres. Grover possédait lui-même une batterie et, quand il n'était pas devant son ordinateur, il en jouait pendant des heures. Autrefois, il avait été batteur dans un groupe, et il s'était fait virer. Le coup de grâce porté à sa vie sociale. Depuis, il jouait tout seul.

Ils regardèrent une série. Grover devait aussi essayer des fringues que sa mère lui avait achetées : un jean taillé comme un sac et un pull en laine.

« Maman, il faut que tu arrêtes de me ramener des trucs.

Grover s'examinait dans le miroir d'un air renfrogné.

» Avec ça, j'ai l'air d'un prof pédophile.

— Allons donc, c'est idiot. Ce pantalon te va parfaitement.

— C'est un jean de *papy*, au lycée on se fait tabasser avec un truc pareil. »

Pour toute réponse sa mère lui caressa le bras et quitta la pièce. Grover la suivit des yeux en soupirant.

« Elle me rend dingue.

— Je l'aime bien ta mère, dit Francis.

— Oui, mais toi, elle ne te traite pas comme un gamin. Hier elle m'a fait la leçon parce que je buvais du coca après vingt heures. »

On frappa à la porte. Mr Chedwick entra pour leur dire bonne nuit. Il vit Grover devant le miroir et lui donna une tape affectueuse.

« Ta mère croit bien faire, elle m'a rapporté le même pantalon. Demain je te laisse de l'argent et tu vas t'en acheter un autre. Ça marche ?

— Ça marche ! »

Personne n'avait un sourire aussi large que Grover. Sa bouche immense découvrait deux rangées de dents étincelantes ; ses yeux brillaient derrière ses verres de lunettes.

« Et ce week-end on va jouer au billard avec mes petits gars.

Grover poussa un gémissement.

— Seulement si tu me promets de ne pas refaire ta ridicule danse de la victoire.

Son père rit.

— Tu veux dire celle-là ? »

Son corps massif se mit à décrire des cercles sans aucun rythme, il balançait les bras en même temps. C'était cocasse, Francis riait lui aussi. Allongé sur son matelas, en retrait, il regardait Grover et son père s'asticoter. Dans ces moments-là, il pensait souvent à son propre père. Où pouvait-il bien être ? Serait-il venu lui souhaiter bonne nuit lui aussi ?

Avait-il des enfants qu'il allait embrasser le soir? L'idée que son père ne savait rien de lui, qu'il aurait peut-être aimé être là pour lui pendant toutes ces années mais n'avait jamais connu l'existence de ce fils, le perturbait. En tout cas, il était quelque part là, dehors, Francis le sentait.

Une fois couchés, Grover et lui parlèrent de ce qu'ils voulaient faire plus tard. Francis évoqua Dave Larson qui était autrefois avec lui dans l'équipe de l'école et qui avait terminé le lycée deux ans plus tôt.

« À l'époque, il disait à tout le monde qu'il allait se barrer de ce trou et faire de la musique à Berklee. Et tu sais où je l'ai revu récemment?

— Où ça?

— Chez Denny's dans Johnson Road, à la caisse... Tu vois s'il est allé loin. »

Francis repensa aux yeux vides et sérieux de Dave, et à l'aura incroyable qu'il avait jadis. On le voyait toujours le sourire aux lèvres, entouré de jolies filles. Mais il avait raté le coche et maintenant il ne restait plus rien de tout ça.

Il donna une bourrade à Grover.

« Hé! t'en penses quoi? Tu crois qu'on s'en ira d'ici un jour? »

Grover haussa les épaules. Puis il se mit à parler d'un jeu de rôle qu'il voulait développer, un jeu de fantasy avec des guerriers, des maîtres d'armes, et des points pour mesurer la force ou l'empathie. Il voulait appeler son jeu *The Tales of Ashkalan*. Il savait probablement que tout ça était ridicule, mais il avait l'air de prendre vraiment son pied à en parler. Francis glissait une question de temps en temps comme on rajoute des bûches dans le feu.

La lumière éteinte, Grover ne tarda pas à ronfler. Francis se tournait et se retournait sur son matelas en écoutant le vent tourbillonner autour de la maison. Avant, il n'était absolument pas du genre à se prendre la tête pour tout, mais ces derniers temps il restait souvent éveillé la nuit. Il sentait sa vie se solidifier peu à peu. Pendant des années tout était resté tellement malléable, tellement ouvert, mais maintenant que sa scolarité se terminait, tout semblait se durcir, devenir froid et compact. Il pensa à sa mère. Comment était-elle enfant, quels avaient été ses rêves, ses attentes ? Et elle était à la clinique, malade et seule dans sa détresse. Francis fixait le plafond. Soudain il prit le large. Il quitta le *trailer park* et Claymont, laissa derrière lui le New Jersey, et courut, courut à travers forêts et vallons, franchissant des mers et des montagnes. Rien ne pouvait plus l'arrêter. Il courut jusqu'à ce qu'il soit libre et qu'il ait oublié tout ce qu'il y avait derrière lui. Il était en train d'imaginer comment ce serait quand il s'endormit.

Le lendemain, devant son casier, pendant la pause, Francis entendit des camarades parler du prochain week-end. À un moment, il saisit le mot « soirée ».

Il regarda dans leur direction quelques secondes dans l'espoir qu'ils lui adressent la parole, puis il prit son livre d'histoire et sa barre chocolatée dans son casier et alla en cours.

Il découvrit Grover devant la salle de dessin, entouré de deux garçons de son équipe de matheux, les Mathlètes. Ils parlaient d'un tournoi imminent contre d'autres lycées quand arriva Brad Jennings, un grand type bouclé avec des taches de rousseur. Brad était autrefois un gars tout à fait normal, il était nerd, lui aussi, et accro à *World of Warcraft*, et puis il avait joué contre les Franklin High en tant que *junior*. Il avait marqué dix-neuf points. Et encore davantage dans les matchs suivants. Après ça, on lui avait dit un peu trop souvent qu'il était le meilleur. Maintenant, il était puant.

« Salut, Chedwick, dit Brad.

Autour de lui il y avait ses potes et deux ou trois filles.

» C'est vrai, ce qu'on dit ? Il paraît que tu niques des chats. »

Quelques lycéens éclatèrent de rire. Grover sembla chercher une réponse drôle mais rien ne lui vint. Francis vit qu'il portait un T-shirt avec « ORGASM DONOR » écrit en lettres blanches. Il se demanda dans quel état d'esprit tordu était Grover quand il s'achetait ces T-shirts, comment il pouvait se regarder dans la glace avec ça sur le dos et aller à la caisse tout content.

Brad imita le miaulement de douleur d'un chat, nouveaux éclats de rire. Grover avait laissé tomber depuis longtemps. Pourquoi se défendre, tout ça était inéluctable, il n'avait pas d'armes, il n'avait rien. Et à quoi bon, de toute façon il avait déjà perdu son honneur et sa fierté pendant sa première année de lycée et il ne les avait pas retrouvés depuis. Il regarda autour de lui, cherchant de l'aide.

Francis avait l'intention de se tenir en dehors, malgré sa stature il se sentait mal à l'aise dans ce genre de situation. Mais il se rappela soudain la fois où ils avaient démoli Grover et lui avaient enfoncé la tête dans la cuvette des W.-C. ; après, il avait appelé sa mère, les cheveux tout dégoulinants. Francis était resté à l'écart, comme paralysé. Ensuite, il avait vu Mrs Chedwick venir chercher son fils, ils étaient repartis tous les deux résignés, impuissants. Francis le regrettait encore aujourd'hui.

Francis imagina qu'il prenait sa pusillanimité entre ses mains et qu'il la déchirait comme une feuille de papier ; un vieux truc que lui avait appris son coach. Il se planta devant Brad Jennings et dit :

« Allez ça suffit, casse-toi. »

Il y eut une longue et vertigineuse seconde de silence, puis Brad s'avança vers lui. Ils étaient nez à nez. Francis se demanda quelle prise il utiliserait pour le vaincre à la lutte. Brad était un poil plus petit que lui et ne paraissait pas tellement lourd. Il pouvait l'attraper par les jambes et le soulever. Mais Brad était capable de se montrer particulièrement teigneux et il n'était pas très chaud pour l'affronter. Il relâcha ses épaules et se planta devant lui.

Brad parut impressionné mais il ne pouvait pas capituler devant ses copains.

« Hé ! Dean, elle va comment ta mère ? demanda-t-il d'un ton inquiet. De retour chez les fous ou au tapin ? J'ai entendu dire qu'elle se faisait monter plus souvent que Seabiscuit* ! »

Les tempes de Francis se mirent à battre. Il pensa aux mecs de sa mère qui lui faisaient de la lèche, qui lui rapportaient des bricoles de la station-service et même de la bière, et qui passaient ensuite dans la pièce à côté pour la baiser. Et sa mère qui venait le voir dans sa chambre toute souriante, plus tard dans la soirée, et lui passait la main dans les cheveux en disant que tout irait bien désormais. Jusqu'à ce qu'elle se fasse larguer quelques semaines plus tard, et qu'elle reste sur son lit à pleurer, à avaler n'importe quoi.

Francis avait saisi Brad Jennings par le col. Il le poussa si violemment contre le vestiaire métallique qu'on entendit un craquement. Il avait déjà le poing levé mais au dernier moment il s'arrêta. Quand il lâcha prise au bout de quelques secondes et vit le visage rouge et effrayé de Brad, il regrettait déjà presque sa sortie.

---

* Seabiscuit, cheval de course célèbre dans l'Amérique des années trente. Gary Ross lui a consacré un film, en 2003, *Pur-Sang, la légende de Seabiscuit*.

Brad se tâta le cou, les yeux exorbités.

« T'es qu'un raté, marmonna-t-il. Un putain de raté, et tu le resteras toujours. »

Francis ne réagit pas, pourtant les mots se gravèrent en lui. Il rabattit la capuche de son pull sur sa tête et sortit. Quelques élèves jouaient au basket dans la cour de récréation, derrière il y avait le gymnase où il s'était entraîné à la lutte. Jamais il n'oublierait l'odeur âcre du vestiaire juste avant un combat. C'était l'odeur du stress, l'odeur du trac. Francis savait qu'il n'était plus pour longtemps dans ce lycée et qu'ensuite sa vie le conduirait dans un cul-de-sac. Mais pour l'instant il ne voulait pas y penser. La seule chose qui l'intéressait, c'était cette fille suicidaire dans la clinique où était sa mère.

4

Avant d'aller chez Anne-May, Francis passa voir sa mère, même si une visite ne servait pas à grand-chose pour l'instant. Il fallait d'abord que le traitement au lithium agisse pour qu'elle revienne peu à peu à son état normal, il le savait par les innombrables conversations qu'il avait eues avec des médecins. Parfois, il avait l'impression d'avoir fait malgré lui deux semestres d'études de médecine. Un infirmier lui ouvrit la porte du service. Dans le couloir étaient accrochées des images sinistres, il entendit des voix qui chantaient faux venant de la salle de thérapie musicale. En arrivant dans le service de psychiatrie, il éprouva de nouveau cette angoisse, elle augmentait à chaque pas. Devant la chambre 039 Francis reprit son souffle, frappa et entra.

Sa mère le regarda comme s'il était un inconnu. Elle était assise sur la chaise et se plaignait : les oiseaux dehors, dans les arbres, l'observaient, ils se moquaient d'elle. Francis s'approcha de la fenêtre grillagée et regarda à l'extérieur. Il n'y avait pas un oiseau à l'horizon. Et, à dire vrai, pas d'arbres non plus. Maintenant sa mère prétendait qu'il faisait partie d'un complot monté contre elle et que son beau-père Ryan et lui l'avaient fait interner pour la rendre folle. Francis écoutait en silence et rangeait des vêtements propres dans le placard.

Il n'y avait jamais de visites. Sa mère était fille unique et n'avait pas revu ses parents depuis vingt-quatre ans. Il avait dû se passer quelque chose dans son enfance, elle s'était enfuie de chez elle adolescente. Elle y avait fait allusion un jour qu'elle était ivre, et il s'était senti très mal. Ils n'en avaient plus jamais reparlé par la suite. Il n'avait entendu mentionner la famille de sa mère qu'une seule fois, dans la bouche d'un médecin. « Il y a un certain nombre de cas de dépression, avait dit le docteur en montrant son dossier. Votre mère ne peut rien contre sa maladie, qui est probablement d'origine génétique. » Sur le coup, Francis n'avait pas fait attention. Mais petit à petit la phrase du médecin avait pris un sens.

Il regarda sa mère. Assise comme ça sur sa chaise, elle avait l'air de la personne la plus déphasée du monde. Il la serra dans ses bras.

« On va s'en sortir nous deux, dit-il à mi-voix.

Mais lorsqu'il voulut lui dire au revoir, elle le retint.

— Ne me laisse pas toute seule ici, Frankie.

Ses yeux brillaient.

» Sans toi, je ne vais pas y arriver… Sors-moi d'ici. Je t'en supplie !

Francis était tellement surpris que sa gorge se noua.

— Mais tu es ici pour qu'on t'aide !

Il resta quelques secondes sans rien faire puis se dégagea de son étreinte.

— Je reviens demain. Je te promets. »

Il déposa un baiser sur son front et quitta la chambre. Dans le couloir, il s'adossa au mur et inspira à fond.

Quand il frappa à la porte d'Anne-May, personne ne répondit. Il ouvrit prudemment. La pièce était vide, il y avait un tricot sur le lit, des vêtements noirs sur le dossier de la chaise. Sur la table de nuit, la photo encadrée d'un petit garçon aux cheveux bruns. Francis la prit et examina les romans posés à côté, tous plus gros les uns que les autres. Lui-même ne lisait quasiment pas. Autrefois, Ryan lui offrait souvent des livres, Mark Twain, Michael Chabon, et aussi un roman de son écrivain préféré, ce cher Hemingway. Dans le livre il était question d'un vieux pêcheur qui avait une sacrée poisse mais qui finissait tout de même par capturer un énorme poisson au large… Francis ne savait pas comment ça se terminait, il ne l'avait pas lu jusqu'au bout.

Il chercha Anne-May dans tout le service, mais elle n'était nulle part, ni au ping-pong, ni dans la salle de séjour, ni au réfectoire. Il allait quitter la clinique quand il entendit un rire dans la salle de télévision, à l'entrée du couloir. Anne-May était là, elle regardait *Les Simpson*.

Francis s'assit à côté d'elle, elle fit comme si de rien n'était. Il la trouvait encore plus jolie de près. Elle n'était pas petite, mais on l'aurait dit transparente, comme en filigrane. Elle était menue, les cheveux noir corbeau, son visage était pâle et régulier. Plus il le détaillait, plus il le trouvait sans défaut. Il examina ses poignets bandés et ses piercings. Francis n'avait jamais été très bavard, et encore moins ces dernières années. Mais là, il sentit qu'il devait dire quelque chose.

«Je suis désolé.

Pas de réaction.

» Je n'aurais pas dû te regarder comme ça hier.

Pas de réaction.

» J'étais juste... Tout est allé si vite.»

Pas de réaction. Il laissa tomber et regarda la série télévisée avec elle en silence.

Le rituel se répéta le lendemain. Après la visite à sa mère, il s'asseyait à côté d'Anne-May dans la salle de télévision comme si ça allait de soi et il regardait *Les Simpson* avec elle. Au début, il avait l'impression que ça la dérangeait mais au bout de quatre fois elle s'était habituée à lui.

Après une semaine, il lui sembla même qu'elle l'attendait secrètement. Cette fois, Francis prit des risques, il se glissa de plus en plus près d'elle, jusqu'à ce que son genou heurte légèrement le sien. Il s'attendait à ce qu'elle s'écarte, mais elle resta tout contre lui. Elle portait une robe noire, avait les jambes nues croisées, il la regardait fasciné.

Alors il remarqua qu'Anne-May le fixait d'un air interrogateur.

« Pourquoi est-ce que tu passes ta vie à glander dans cette clinique ?

— On n'a pas la télé à la maison. »

Elle sourit. À peine, mais il la vit sourire. Il sortit une barre chocolatée de sa poche et quand il surprit ses regards de convoitise, il la lui tendit prudemment, comme à un fauve.

Elle hésita une seconde et l'attrapa.

Elle examinait Francis en mâchonnant.

« T'aurais pas une araignée au plafond, par hasard ?

Il eut un petit rire et haussa les épaules.

» Tu sais ce qui est bizarre ici ? dit Anne-May.

Elle prit une grosse bouchée et fixa à nouveau l'écran.

» On perd la notion du temps. Je me repère uniquement avec les émissions de télé.

— Tu dois rester ici encore longtemps ?

— Je ne sais pas. Ils ne me le disent pas.

Quand l'épisode fut terminé, Anne-May éteignit la télévision mais resta assise. Elle semblait réfléchir.

— Tu aimes jouer au mikado ?

La question le surprit.

— Pourquoi ? Et toi ?

— Pas vraiment. Mais on s'ennuie tellement ici, et j'ai vu qu'il y avait un mikado dans la salle de séjour. Tu aimes jouer à ce genre de truc ?

Elle avait l'air embarrassé tout à coup, comme si elle craignait qu'il se moque d'elle.

— Bien sûr.

Il se rendit compte qu'elle restait méfiante.

» J'aime beaucoup même. »

Anne-May parut soulagée.

En plus du mikado, il y avait un jeu de l'échelle*, un jeu de dames et un Scrabble dans la salle de séjour. Francis n'avait plus joué à aucun jeu de société depuis des années, mais il constata qu'il y prenait plaisir. Il aimait cette façon tranquille d'être ensemble, le sentiment de n'avoir pas besoin de parler beaucoup, le petit bruit des dés ou des pièces quand on les avançait de quelques cases.

Anne-May était à peu près imbattable à tous les jeux. Elle venait de poser un mot d'une longueur invraisemblable au Scrabble et notait les points sur son bloc, l'air satisfait.

« Ça se présente plutôt mal pour toi, dit-elle en constatant son avance. Mais bon, on va bien trouver un jeu où tu puisses gagner de temps en temps. »

---

* Jeu d'origine indienne qui consiste, par un jeté de dés, à déplacer des pions sur un tableau de cases, sans en être empêché par des serpents.

Elle souffla sur ses cheveux pour dégager son visage et le regarda avec un sourire moqueur. Comme souvent, sa bouche était entrouverte et on voyait briller ses jolies dents blanches.

Il ne répondit rien, ça lui plaisait qu'elle le charrie. Il se leva.

« Il faut que j'y aille.

Anne-May ne bougea pas.

— Au fait comment tu t'appelles ?

— Francis Dean.

— Dean, répéta-t-elle. À demain ? »

Il faisait déjà nuit quand il arriva chez lui. Dans le mobil-home ça sentait la nourriture, le tabac froid et la sueur. Francis alluma la lumière et alla dans sa chambre. Elle était si exiguë qu'il n'y avait de la place que pour le matelas et l'ordinateur, pas même un bureau ou un placard. Il conservait ses fringues dans un sac de marin dans l'entrée.

Quand ils avaient emménagé ici, il avait dû éliminer la plupart de ses affaires. « Ce n'est pas pour longtemps, mon chéri », lui avait dit sa mère en voyant que ça le faisait pleurer. Mais maintenant il s'en fichait. Son chat accourut, il le souleva en l'air et lui frotta le museau avec son nez, puis il mit une barquette dans le micro-ondes et dîna. Il n'arrêtait pas de penser à Anne-May, il souriait.

5

Francis ne l'aurait jamais avoué mais le séjour de sa mère à la clinique lui faisait presque des vacances ; tout était réglé pour un ou deux mois, il n'avait à se préoccuper de rien, les médecins et les infirmières s'en chargeaient. Et il aimait bien avoir la responsabilité de la maison. Il avait fait le ménage et tout rangé dans le mobil-home, lavé du linge et réparé la charnière de la porte de la cuisine. Le soir, il restait souvent assis devant la télé, le chat ronronnant sur ses genoux.

Il s'entendait de mieux en mieux avec Anne-May. Sa méfiance avait disparu, elle aimait bien lui parler maintenant. Elle lui faisait écouter de la musique. Elle riait quand elle le surprenait à tricher à un jeu.

Elle avait pris l'habitude de l'appeler par son nom de famille. « Laisse tomber, Dean », disait-elle chaque fois qu'elle le battait.

Elle était assez lunatique, en vérité. Il y avait des jours où elle parlait à peine et se disputait avec les infirmières.

Un jour qu'il était assis avec elle dans sa chambre, il vit à son regard qu'elle était en train de tramer quelque chose.

«J'ai rêvé de toi hier, dit-elle. Mais c'était répugnant.

— Pourquoi, qu'est-ce que je faisais?

— Tu t'approchais de moi en douce par-derrière, tu me retournais et tu me passais ta langue sur la figure en poussant des cris de singe.

Il eut un rire gêné.

— Ça n'arrivera plus, je te promets.

Anne-May frissonna de dégoût.

— Gare à toi, Dean, si tu recommences ce genre de truc, je ne t'accepterai plus ici.»

Elle continua à jouer la fille furieuse sans ciller; c'était sa façon de le taquiner. Ensuite, elle lui demanda de quoi il rêvait.

Francis lui raconta que dans son enfance il avait fait deux rêves différents de tous les autres. Il avait rêvé une fois que Ryan Wilco n'était pas son vrai père et ça semblait tellement réel qu'il n'avait pas été vraiment surpris d'apprendre plus tard que c'était vraiment le cas.

«Et l'autre rêve?»

Francis se contenta de secouer la tête. Il trouvait le second rêve trop stupide. Il était dans un casino de Las Vegas et jouait à la roulette. Il misait tantôt sur le rouge, tantôt sur le noir et gagnait à tous les coups. À la fin, il était riche. Là aussi, la sensation de réel était incroyable, il avait fait ce rêve pendant des années.

«Bon ben tant pis, dit Anne-May en mettant en route le lecteur de CD.»

Ensuite, ils étaient assis côte à côte sur le lit, comme si souvent, en train d'écouter de la musique. Francis regardait par la fenêtre et repensait à son rêve de Las Vegas quand Anne-May appuya sa tête contre son épaule. La position avait beau être inconfortable, il ne bougea pas, jusqu'à en avoir un torticolis.

Ce que le père d'Anne-May lui avait fait, il ne l'apprit qu'une semaine plus tard.

Ils jouaient au ping-pong. Francis avait remarqué qu'elle avait l'air tendu pendant toute la partie. À la fin, elle lui prit la main.

«Viens, je vais te montrer quelque chose.

Elle le conduisit dans la pièce au bout du couloir. Un piano à queue blanc trônait au centre.

» Il appartenait à un patient.

Anne-May s'assit sur le tabouret.

» Il en a fait cadeau à la clinique avant de se tirer une balle un jour de sortie libre.»

Elle souleva le couvercle du clavier et commença. Francis ignorait tout du morceau mais quelque chose dans la manière dont cette fille aux cheveux noirs jouait du piano l'émut aussitôt. C'était son sérieux.

Le regard d'Anne-May était très concentré, elle tenait visiblement à ne pas faire de faute, ses cheveux lui tombaient sur le visage. Il était captivé.

Elle se trompa et s'interrompit immédiatement.

«J'ai arrêté il y a plusieurs années.

Elle pinça les lèvres.

» Je manque un peu d'entraînement.

— Ça m'a bien pl...

Anne-May l'interrompit en faisant claquer le couvercle du piano.

— Tu fumes?»

Francis fouilla dans sa poche, sortit un paquet de cigarettes et lui donna du feu, puis il en alluma une pour lui. C'était interdit à la clinique, mais Anne-May déclara que personne n'entrait jamais dans cette pièce et que c'était la seule qui n'avait pas de détecteur. Ils fumèrent en silence. Anne-May le regarda, Francis souleva le sourcil gauche. C'était un truc qu'il maîtrisait depuis tout petit, il le faisait encore souvent. Anne-May secoua la tête et se mit à rire. Quand elle riait, elle paraissait complètement différente, presque enfantine.

«Je suis désolée pour ta mère, dit-elle. Je l'ai vue hier dans la queue, à la cantine. Elle avait l'air assez triste. Ses mains tremblaient, elle n'arrêtait pas de parler toute seule.

Francis trouva désagréable d'aborder ce sujet. Ils n'avaient encore jamais parlé de sa mère.

— Elle est malade.

Il souffla une bouffée de fumée à travers la pièce, une tasse de la cuisine leur servait de cendrier.

» Mais ils arrangent ça très bien avec les médicaments.

— J'ai entendu dire que ce n'est pas la première fois qu'elle vient dans ce service ?

— Ben oui, ils font un très bon chili à la cantine, alors on revient volontiers.

— Tu trouves ça drôle ?

Il ne répondit pas et regarda ses mains.

— Je sais que je devrais être beaucoup plus triste, dit-il. C'était le cas les premières années, mais maintenant... je ne peux plus, c'est tout.

Il serra les poings.

» Et parfois, je déteste ma mère à cause de ça.

— Mais tu aimes toujours ta maman ?

Il hocha la tête, comme s'il s'avouait coupable.

» Tu as quel âge ? demanda Anne-May.

— Dix-huit. Enfin, presque.

— Si jeune ? Tu parais quelques années de plus, je t'aurais donné dans les vingt ans... Tu es encore un enfant ! »

Anne-May lui sourit, et ce sourire était si désarmant qu'il ne trouva rien à répondre.

Ils allèrent dans sa chambre. Pendant un moment ils écoutèrent de la musique en silence, puis il se risqua à demander pourquoi elle avait voulu se suicider.

Anne-May mit du temps à répondre.

« Tu peux garder ça pour toi ?

Il hocha la tête. Elle s'adossa au mur.

» Mon père m'a violée, dit-elle sans le regarder.

Saisi d'effroi, Francis se leva.

— Qu'est-ce que...

Elle l'interrompit d'un geste.

— C'était un mensonge, Dean. Tu crois que je sortirais ça comme ça ? »

Anne-May secoua la tête, presque amusée, puis elle attrapa un livre et se plongea dedans.

Francis était furieux, mais il ne voulait pas s'en aller tout de suite. Quelques minutes s'écoulèrent, il se taisait.

« Tu n'as pas beaucoup de visites, pas vrai ? »

La phrase lui avait échappé.

Anne-May ne répondit pas, mais il voyait bien que la question la préoccupait. Ses yeux allaient et venaient nerveusement.

Dehors, la nuit tombait, ce serait bientôt l'heure du dîner. En arrière-fond sonore passait toujours leur album favori – *Funeral* d'Arcade Fire. Quand le dernier morceau fut terminé, Francis attrapa sa veste. Il était déjà à la porte quand il entendit Anne-May dire dans son dos :

« Si, c'est la vérité, il m'a violée. »

Elle raconta qu'elle avait depuis le début un rapport spécial avec son père. Qu'elle lui devait sa passion pour le piano et qu'il avait toujours été là pour elle.

« Il rentrait souvent tard du bureau. Mais je l'attendais toujours pour lui dire bonne nuit. Une fois, j'avais quatorze ans, il s'est absenté particulièrement longtemps. Quand il est rentré, il était plus de minuit. Il sentait l'alcool, il avait dû aller dans un bar avec des collègues. J'étais en sous-vêtements et j'ai voulu lui souhaiter bonne nuit. J'ai remarqué qu'il me regardait bizarrement. À partir de là, je me suis doutée de quelque chose. J'ai essayé de l'éviter, mais...

Anne-May fit une pause et passa ses doigts sur le bord de son livre.

» Tu veux savoir ce qui me fait le plus gerber ?

Francis attendait la suite.

» C'est que je ne me sois pas défendue. Il pouvait faire ce qu'il voulait, je pleurnichais, c'est tout, et il continuait de plus belle.

Elle lui jeta un regard si froid, si perçant, qu'il comprit aussitôt que, normalement, elle n'était pas le genre de fille à ne pas se défendre.

— Ta mère est au courant de tout ça ?

Anne-May rit. Francis tressaillit, ça ne lui plaisait pas qu'on rie après avoir dit un truc pareil.

— Non, bien sûr que non, dit-elle. Ça ferait un scandale monstre, mon père est un architecte assez connu, ce serait dans tous les journaux. Personne n'est au courant.

À part moi, pensa Francis, et cette idée le mit mal à l'aise.

» Et toi ? demanda-t-elle. Ton père ? Je ne l'ai jamais vu ici.

— Je ne connais pas mon père. Une aventure de ma mère, je suis sûr que le mec ne sait même pas qu'il a un enfant.

— La vache !

Elle était assise en tailleur sur son lit et réfléchissait.

» Tu trouves ça dur de ne l'avoir jamais rencontré ? »

Francis haussa les épaules. Autrefois, il était gêné quand les autres garçons de la classe parlaient de leurs pères et du poids qu'ils pouvaient soulever aux haltères et du boulot qu'ils faisaient et de leur voiture. À ces moments-là, il avait l'impression de se heurter à une cloison de verre, de devoir observer ce qui se passait sans pouvoir le vivre. Le plus embarrassant, c'était toujours quand on découvrait que Ryan n'était pas son vrai père. Et depuis que sa mère s'était mise à coucher avec tous ces connards, il se demandait de plus en plus souvent comment était son vrai père.

« Parfois j'imagine qu'il est là tout à coup sur le parking à la sortie du lycée, qu'il m'attend pour tout m'expliquer.

Francis regarda par la fenêtre.

» Il est là, c'est tout. Je ne me précipite pas vers lui, je marche très lentement au contraire, de façon à pouvoir le regarder. J'avance en conscience, je réfléchis. Un pas pour chaque souvenir que je n'ai pas de lui.

— C'est assez malin.

— Ça a l'air de t'étonner.

Elle sourit.

— Un petit peu, oui. »

Francis fit semblant d'être indigné. Il repensa à son père et à l'espoir qu'il avait eu, au début, que ce soit un type cool et brillant dont il aurait pu être fier. Mais l'image qui finissait par s'imposer était plutôt celle d'un raté absolu qui lui avait transmis ses gènes de loser. Son demi-frère Nicky tenait visiblement de son père Ryan, il était intelligent, doué, bon élève. Mais pour ce qui le concernait, si on faisait la somme de ses résultats scolaires et de ses perspectives, et qu'on combinait le tout avec le goût de sa mère en matière d'hommes, ça ne promettait rien de bon. Ni pour lui. Ni pour l'homme qui l'avait engendré.

6

Dans le bus scolaire toutes les places étaient occupées par des enfants bruyants. Francis appuya son front contre la barre agréablement fraîche, il faisait deux têtes de plus que les autres, il n'y avait pas beaucoup d'élèves plus vieux. Presque tous avaient une voiture, les parents de Grover lui payaient même l'essence. Il mit ses écouteurs et écouta Mos Def, Nas et Eminem. La musique ne l'intéressait pas beaucoup mais au moins le hip-hop lui vidait la tête, et ce qui le fascinait chez Eminem c'était qu'il menait deux vies différentes en même temps. Il était Marshall Mathers, élevé sans père – comme lui – par une mère seule et toxicomane dans le *trailer park* de Detroit. Et il était Eminem, un des artistes les plus connus au monde. Il n'arrêtait pas d'aller et venir entre ces deux personnalités. Parfois il appuyait sur le bouton Marshall Mathers : il frappait quelqu'un, il prenait des drogues, il était un père minable. Et il avait de nouveau une chanson numéro un au hit-parade en tant qu'Eminem, il donnait des interviews super-classe et reprenait sa vie en main. Francis se demandait souvent ce qu'Eminem aurait fait à sa place.

Son deuxième cours était avec Mr Hayes. Francis détestait les cours d'histoire avec ce prof. Hayes piquait souvent des colères noires, comme dans les bandes dessinées, et il était engagé politiquement. Avant la réélection de Bush il avait distribué en ville des flyers en faveur des républicains. Au début du cours, il rendit les copies de la semaine précédente. Les camarades de Francis poussaient des cris de joie ou des gémissements. Hayes vint le trouver en dernier et secoua la tête.

« Ne même pas savoir en quelle décennie a eu lieu la guerre de Sécession... C'est une honte, Dean ! »

Francis fourra la copie dans son sac à dos sans la regarder. Il passa le reste du cours sa capuche sur la tête, en immersion. Il entendit très vaguement Hayes se lancer dans un de ses débats politiques et discuter avec Luke Fabianski, qui était assis dans un coin au fond. Luke était l'un des meilleurs de la classe, il passait pour surdoué, ses grands-parents venaient de Pologne. Francis l'aimait bien, ils bossaient tous les deux dans le même restaurant, les parents de Luke non plus n'avaient presque pas d'argent. Récemment il avait appris à Francis quelques jurons en polonais et à compter jusqu'à trois : *raz, dwa, trzy*. Il venait apparemment de dire qu'on faisait la guerre en Irak uniquement à cause du pétrole et que tout ça n'était qu'une mascarade.

Hayes l'engueula :

« Ils nous ont attaqués les premiers, pas l'inverse. Ma cousine était dans un des avions, elle avait deux jeunes enfants, dois-je leur dire que nous n'allons pas venger leur mère parce que nous sommes un peuple de lâches ?

Il secoua la tête.

» Nos compatriotes sont là-bas, ils se battent pour ta liberté. Ils meurent pour que tu puisses te permettre ce genre de pensées. Alors, fais preuve d'un peu plus de respect ! »

Jusqu'à la fin du cours ils discutèrent des musulmans, du lobby du pétrole, du patriotisme, de Dick Cheney et de la liberté. Francis était un peu dépassé par tout ça, il ne s'était jamais vraiment intéressé à la politique. Il savait seulement qu'Eminem était contre la guerre, et sur ces choses-là il avait toujours raison. Mais le fils de Hayes se battait là-bas, quelqu'un le lui avait dit récemment. Toute sa famille était en quelque sorte embarquée dans cette guerre, il pouvait comprendre que Hayes pète les plombs quand on disait que tout ça n'était qu'une mascarade.

La cloche sonna, fin des cours, trajet en bus, couloir de la clinique, il était devant la chambre d'Anne-May.

Il allait frapper à la porte entrebâillée quand il entendit des voix. Il jeta un coup d'œil discret à l'intérieur ; il y avait un homme et une femme près de son lit. Visiblement sa mère et... son père. Il avait la main posée sur l'épaule d'Anne-May. Comment osait-il seulement venir la voir ?

Francis aurait voulu se précipiter dans la chambre et se ruer sur lui, mais quelque chose le fit hésiter. « Si tu parles du viol à quiconque, je te tue, lui avait dit Anne-May. Ou pire encore. » Il ravala sa colère et s'éloigna en traînant les pieds.

Après le départ de ses parents, Anne-May sortit dans le couloir. Elle paraissait plus pâle que d'habitude, elle désigna du menton la pièce avec le piano.

« J'ai besoin d'une cigarette.

Ils ne parlaient pas, se contentaient de fumer. Anne-May le regardait.

— Tu sais que tu n'es pas mal ?

Son regard était fixé sur lui, il sentit des picotements dans sa nuque.

» Tu as les yeux extrêmement bleus. Un de mes ex avait aussi les yeux bleus, mais pas autant que toi.

Il buvait du petit-lait. Elle ajouta :

» Mais j'ai lu un jour que les gens qui ont les yeux bleus sont assez naïfs.

— Oui, on croit tout ce qu'on nous dit.

— Très bien, Dean. En fait je suis nymphomane. C'est aussi pour ça que je suis là.

— Je vois, dit-il. »

Elle ne cilla pas.

Francis devinait qu'Anne-May avait déjà eu beaucoup d'amants, elle semblait assez libérée en matière de sexe et aimait en parler. Il se demanda si c'était à cause de son viol, en même temps l'idée de coucher avec elle le rendait fou.

Il fit un pas vers elle, mais Anne-May recula en souriant, sa tentative tomba à plat. Elle s'assit sur le tabouret de piano, la cigarette au coin de la bouche. Soudain, elle parut de très bonne humeur.

« Hé ! Frankie-Boy, si tu étais une chanson, ce serait laquelle ?

— Un rap, un truc rapide et hard.

— C'est ce que tu aimerais. Mais non, tu serais plutôt une ballade kitsch... d'Elton John. »

Elle lui fit un clin d'œil. Puis elle se mit au piano et chanta – toujours la clope au bec – des strophes débiles sur la vie de Francis, sa mère et son mobil-home, il finit par rire.

Elle jouait, et Francis était là, à la regarder. Il eut brusquement l'impression qu'il y avait deux univers dans cet hôpital. La chambre 039, où était sa mère et qui lui donnait accès à son ancienne vie, à ses éternels problèmes. Et la chambre 035, où habitait Anne-May, sa nouvelle vie. Bizarrement, c'était dans le même service. Mais chaque fois qu'il franchissait sa porte, il se sentait comme lorsqu'il était enfant, à Jersey City, et que le monde semblait vaste et ouvert.

Puis arriva le jour où sa mère redevint à peu près normale. Aussi soudainement que chaque fois, comme si on l'avait échangée pendant la nuit. Les médicaments avaient agi et sa raison était de retour après un long voyage en terre lointaine.

Sa mère était assise sur la chaise devant la table. Elle s'était douchée, coiffée et paraissait soignée. C'était toujours le signe qu'elle allait mieux ; quand elle était malade, elle s'habillait n'importe comment et s'en fichait.

Francis lui avait apporté quelques magazines, il la prit dans ses bras. Elle était déjà en larmes. Il n'aimait pas ça, il se sentait coupable. Il se sentait toujours coupable quand une femme pleurait. Même quand une inconnue dans la rue fondait en larmes, il se sentait coupable.

Elle resta cramponnée à lui un long moment, il sentait sa tête contre son épaule, l'odeur de son parfum douceâtre. Il s'assit à côté d'elle à la table. Ils parlèrent des dernières semaines et de sa dépression. Elle ne le regardait pas.

« Je suis vraiment désolée pour tout ça, mon chéri. C'était la dernière fois ! »

Il acquiesça mollement. Pour mieux supporter ses phases maniaques et dépressives il se fabriquait une caricature de sa mère en folle ; et le moment où il retrouvait quelqu'un de normal, de lucide était chaque fois difficile.

Elle avait les mains qui tremblaient encore, un effet secondaire des médicaments. Elle l'interrogea sur

Nicky qui lui avait écrit plusieurs fois, et il comprit à quel point son frère avait dû lui manquer ; il souffrait de l'absence du petit, il n'osait imaginer ce que c'était pour elle. Il baissa la tête.

« Et toi, ça s'est passé comment ces dernières semaines ? demanda-t-elle.

— Très bien. J'ai un peu travaillé, j'ai fait le ménage dans le mobil-home…

— Tu as fait le ménage, *toi* ? l'interrompit sa mère incrédule. Pourquoi tu ne le fais jamais quand je te le demande ? »

Il eut un petit rire. Elle lui caressa la joue et le regarda dans les yeux avec ce regard particulier, indulgent, un peu mélancolique, tendre. Elle le regardait souvent comme ça. Quand il était petit et qu'il courait vers elle après avoir joué. Quand il lui parlait des filles de la classe qu'il aimait bien (ça l'avait toujours beaucoup intéressée). Ou quand elle venait dans sa chambre, le soir, et qu'elle s'asseyait à côté de son lit.

Sa mère se rendit compte qu'elle s'était remise à trembler, elle cacha ses mains entre ses genoux.

« Je… pour l'instant je ne sais pas comment ça va se passer. Mais je me débrouillerai. »

Elle essaya de sourire mais c'était comme si son sourire se figeait à mi-chemin.

Le soir, Francis dut prendre son poste à l'Asia Tiger, il était commis de cuisine dans le seul restaurant chinois de la ville.

« Salut, le retardataire ! », lui lança Mrs Donaghy, qui faisait tourner la boutique. Elle n'avait jamais mis un seul orteil en Asie comme la plupart des employés. Elle lui colla un balai à franges entre les mains. Francis nettoya le sol, lava les assiettes et coupa de la viande et des légumes en petits morceaux. Il était en train de trancher un concombre quand il découvrit soudain que Mrs Donaghy était à côté de lui et l'observait.

« Tu as la main rapide et sûre, dit-elle. Tires-en parti, mon mignon ! »

Il était encore tout content du compliment en rentrant chez lui vers minuit. Le lotissement était silencieux, on n'entendait que les ricanements d'Aaron et Deontay, les jumeaux noirs qui venaient d'arriver là avec leurs parents, ils jouaient à la Game Boy sous un lampadaire.

Francis grattait en marchant quelques billets de loterie – toujours rien. Il aperçut un petit corps noir sur la chaussée. Son chat gisait dans une mare de sang, ses yeux jaunes fixant le vide. Une voiture lui avait roulé dessus, on voyait encore l'empreinte des pneus sur la fourrure.

Francis chancela contre la paroi du mobil-home en s'efforçant de contrôler sa respiration pour éviter l'hyperventilation. Il resta plusieurs minutes sans bouger. Mais il fallait le faire. Il alla chercher un sac en plastique dans la cuisine et y fourra le chat. Il eut une brève nausée, puis creusa un trou dans la terre derrière le mobil-home avec une pelle. Il se rappela que le chat était minuscule quand il l'avait eu, quelques heures plus tôt ils étaient encore en train de parler ensemble dans sa langue, et ces derniers temps il dormait sur un coussin près de son lit parce qu'ils n'aimaient être seuls ni l'un ni l'autre. Sa bouche se tordit, sa vue se brouilla. Il reboucha le trou et essuya quelques larmes avec sa manche. Puis il s'allongea sur son matelas et fuma jusqu'à l'aube.

7

La fatigue lui brûlait les yeux. Francis sortit de la salle de classe et prit place dans la cohue des lycéens qui se dirigeaient vers la cafétéria. En prenant son plateau, il remarqua que Brad Jennings et ses potes du basket faisaient cercle autour d'un homme en uniforme qui lui rappelait vaguement quelqu'un. Tous lui serraient la main ou lui tapaient sur l'épaule, alors Francis le reconnut aussi.

Le frère aîné de Brad.

Marcus Jennings était une légende au lycée. À l'époque, il portait les cheveux longs et la barbe, il arrivait tous les jours défoncé en classe, il était chanteur d'un groupe de death metal et il s'était fait recaler deux fois. Tout le monde disait qu'il n'arriverait jamais à rien. Et pour couronner le tout, Marcus avait frappé un prof au visage sur le parking et s'était fait virer du lycée. On n'avait plus entendu parler de lui pendant des années. On disait qu'il était devenu clochard ou que la drogue avait eu sa peau, les fables habituelles que tout lycéen ne demande qu'à croire. Mais maintenant il était là, dans son uniforme, archi-musclé, les cheveux ras, et tout le monde l'admirait.

Quelqu'un à côté de lui déclara que Marcus venait de s'engager. Francis ne l'aurait pas dit tout haut mais il trouvait que ce n'était pas si bête. Récemment, il était allé lui-même sur le site Internet de l'armée. On pouvait se faire de l'argent, et maintenant ils vous donnaient même un bonus. De son point de vue, les choses étaient claires : il lui suffirait de survivre quelques mois. Après ça, il serait un héros ou presque, et surtout, il aurait de quoi payer l'université et pourrait continuer ses études. Peut-être finirait-il par ne plus se sentir un foutu bon à rien.

Il observa Marcus Jennings. Il se rendait compte qu'il n'était pas aussi à l'aise qu'il voulait le paraître. Tout le monde riait mais Marcus regardait ailleurs. Leurs regards se croisèrent. Celui de Marcus paraissait hésitant, presque angoissé, Francis se détourna.

Il passa le reste de la journée avec Grover. Ils jouèrent au billard au centre commercial, ensuite ils dînèrent chez lui. Francis écoutait les Chedwick parler à leur fils, ils lui passaient sans arrêt le bras autour des épaules avec fierté. Grover avait l'air de trouver ça tout naturel, il ne réalisait pas la chance qu'il avait. Il parlait d'un ton morose d'un projet photo pour l'école et pignochait dans son assiette avec sa fourchette.

Après le repas, ils allèrent au sous-sol et regardèrent le dernier épisode de *Firefly*. Ils discutèrent des suites possibles de la série jusqu'au moment où Grover alla aux toilettes. Francis voulut s'installer à la batterie, il aperçut une lettre sur la chaise. Un courrier officiel de l'université Yale. C'était court et concis, Grover William Chedwick était admis.

Francis mit un long moment à comprendre. Il était là, désemparé, la lettre à la main. Combien de fois avaient-ils parlé ensemble de ce qu'ils feraient plus tard ? Et Grover gardait toujours le silence. Parce qu'il savait qu'il allait se barrer. Il ne lui avait pas soufflé mot de cette lettre qui datait pourtant de plusieurs semaines.

Sur le coup, Francis faillit la froisser dans sa main tant il était déçu, mais il la replia et la remit à sa place. Quand Grover revint des toilettes, il ne dit rien.

Anne-May avait longtemps caché à Francis que son frère était mort mais elle lui en avait parlé récemment. Il s'appelait Jerome, il avait quatre ans de moins qu'elle, elle n'avait pas dit comment il était mort.

«Je me demande souvent comment il serait aujourd'hui, à quoi il ressemblerait.

Anne-May montrait la photo de son frère sur la table de nuit.

» C'était encore un enfant à l'époque, aujourd'hui il serait adolescent, presque un homme. C'est bizarre : sa mort prématurée fait qu'il restera pour toujours un petit garçon dans l'esprit des gens. »

Elle avait souri puis interrogé Francis sur son petit frère, et ensuite ils avaient passé tout l'après-midi assis côte à côte à bavarder.

À l'hôpital, il trouva Anne-May dans la salle de télévision, elle regardait un film sur un groupe d'amies pom-pom girls. Il s'apprêtait à la rejoindre quand il l'entendit sangloter.

Il ne savait pas quoi faire. Pour finir, il dit à voix haute : « Salut ! ». Anne-May se sécha vite les yeux et ils regardèrent le film ensemble. Elle rit même à plusieurs reprises. S'il ne l'avait pas vu de ses propres yeux, il n'aurait jamais pensé qu'elle venait de pleurer.

Ils allèrent dans sa chambre. Anne-May lui parla d'une patiente qui dealait soi-disant de la mescaline et du valium dans le service. Son potin préféré. D'un bond, elle se jeta sur son lit et se mit à regarder Francis.

« Qu'est-ce qu'il y a ? demanda-t-il, les mains dans les poches de son jean.

— Tu ne montres jamais ce que tu éprouves... Je veux dire, c'était quand la dernière fois que tu as pleuré ?

— Je ne sais pas. En fait, je ne pleure jamais.

— *En fait, je ne pleure jamais*, le singea-t-elle en prenant une voix caverneuse d'homme préhistorique. Tu mens, Dean ! Je parie que tu sais très bien quand tu as pleuré pour la dernière fois. Raconte-moi un truc sur toi que tu n'as jamais dit à personne.

Il dut réfléchir.

— Bon d'accord.

Il sortit les mains de ses poches.

» J'ai arrêté la lutte il y a un an. Même mon coach croit que c'est à cause de ma douleur dans le genou. Mais je l'ai inventée. Il faut que tu saches qu'avant un combat les deux adversaires se regardent dans les yeux. Chacun essaie de paraître déterminé et sûr de lui. Je faisais ça les dernières années et, face aux faibles, ça marchait toujours. Mais il y avait aussi ceux dont la détermination n'était pas feinte, ceux qui étaient *vraiment* sûrs d'eux. Ils avaient quelque chose dans le regard, c'était...

Il se gratta la nuque.

» Je ne peux pas expliquer. C'était comme s'ils me montraient qu'il me manquait un truc précis. Dès que je les regardais dans les yeux, je m'effondrais intérieurement... Je ne gagnais plus les matchs importants, j'avais peur. C'est pour ça que j'ai arrêté. »

Il y avait une éternité qu'il n'avait pas sorti une aussi longue tirade. Il attendit avec impatience sa réponse mais elle se contenta de le dévisager avec ce même air songeur qu'elle avait un peu plus tôt dans la salle de télévision, quand elle avait pleuré. *Elle n'a pas d'amies*, pensa-t-il soudain.

Il alla vers la fenêtre. Une voiture passait dans la rue, au loin la raffinerie de pétrole, une colonne de fumée grise. Grover allait bientôt quitter la ville et faire des études.

« Ce patelin débile..., marmonna-t-il.

— Allons donc, Claymont n'est pas si horrible. »

Il songea qu'Anne-May et sa famille vivaient en dehors de la ville, dans une grande propriété en pleine verdure où ils avaient deux Jack Russell. Il regardait toujours par la fenêtre.

« Une question...

La voix d'Anne-May trancha le silence.

» Qu'est-ce que tu penses de toi ? »

Francis fut surpris, personne ne lui avait jamais demandé ça. Bon d'accord, pour être franc, il s'était enfoncé ces dernières années dans les bas-fonds de l'auto-apitoiement et avait noyé son avenir dans le brouillard des joints et des cigarettes. Il savait que ça ne pouvait pas continuer comme ça. Il n'était peut-être pas le type qui accomplit un parcours universitaire brillant, ou qui écrit une putain de pièce de théâtre ou un truc du genre, mais il n'était pas non plus aussi taré que la plupart des gens le croyaient. Il avait juste besoin d'une petite impulsion qui le mette dans la bonne direction.

« Pourquoi ? demanda-t-il. Et toi, qu'est-ce que tu penses de moi ?

— Tu aimerais bien savoir.

— Non, en fait non. De toute façon, je sais ce que tu penses de moi.

— Je suis curieuse de l'entendre.

— Tu penses : *Ah, il est trop génial ce mec, tous les jours j'espère qu'il va venir me voir à la clinique, et quand il est là je fais comme si je m'en fichais pour qu'il ne se rende compte de rien.*

Francis rit, jusqu'au moment où un baiser l'atteignit presque, il l'intercepta de justesse avant qu'il touche son visage.

» Hé ! ça va pas la tête ? »

Anne-May haussa les épaules. Et elle lui envoya un autre baiser.

8

Le jour où sa vie se scinda en deux, avec un avant et un après, Francis était assis sur les marches devant le mobil-home. C'était le vendredi avant les vacances, à sept heures du matin, il faisait encore frais. Il fumait une cigarette en observant ses voisins. Ils avaient tous l'air si aigris, si sérieux. Personne ne souriait jamais, comme si on leur en avait fait passer l'envie. Darius Penn le boiteux sortait ses poubelles. Amanda Barnes étendait le linge en toussant. Et la vieille Mrs Filcher était assise sur la balancelle comme d'habitude. Tous ces gens dépassés qui n'arrivaient à rien, qui n'auraient jamais la capacité de réussir quelque chose d'important. Et soudain l'idée le traversa. Il avait beau s'en défendre, il deviendrait comme eux un jour. Il ne s'en irait jamais d'ici.

Le souffle faillit lui manquer. *Non, putain. Non.*

Il jeta sa cigarette dans la rue, se dirigea d'un pas lourd vers sa chambre et prépara son sac dans un état second. Au lycée non plus, il n'arrêta pas d'y penser. Pendant la pause, il était devant son casier. Il resta un long moment sans bouger, à fixer la tôle grise. Il la frappa du poing plusieurs fois sans réfléchir. *Bam, bam, bam!* D'abord doucement, puis de plus en plus fort. Plusieurs camarades le regardaient bizarrement, alors il arrêta et sortit dans la cour.

Francis sentait quelque chose monter en lui ces derniers temps. Il avait parfois une envie soudaine de casser un objet ou de frapper quelqu'un. Le plus souvent, il allait courir un peu ou écoutait de la musique à plein volume. Mais le soulagement ne durait pas. C'était quelque chose d'inconnu en lui, et qui devenait de plus en plus fort.

À la cafétéria avec Grover ils parlèrent des vacances. Quelques semaines plus tôt, ils avaient envisagé de faire une virée avec la Chevy, d'aller dans l'Ouest, de faire du camping. Mais comme Francis était fauché, et que la mère de Grover le lui interdirait de toute façon, ce serait comme d'habitude: ils joueraient à *Unreal Tournament* et regarderaient des films, ce serait sympa mais ils auraient tout de même le sentiment de rater un truc absolument décisif.

Ils s'installèrent avec leurs plateaux à la table du coin. En face d'eux étaient assis quelques garçons de la bande des Mathlètes. Il y avait Kevin le handicapé, qui en tant que senior avait déjà une barbe impressionnante et racontait toujours des histoires de parano, et Andrew le handicapé, qui était handicapé pour de vrai et en fauteuil roulant, ce qui faisait pitié à tout le monde au bahut, mais pas pitié au point de l'accepter comme voisin à table. Ils mangeaient des nouilles au fromage et parlaient une fois de plus – merci Kevin – des théories du complot. Il avait un autocollant sur son ordi : « 9/11 – Inside Job », il était persuadé que le gouvernement était à l'origine des attentats, on pouvait le prouver grâce aux particules de poussière. Francis écoutait d'une oreille. Il était presque sûr d'avoir raté l'interro de maths de tout à l'heure. Il ne comprenait carrément pas.

Francis vit les regards des autres, il se passait quelque chose. Il se retourna. Une jolie fille entrait dans la cafétéria, en jean moulant, son visage de poupée parfaitement maquillé, ses cheveux blonds se balançant à chaque pas. Mary Gershon, une des filles les plus populaires du lycée. Elle passa à côté d'eux en se pavanant et en regardant ostensiblement de l'autre côté. Jusqu'au moment où Andrew demanda si elle voulait bien être sa cavalière au bal du printemps.

Mary se retourna vers lui avec un rire moqueur.

« Tu peux te gratter, loser ! »

Alors, elle vit le fauteuil roulant d'Andrew. Elle piqua un fard et plaqua sa main devant sa bouche avec effroi.

« Oh, je suis désolée, je ne savais pas. »

Elle marmonna d'autres excuses. Comme toutes les pom-pom girls riches et populaires, elle se considérait certainement comme une personne bonne et sensible, et elle allait devoir collecter beaucoup d'argent pour les petits pauvres et prier encore plus souvent pour réparer sa gaffe.

Quand elle fut partie, Andrew jeta aux autres un coup d'œil sarcastique.

Arrivé à la clinique, Francis hésita. La dernière visite à sa mère ne s'était pas bien passée. Elle avait appris qu'il était en train de rater son année et elle lui avait dit qu'il devait redoubler, faire davantage d'efforts l'année prochaine. Il avait répondu qu'il se fichait de l'école et préférait encore entrer dans l'armée et aller faire la guerre plutôt que de rester une année de plus dans ce foutu lycée de Claymont. C'était censé être une boutade, mais sa mère avait pété les plombs.

Le vrai problème, c'était encore l'argent. Ses médicaments coûtaient cher, ce que gagnait Francis et ce que Ryan lui versait étaient loin de suffire ; et leurs économies étaient apparemment épuisées.

« Il serait temps que tu deviennes plus sérieux et plus adulte ! avait-elle dit. La guerre ? Ce n'est pas une plaisanterie. Si tu t'engages vraiment, eh bien...

— Eh bien quoi ?

Sa mère n'avait pas répondu.

— Tu ne comprends pas ? Tu es capable de faire mieux que tout ça. Tu n'as pas le droit de gâcher ton potentiel de cette façon.

Francis avait ri.

— Quel potentiel, bon Dieu ? »

Sur ce, il était sorti. Le Dr Sheffer l'avait alpagué dans le couloir, sa mère faisait un petit accès de dépression en ce moment, elle n'arrivait pas à sortir du lit le matin, mais il n'y avait pas non plus de quoi s'inquiéter.

Francis passa devant la salle de télévision, c'étaient les informations. Encore trois morts en Irak. Il s'imagina ces soldats qui avaient grandi dans l'Iowa ou le Vermont, enfants ils allaient voir leurs copains à vélo, ils avaient dansé avec une fille pour la première fois, jamais ils n'auraient imaginé à l'époque comment tout ça finirait.

Le dernier sujet était consacré à un chômeur qui avait gagné 1,4 million lors d'un tournoi de poker à Las Vegas ! Avant, c'était une raclure et maintenant il était sauvé. *Las Vegas*. Les deux mots clignotaient dans la tête de Francis comme un panneau publicitaire. Il pensa à son rêve récurrent. Il se voyait assis à une table de roulette, il gagnait et...

Quelqu'un cria son nom.

Francis sortit dans le couloir et faillit se heurter à son petit frère. La joie le traversa, il le serra dans ses bras.

« Je viens voir maman.

Dans son excitation Nicky parlait comme d'habitude trop vite.

» Papa m'a accompagné, il est en bas dans la voiture. »

Francis était furieux. Le grand Ryan Wilco restait lâchement dans sa voiture et envoyait son fils de treize ans au front, encore un de ses exploits. Comme le contrat de mariage à son avantage. Comme sa proposition, après le divorce, que son fils biologique vienne habiter chez lui, « afin de grandir dans un environnement sûr », juste le temps que son « ex-femme se rétablisse » évidemment. Le bon moyen d'obtenir le droit de garde exclusif.

Francis examina Nicky.

« Tu as drôlement grandi, dit-il, alors que son frère semblait s'être plutôt ratatiné par rapport à la dernière fois. Comment tu vas ?

— Oh, très bien. »

De fait, il semblait plus facile pour Nicky de grandir auprès de son père, à l'écart de tous les soucis. Il habitait dans une petite maison de rêve sur Long Island, il était le meilleur de sa classe et apprécié de tous. Francis était chaque fois surpris de voir comme ils étaient différents et la facilité qu'avait son frère pour s'attirer la sympathie des gens.

Ils étaient toujours à l'entrée du service, Nicky n'arrêtait pas de poser des questions. Francis comprit que le petit avait peur d'aller voir leur mère.

« Papa veut que je me mette à la lutte. Il pense que je pourrais réussir à entrer dans l'équipe de l'école et que ça me rendrait vraiment fort. Tu en penses quoi ?

— Je ne sais pas, dit Francis. Tu ne préfères pas le basket ?

— Papa dit que le basket, c'est pour ceux qui sont grands. La lutte c'est pour les petits.

— *Bullshit !* Moi aussi à l'époque il m'a fait faire de la lutte... N'empêche que si la lutte te tente, il serait un bon entraîneur. Il m'a appris des tas de feintes. »

Son beau-père assistait autrefois à tous ses combats. Chaque fois que Francis jetait un coup d'œil vers les bancs des spectateurs, il voyait Ryan. Quand il gagnait ils allaient au McDo ou, récompense suprême, voir jouer les Knicks ou les Rangers. Ils encourageaient Allan Houston et Wayne Gretzky*, buvaient des coca-cola géants, et ces soirées et Ryan lui manquaient peut-être encore.

« Elle va vraiment mieux ? demanda son frère tandis qu'ils se dirigeaient vers la chambre de leur mère.

— Assez bien en tout cas pour me faire des reproches. »

Il imita sa voix râleuse, Nicky éclata de rire. Francis se rappela tout ce qu'ils faisaient ensemble autrefois,

---

* Les Knicks sont une célèbre équipe de basket new-yorkaise et les Rangers une grande équipe de hockey sur glace. Allan Houston est un joueur de basket qui a fait partie de l'équipe des Knicks de 1996 à 2005. Wayne Gretzky est considéré comme l'un des meilleurs joueurs de l'histoire du hockey sur glace.

quand ils allaient camper, ou la fois où il avait fait gober à son petit frère qu'il y avait au grenier une porte secrète qui menait à un monde fantastique. Et maintenant ils étaient devant une porte derrière laquelle se cachait tout autre chose. Francis regarda la pancarte : « Katherine A. Dean ».

« On fait quoi, on entre ensemble ?

— Oui, bien sûr... Mais attends, je vais d'abord me chercher un coca au distributeur. »

Nicky retourna à l'accueil, c'était son instinct qui le protégeait. Francis n'avait pas cet instinct-là. Il appuya sur la poignée de la porte et entra dans la chambre de sa mère.

Le lit était vide. Quand il vit ce qui était arrivé, il dut s'appuyer contre le mur. Le vomi, le corps inerte, les boîtes de médicaments...

Il mit du temps à réaliser. Puis il appela au secours.

Plusieurs infirmières et le médecin du service accoururent, ils firent à sa mère un lavage d'estomac. Francis était debout à côté, incapable d'avoir la moindre idée claire. Sauf quand il cria à une infirmière qu'il fallait trouver Nicky et lui éviter de voir ça.

Elle revenait à elle peu à peu. Il était content et paralysé en même temps, toujours planté sur le pas de la porte. Sa mère toussa et vomit encore, on la mit sur une civière pour l'emmener dans un autre service. Le cauchemar était terminé. Tout était allé si vite que Francis eut une impression d'irréalité.

La chambre était vide. Le gros Steve entra pour laver par terre. Il voulut prendre Francis dans ses bras qui le repoussa.

« Ton petit frère est dehors, il pleure.

— J'y vais tout de suite. »

Francis attendit que l'infirmier ait fini son ménage et se retrouva seul. Le silence régnait. Le soleil entrait dans la chambre, les magazines qu'il avait apportés la semaine dernière étaient toujours sur la table de nuit. Francis se regarda dans le miroir. Il paraissait vieilli, les joues creuses, ses cheveux noirs lui collaient au front. Il essaya de se rappeler comment il était enfant, mais il ne s'en souvenait plus.

Son regard parcourut la pièce. Posée contre le vase sur la table, il y avait une enveloppe. *Pour Francis*. L'écriture de sa mère. Comme guidé par une force inconnue, il s'approcha. La lettre faisait plusieurs pages, il lut la première phrase en retenant son souffle : « *Cher Frankie, il est temps que tu apprennes la vérité.* »

Il survola les lignes. Quand il arriva au bout, il dut s'asseoir. Ce n'était pas seulement le paragraphe où était écrit qui était son père.

C'était aussi tout le reste.

New York

1

C'était une de ces journées torrides qu'il avait toujours détestées à Manhattan. Les semelles de ses chaussures étaient brûlantes, son T-shirt collait, la fébrilité de la ville vibrait dans l'air comme un virus et ne l'épargnait pas. Francis était assis sur un banc au bord de l'Hudson et fumait compulsivement. Il projetait de faire une chose qui lui répugnait : aller voir Ryan à son cabinet et lui emprunter de l'argent. Son beau-père lui en avait souvent proposé, il avait toujours refusé. Et depuis qu'il avait beaucoup perdu à la Bourse, Ryan n'était plus aussi généreux. Il avait pu garder sa maison de Long Island, mais il avait dû prendre un crédit qu'il remboursait désormais chaque mois. Francis devait absolument tenter le coup. Grâce à la lettre de sa mère, il savait enfin ce qu'il devait faire. Et pour ça, il lui fallait de l'argent. Le plus d'argent possible.

De la vapeur montait des rues encaissées entre les buildings, une sirène de police n'arrêtait pas de hurler. Francis était irrité par ce bruit et clignait des yeux sous le soleil cru de l'après-midi qui se réverbérait sur le fleuve. Enfant, il venait souvent là et il passait voir Ryan à son cabinet, après le divorce ils déjeunaient même régulièrement ensemble au début. Son beau-père avait continué à venir assister aux compétitions de lutte, il lui avait promis d'être là pour lui et Francis était persuadé que rien ne changerait dans leurs rapports. Mais les problèmes n'avaient pas tardé à s'accumuler. Il était entré dans la puberté et se rebellait, et il se posait des questions lancinantes : si Ryan l'aimait vraiment tant que ça, pourquoi se manifestait-il de plus en plus rarement ? Pourquoi préférait-il vivre à New York seul avec son vrai fils ?

Leurs déjeuners étaient devenus de moins en moins fréquents, et quand ils avaient lieu Ryan n'arrêtait pas de le critiquer et de jouer au père sévère. Deux ans plus tôt, ils s'étaient disputés pour de bon. Ryan s'était remis à le sermonner et il avait dit du mal de sa mère, Francis l'avait défendue, il lui avait jeté à la figure qu'il n'était pas son vrai père et, pour finir, il l'avait traité de connard sans cœur. Après ça, ils avaient cessé de se voir, leurs échanges se limitaient au strict nécessaire. Mais on allait bien voir ce qu'il allait dire *maintenant*.

En route vers le Financial District, Francis évita habilement un vendeur de burritos et un groupe de touristes, il ignora l'appel d'une mendiante indienne et se fraya un chemin à travers les canyons des rues. Le bureau de Ryan se trouvait sur Cortlandt Street, autrefois on voyait de ses fenêtres les tours du World Trade Center.

Francis se passa une dernière fois la main dans les cheveux et entra dans l'immeuble. La façade extérieure était en verre et acier, les murs intérieurs tapissés de miroirs, les sols de marbre tacheté luisaient dans la lumière du jour. *Bing*, l'ascenseur s'ouvrit, déversant devant lui un groupe d'avocats. Le cabinet Franzen, Lieberman, van Berg & Wilco se trouvait au 61e étage; il se souvenait encore de la fête donnée ici des années plus tôt, lorsque Ryan était enfin devenu associé et qu'ils avaient ajouté son nom sur le papier à en-tête.

Francis ouvrit la porte en acier brossé du cabinet et pénétra en Sibérie. La climatisation avait plongé tout l'étage dans un froid dément. Le bureau de Ryan était tout au fond, sa secrétaire l'attendait déjà. Avec son tailleur elle ressemblait à Betty Brant, l'appétissante secrétaire de la série des *Spider-Man*, dont elle portait même le prénom.

« Hello ! je suis Betty – sourire de star à tomber par terre –, tu dois être Francis. Mr Wilco sera à toi dans un instant.

Elle désigna le coin salon.

» En attendant mets-toi à ton aise. »

Francis s'assit sur le canapé, le cuir était étonnamment moelleux. Il attrapa un magazine et jeta un coup d'œil gêné sur ses Chuck autrefois blanches et qui avaient déjà des trous. La secrétaire appela Ryan au téléphone et l'informa de son arrivée. Son beau-père le fit attendre, bien évidemment.

« Tu veux boire quelque chose ? », demanda Betty.

Il acquiesça et elle alla lui chercher une canette de soda à la cuisine. Elle resta debout devant lui et examina le journal de musique qu'il était en train de lire.

« Je suis allée à un de leurs concerts récemment. »

Elle désigna une photo des Strokes.

Comme Anne-May les écoutait souvent aussi, Francis avait des choses à dire. Il était content que Betty s'assoie à côté de lui et lui fasse la conversation. Non seulement parce qu'elle était sexy et sentait délicieusement bon (son parfum était à tous les coups un cadeau de Ryan, il offrait *toujours* du parfum à ses secrétaires), mais parce qu'elle flirtait carrément avec lui et semblait même se rapprocher de plus en plus. Il sentit qu'il n'avait plus besoin de dire grand-chose. Il suffisait qu'il la regarde dans les yeux et fasse comme s'il savait quelque chose qu'elle ne savait pas encore. Le truc parut fonctionner, car elle lui posa brièvement la main sur le genou en parlant.

La porte du bureau de Ryan s'ouvrit. Son regard était éloquent. Voir sa secrétaire flirter avec son beau-fils ne lui plaisait pas du tout. Mais il se ressaisit aussitôt.

« Frank, c'est sympa de te voir, dit-il avec une cordialité appuyée. Entre, je suis à toi. »

Francis lança un dernier regard à Betty, se leva et le suivit.

Ryan avait maintenant un peu plus de quarante ans, costume élégant, coupe de cheveux soignée, une montre coûteuse au poignet. Pourtant il n'avait pas oublié qu'il venait d'une famille pauvre. On ne l'avait jamais vu au volant d'une voiture tape-à-l'œil et il pratiquait toujours le *pro bono*, défendant à titre gratuit des personnes sans ressources. Son bureau était clean comme une chambre d'hôtel, pas le plus petit grain de poussière sur les meubles. Deux tableaux étaient accrochés au mur. L'un était vert pois avec un point orange au centre. Il avait coûté soi-disant vingt mille dollars et datait du temps où Ryan était riche. À côté, un tableau entièrement noir avec quelques bandes de couleur qui aurait certainement rapporté moins, car il était de Ryan en personne. Il s'était mis à la peinture quelques années plus tôt – après sa débâcle sur le second marché. Malgré ses dettes il s'était déchargé à l'époque d'une partie de son travail sur ses collaborateurs pour s'occuper davantage de Nicky. Ryan pouvait être froid et calculateur, OK, et c'était définitivement un ex-mari de merde. Mais comme père il était plutôt bon.

« Ça fait longtemps que tu n'es plus venu ici.

Ryan s'approcha de la fenêtre et désigna le chantier de Ground Zero avec un geste d'agent immobilier.

» La vue a un tantinet changé ces dernières années. »

Là-dessus, il ôta sa veste. Le tissu de sa chemise se tendait sur ses bras. Il était musclé et en pleine forme, comme toujours. Il avait beau ne faire qu'un mètre soixante-dix, Francis ne se serait pas mesuré à lui. Ryan adolescent était l'un des meilleurs lutteurs du New Jersey, sa spécialité : la clé de nuque. Francis n'oublierait jamais la première fois qu'il avait vu le dos nu de Ryan après un entraînement. Il possédait cette musculature incroyable qu'on n'acquiert qu'en s'entraînant toute sa vie comme un dingue plusieurs fois par semaine. Depuis qu'il avait vu ça, Francis avait du respect pour Ryan, et les dernières années n'y avaient rien changé.

Sur le bord de la fenêtre était posée la dernière édition de *The Economist* à côté d'une série de photos encadrées. La plupart montraient Nicky : jouant au basket, dans le jardin, une glace à la main ou à un concert de Bruce Springsteen. Autrefois, il y avait aussi des photos de Francis, elles étaient remplacées désormais par celles d'un golden retriever, le nouveau chien de la famille.

Ils s'assirent. Ryan se pencha vers lui, la main posée sur la table.

« Écoute-moi, Frankie.

Il ne l'avait plus appelé Frankie depuis des années.

» Je suis vraiment désolé pour ta mère. Hier je n'ai pas pu fermer l'œil. Ça a dû être terrible pour toi.

— Depuis quand est-ce que tu te soucies de ce genre de chose ? »

Francis ne voulait pas faire une réponse aussi cassante, ça lui avait échappé. Il songea au système breveté Wilco Ryan : pour chaque bonne note à l'école vous aviez droit à des points que vous pouviez échanger contre des CD, des tickets de cinéma ou un supplément d'argent de poche. Soudain il regretta d'avoir engueulé Ryan.

Il voulut dire quelque chose de gentil, mais trop tard, Ryan s'était déjà reculé sur sa chaise et avait retiré sa main.

« Pourquoi tu es venu ici ? Nicky m'a dit que tu voulais absolument me parler.

Francis évita son regard inquisiteur.

— J'ai besoin d'argent, s'efforça-t-il d'articuler.

— De l'argent pour quoi faire ?

— Je ne peux pas te le dire.

— Dans ce cas, je ne peux malheureusement rien te donner.

— Mais tu m'as toujours promis que tu m'en donnerais si je t'en demandais.

— C'était avant. Ces dernières années, je t'ai vu cultiver ton rejet de la vie, alors je me renseigne.

— J'ai besoin de cet argent pour maman. Ses frais d'hospitalisation sont...

— Menteur, dit Ryan. Je continue à payer les frais d'hospitalisation de Katherine, tu le sais très bien. Alors tu en as besoin pour quoi, en vrai ?

— C'est pour un voyage, dit Francis. Je dois absolument aller à L.A.

— Désolé, Frank, mais je ne vais certainement pas financer tes vacances... Et pourquoi dois-tu absolument aller là-bas ?

— À cause de mon père.

Le visage hâlé de Ryan pâlit d'un ton.

— Ton père. Et comment sais-tu... ?»

C'était le moment d'abattre sa carte maîtresse. Francis plongea la main dans sa poche, sortit la lettre de sa mère et la posa sur la table.

Quand Ryan eut achevé sa lecture, il leva les yeux. « Tu veux combien ? »

Cher Frankie,

Il est temps que tu apprennes la vérité. Toute la vérité. Je sais qui est ton père, je l'ai toujours su. Même après des années de réflexion je ne sais toujours pas très bien comment je dois te le dire, alors je vais faire court. Si je t'ai caché le nom de ton père, ce n'est pas parce qu'il s'agit d'une brève aventure sans importance. Au contraire, à l'époque j'ai choisi ton père de manière beaucoup plus réfléchie que ne le font la plupart des mères. Mais je n'ai jamais couché avec lui et je ne l'ai même jamais rencontré.

Tu étais un bébé-éprouvette, Francis. Mais pas n'importe lequel, si cela peut te consoler. Tu as des gènes spéciaux.

C'était une autre époque. La vie réelle n'était pas mon fort. Je n'avais pas de chance avec les hommes que je rencontrais, les études me semblaient avoir quelque chose de faux et mon job de pom-pom girl ne m'amusait pas vraiment. J'avais le sentiment de n'avoir ma place nulle part et d'être à la dérive.

C'est alors que je suis tombée sur une annonce du milliardaire Warren P. Monroe dans le Times. *Ce nom ne te dira pas grand-chose mais Monroe était très connu en son temps. Il cherchait des jeunes femmes et des couples sans enfant pour une expérience qui allait changer la face du monde – et bien payée par-dessus le marché. Je n'avais rien à perdre et j'y suis allée. L'événement se déroulait dans la clinique de Monroe au centre de L.A. À part moi il y avait là quatre-vingts femmes et cent couples au bas mot. Plusieurs annonces avaient manifestement été passées en même temps. Selon Mr Monroe, l'homme intelligent était menacé d'extinction. Les diplômés de l'enseignement supérieur ne se multipliaient plus comme il aurait fallu, ils se contentaient de faire carrière et c'étaient précisément les génies qui restaient souvent sans descendance tandis que les imbéciles faisaient des tripotées d'enfants. Il voulait enrayer ce processus. Aussi avait-il déboursé des sommes colossales pour acheter leur sperme à des Prix Nobel et des scientifiques de génie. On nous apprit qu'il avait fondé au début des années quatre-vingt la banque des génies, les premiers enfants avaient déjà quelques années. Monroe projetait d'élever une nouvelle élite génétique et il était donc toujours en quête de femmes avisées et discrètes qui mettraient ces enfants au monde pour lui.*

Aujourd'hui ça paraît insensé, mais Monroe était capable de susciter cet esprit d'innovation. En signant un contrat avec lui, nous étions assurées de participer à une entreprise grandiose. Les mères élevant seule leur enfant recevaient en outre une bourse qui les mettait à l'abri des difficultés financières pour de nombreuses années. J'étais très naïve à l'époque, j'ai cru que j'allais pouvoir démarrer une nouvelle vie avec cet argent. Une vie qui aurait enfin un sens, où j'assumerais une responsabilité et où j'aurais un enfant qui débuterait avec les meilleurs atouts. Je voulais faire tout correctement au moins une fois.

Après quelques tests, j'ai été déclarée apte et on m'a inséminée à la clinique Monroe avec le sperme d'un génie. Tu es né neuf mois plus tard. Mon petit génie.

Nous les mères ne savions pas en principe de qui venait le sperme. Tous les donneurs, nous disait-on, étaient beaux, en bonne santé et athlétiques. Ils avaient des pseudonymes tels que Donor Brian ou Donor Michael, et nous disposions de vagues informations sur leur profession, leur QI et leurs centres d'intérêt. On n'en savait pas davantage. Monroe disait toujours: «Vous n'avez qu'à vous imaginer que c'est Einstein en personne!» Mais ça ne me suffisait pas, je voulais absolument savoir qui était ton père. C'était presque impossible, bien sûr. Monroe avait donné beaucoup d'argent à chacun des donneurs et leur avait surtout garanti que leur nom ne serait jamais divulgué. Mais Monroe avait un assistant, un type falot nommé Andy, qui était amoureux de moi. Il a dérobé le dossier de ton père dans le bureau de Monroe. J'ai obtenu enfin une photo et quelques informations. Ton père était diplômé de Harvard, il jouait du violon et avait un QI de 170.

Il était précisé qu'il vivait sur la côte ouest, son pseudo était Donor James. Par contre j'ignore son vrai nom.

Je ne voulais pas le connaître parce que j'avais peur d'être tentée d'aller le trouver, en vain. Mais j'avais surtout peur que toi tu ailles le trouver. Il ne te connaît pas et il ne voudra pas te voir, Frankie. Je voulais t'éviter cette déception. Mais ton père est un homme au cœur d'or, tu peux me croire, je l'ai vu sur la photo. Il m'a tout de suite plu. Vous avez le même regard intelligent, malicieux.

Suivaient quelques lignes à peine lisibles. Sa mère avait visiblement la main qui tremblait en écrivant, certaines phrases s'interrompaient en plein milieu. Elle écrivait que le vol du dossier avait été découvert. Pour protéger Andy elle avait avoué le cambriolage et pris la faute sur elle. Monroe était furieux, il l'avait jetée dehors, on lui avait supprimé sa bourse. Par peur que l'affaire ne s'ébruite, il avait tout de même acheté son silence en lui donnant une somme globale, en contrepartie elle avait signé un document, elle s'engageait à ne rien dire à personne et à ne pas informer la presse. Après quoi, elle avait décidé de redémarrer à zéro et s'était installée sur la côte est avec son enfant de trois ans. Sa mère écrivait en conclusion qu'elle ne regrettait rien parce qu'elle avait eu au moins quelques années heureuses. Avec lui, avec Nicky et avec Ryan.

Pour ce qui est de Ryan, je ne lui ai rien dit de tout ça. Il aurait beaucoup aimé être ton vrai père, et il a eu de plus en plus de mal à gérer le fait que tu ne sois pas son fils biologique, alors ne le condamne pas trop vite pour ce qu'il nous a infligé ces dernières années.

Je n'ai jamais eu l'intention de te raconter tout ça dans une lettre. Mais il s'est passé des choses qui m'ont fait changer d'avis. Pendant toutes ces années, j'ai attendu que tu exploites ton potentiel, Frankie. Mais tu as beau avoir les meilleurs gènes qu'on puisse imaginer, tu as été ces dernières années un mauvais élève, sans ambition, à peine moyen. J'ai toujours essayé de me persuader que tu allais revenir à la raison, te mettre à étudier et faire quelque chose de ta vie. Mais quand tu m'as dit hier que tu en avais assez de l'école et que tu songeais à t'engager dans l'armée, pour moi ç'a été la fin de tout. Je ne peux pas te laisser te fourvoyer ainsi. Je sais que j'ai échoué en tant que mère, et si tu n'arrives à rien j'en suis évidemment la seule responsable.

J'ai toujours cru que je devais rester en vie pour toi, mais sans moi tu finiras peut-être par comprendre à quel point ta vie est précieuse. Avec les atouts que tu as au départ, toutes les portes te sont ouvertes.

Je t'ai toujours aimé, Frankie, c'est pour toi que j'ai tenu aussi longtemps. Prends soin de Nicky, s'il te plaît, et dis-lui que je l'aimerai toujours, même si je ne suis plus là.

Maman

2

Francis le sentait : c'était le moment de sa vie où tout prenait un sens ; où il savait enfin ce qu'il avait à faire !

Il était devant le miroir de la salle de bains, son reflet lui renvoyait un sourire radieux. *Un génie*, les deux mots fusèrent dans sa tête. Il eut soudain une vision claire des choses ; il fallait qu'il trouve son père, par n'importe quel moyen. Si tout se passait bien, il échapperait enfin à sa vie et montrerait aux gens qu'il n'était pas un raté. Son voisin Toby disait toujours que dans ce pays les gars comme eux ne sortaient de la merde que s'ils avaient beaucoup d'argent ou du génie. Deux objectifs inaccessibles pour lui sa vie durant, mais voilà que l'aiguille de sa boussole intérieure s'était remise à vibrer. Sauf qu'elle ne pointait plus vers le nord, mais vers l'ouest.

Donor James vivait peut-être toujours en Californie, c'est donc là-bas qu'il commencerait ses recherches. Avec un peu de chance il pourrait trouver de l'aide à la clinique Monroe de Los Angeles. Ryan lui avait dit de repasser le voir dans deux jours, il lui donnerait cinq mille dollars ; ça devrait suffire pour le billet d'avion et tout le reste. Ça aurait suffi, certes, mais il avait besoin de cet argent pour autre chose. Une chose qu'il voulait se prouver depuis longtemps, et cette fois le moment était venu. Et par chance il avait quelqu'un qui l'emmènerait gratuitement à Los Angeles.

« Juste deux mots, dit-il quand il fut dans la chambre de Grover. "Road. Trip."

— Juste deux mots, dit Grover quand il comprit qu'il devrait jouer le rôle du chauffeur. "Tu. Oublies." »

Sa réponse standard à tout ce qui exigeait un peu de courage. Autrefois déjà, il était le seul à ne pas se réjouir quand il y avait une sortie scolaire, sur le plongeoir il hésitait et se dégonflait au dernier moment, et il n'allait jamais dans les soirées. Il avait peur de tout ce qui était nouveau et inconnu.

Pourtant ils avaient déjà parlé de faire un jour une virée avec la Chevy !

« Ça va être *épique* », répétait Francis.

Et après une débauche d'arguments entrecoupés de « S'il te plaît » désespérés et d'une concession – ils s'arrêteraient en route pour voir ce Grand Canyon à la con –, Grover accepta enfin de le conduire en Californie.

Francis était devant la porte du service des soins intensifs. Sa mère y avait été transférée et il avait beau s'obstiner, on ne voulait pas le laisser entrer.

« Elle a besoin de calme, lui disait pour la énième fois l'infirmière à travers l'interphone. Pas de visite. Pas de téléphone. Je suis vraiment désolée. Reviens la semaine prochaine. »

Francis essaya encore un moment, puis il renonça. Ce qui valait peut-être mieux, car il n'aurait de toute façon pas pu parler à sa mère de son projet de voyage. Ni lui dire que la nuit qui avait suivi sa tentative de suicide il était resté assis devant le mobil-home à fumer jusqu'au lever du jour. Qu'elle s'était montrée lâche et l'avait laissé tomber. Qu'entre eux ce ne serait plus jamais comme avant et qu'elle n'avait plus le droit de lui dire quoi que ce soit. Au lieu de lui écrire ça, il fit une lettre disant qu'il l'aimait et qu'il reviendrait bientôt. Ce qui n'était pas un mensonge. Mais ce n'était pas tout à fait la vérité.

Il descendit par l'escalier au service où était Anne-May. Comme elle recevait la visite de ses parents, il attendit dans le couloir. Plus tard, il les observa par la fenêtre qui montaient dans une Lexus. La mère portait un tailleur de marque couleur crème et le violeur se baladait en costume bleu et cravate jaune. Quand ils venaient la voir tous les deux, elle n'était plus insoumise mais toute gentille, presque timide.

Lorsqu'il entra dans la chambre, elle était allongée sur son lit. En jupe et T-shirt moulant, avec sur ses genoux un livre d'un type nommé Kazuo Ishiguro. Elle était concentrée sur sa lecture et remarqua à peine sa présence. Sur la table de nuit il y avait toujours le CD de l'Orchestre philharmonique de Los Angeles, elle voulait absolument aller l'entendre un jour en concert.

Francis avait compris depuis longtemps qu'il ne lui arrivait pas à la cheville. Anne-May était mille fois plus futée et plus cultivée que lui. Elle venait d'un monde où l'on parlait d'opéras, de livres et de politique, où le réfrigérateur était rempli tous les jours et où l'on forgeait des plans grandioses sur ce qu'on ferait de sa vie. Il redoutait déjà le jour où elle serait autorisée à quitter la clinique. Elle ne lui appartenait que dans cet étrange univers parallèle où les médicaments, la normalité et les entretiens psychothérapeutiques comptaient plus que l'argent, l'intelligence ou les origines.

« Tu étais avec ta mère ?

Anne-May posa son livre et le regarda d'un air apitoyé.

» Comment...

— Tout va bien, dit-il très vite, les pouces enfoncés dans ses poches de pantalon.

— Tu parles. Rien ne va bien.

Anne-May tapota la place libre à côté d'elle. Comme il hésitait, elle rit.

» Viens donc t'asseoir là. »

Il s'assit sur le lit, à une vingtaine de centimètres d'elle. Elle lui prit la tête entre ses mains et lui ébouriffa les cheveux. Francis s'abandonna. Anne-May sentait bon, son corps était doux, il s'appuya contre elle. Il aurait du mal à la quitter.

« Pourquoi ta mère et ton beau-père se sont-ils séparés en fait ?

— Je n'ai jamais très bien su.

Francis se frotta le menton.

» Ils ne se sont jamais disputés devant nous. Apparemment il ne l'aimait plus. Il faut dire qu'elle était déjà dépressive à l'époque. Elle s'isolait de plus en plus, elle passait son temps couchée dans sa chambre. Sans doute qu'il n'a pas supporté.

— Et toi ?

Il secoua la tête.

— Tu ne sais pas comment était ma mère avant. Elle était tendre et drôle, et elle était capable de parodier n'importe qui. Vous vous seriez plu. »

Il se rappela que sa mère et lui faisaient souvent équipe contre Nicky et Ryan quand ils jouaient au *Risk*. Ils les appelaient en secret « Team Lilliput » tellement ils étaient petits. « Allez, on liquide ces deux nains », lui chuchotait-elle en riant.

« Pourquoi elle est devenue comme ça, je n'en ai pas la moindre idée. Peut-être qu'elle a simplement... »

Il revit sa mère gisant sur le sol, inerte. Son visage hébété quand elle était revenue à elle. Sa vue se brouilla. Il se sentit gêné devant Anne-May et se hâta de tourner les yeux vers la fenêtre.

Pour dire quelque chose, il la mit au courant de la lettre d'adieu de sa mère et de son intention de partir à L.A. pour retrouver ce Donor James.

«J'ai un père, tu comprends?

Ces mots lui paraissaient toujours aussi irréels dans sa bouche.

» J'ai un vrai père.

Anne-May se réjouissait pour lui, mais en même temps on la sentait triste.

— Tu pars quand?

— Demain.

Elle parut s'abstraire et réfléchir intensément. Comme souvent lorsqu'elle était nerveuse ou inquiète, ses yeux vert foncé allaient et venaient d'un côté et de l'autre. Sans relâche. Ils s'arrêtèrent sur lui.

— Je viens avec toi.»

Non, il ne pouvait pas faire ça! Il avait assez de problèmes, et d'abord on ne sortait pas si facilement du service où elle était. Les portes étaient verrouillées et elle n'avait droit qu'à une demi-heure par jour où elle se promenait dans le parc accompagnée d'un infirmier.

«Mais il faut que tu m'emmènes!

Elle avait les larmes aux yeux, son eye-liner noir commençait à couler.

» Si je reste ici plus longtemps, je vais péter les plombs et me foutre en l'air pour de bon. Je ne peux plus voir cette bouffe! Je ne veux pas que mon père vienne me voir! Je ne supporte plus ces cachets et ces séances de thérapie! Ils m'ont même pris mon téléphone. J'ai dix-neuf ans et ils me traitent comme une enfant.

Elle avait donc dix-neuf ans.

— Je suis désolé, dit-il. Ce n'est pas possible, c'est tout. Si je t'aide à sortir d'ici ils vont sûrement nous rechercher!

— N'importe quoi. Allons, Dean... Ils ne vont pas nous rechercher. Et puis j'ai ma grand-mère qui vit à San Francisco, j'aimerais bien la voir.

— Peut-être, mais ce n'est vraiment pas possible, répéta-t-il, et il s'écarta d'elle.»

Il ferma les yeux et essaya de se calmer. Mais son souffle s'accélérait. À cause de la main d'Anne-May qui venait de se glisser sous sa ceinture, dans son pantalon. Surpris, il ne bougeait pas et gardait les yeux fermés, mais il bandait. Elle le saisit d'une main, son autre main descendit le long de sa joue et fit pivoter son visage vers elle.

«Regarde-moi! dit-elle tout bas.

Il ouvrit les yeux.

— Qu'est-ce que tu fais?», demanda-t-il et sa phrase lui parut maladroite et minable.

Anne-May n'avait peut-être qu'une seule arme, mais quelle arme.

C'était la première fois depuis longtemps qu'il s'approchait si près d'une femme et il eut l'impression qu'il avait tout oublié. Pourtant il n'avait que dix ans quand il avait embrassé ses premières filles et, deux ans plus tôt, il avait même failli coucher avec Jenny Meyers, qui était dans sa classe. Elle s'était ravisée au dernier moment et l'avait fait patienter jusqu'à une prochaine fois. À l'époque, il n'aurait jamais pensé qu'il serait encore puceau à presque dix-huit ans.

Anne-May sourit.

« Tu ne l'as jamais fait, c'est ça ?

— J'ai... Il y a eu...

— On peut arranger ça. »

La main dans son pantalon se mit à lui masser la queue. Anne-May était de plus en plus près, sa bouche était contre la sienne.

« Si tu me fais sortir d'ici et que tu m'emmènes je couche avec toi. Là, tout de suite. »

Il voulut répondre mais en fut incapable. En haut dans son cerveau, c'était le vide total. Plus personne n'était à son poste, tout le monde s'était empressé de filer en bas. *J'hallucine, il se passe enfin quelque chose*, disait l'un en dévalant l'escalier de son corps. *Je veux voir ça !* disait un autre. *Je parie qu'il va encore trouver le moyen de tout foirer*.

Pour finir Francis accepta.

« D'accord !

Anne-May le regarda d'un air supérieur.

— Je pose trois conditions, chuchota-t-elle. Primo : on fait ça dans le noir, je ne veux pas te voir ni t'embrasser, et dès que tu as joui, c'est terminé. Tu sors de la chambre et tu ne réapparais que demain pour me faire sortir d'ici. Et après ça, tu ne te fais pas d'illusions et tu ne tombes pas amoureux de moi, ça ne pourrait que mal finir. D'accord ?

Ça fait beaucoup plus que trois conditions, pensa Francis, ou plutôt il ne pensa rien. Il se contenta de hocher la tête.

— D'accord !

La main sortit aussitôt de son pantalon. Elle tirait maintenant sur son T-shirt.

— OK, alors viens. »

Ils allèrent dans la salle de musique au bout du couloir. Anne-May lui ordonna de se coucher sur le piano. Elle éteignit la lumière. La pièce n'avait pas de fenêtre, il faisait noir comme dans un four. Francis était allongé sur le bois dur et il avait un peu peur qu'elle pète les plombs et lui fasse du mal. Il souleva distraitement le couvercle et tapota sur quelques touches au hasard. Elle rit.

Puis le silence retomba. Francis eut la chair de poule, dans l'obscurité il entendait Anne-May enlever sa jupe, son T-shirt et sa culotte. Elle grimpa près de lui sur le piano et il sentit son corps et son souffle. Elle passa ses mains glacées sur son buste à plusieurs reprises, tripota sa ceinture et baissa son pantalon puis son boxer. Elle s'approcha et il perçut le contact de ses seins sur sa peau. Francis l'entendit respirer plus vite et il pensa aux nombreux hommes avec lesquels elle avait déjà couché. *S'il te plaît, mon Dieu, je t'en prie*, pensa-t-il, *fais que je ne gâche pas tout dans la seconde !*

Elle s'assit sur lui et eut un bref tressaillement comme s'il lui avait fait mal. Une légère résistance. La seconde d'après tout devint chaud, il était en elle. Anne-May commença à bouger lentement sur lui. Francis ne pouvait pas faire grand-chose si ce n'est rester allongé. Il avait espéré que ses yeux s'habitueraient à l'obscurité mais le noir persistait. Anne-May accéléra le mouvement, elle gémissait doucement. Il voulut faire quelque chose et l'attrapa par les fesses, mais elle lui écarta aussitôt les mains et se pencha sur lui. Ses cheveux lui tombaient sur le visage, sa tête était maintenant à côté de la sienne. Elle gémit plus fort, directement contre son oreille. Le son était très clair et faible en comparaison de sa voix habituelle, ferme et grave. Elle dit tout bas « Oui, oui » plusieurs fois. Tout alla si vite qu'il ne se souvint des détails que plus tard. Il n'aurait su dire combien de temps ça durait, deux minutes, vingt minutes, ou cinquante secondes. Elle se redressa, lui saisit les mains et les guida vers ses seins. Maintenant, il haletait aussi. Elle bougeait de plus en plus vite au-dessus de lui, et tandis qu'il lui caressait les seins il sentit son bassin tressaillir soudain à plusieurs reprises et elle gémit encore une fois, très fort. À cet instant il n'y tint plus et jouit. Un tout petit peu trop tôt sans doute, mais sur le moment il était simplement heureux. Il lui caressa tendrement la jambe avec sa main et il aurait voulu pouvoir retenir cet instant pour toujours.

« Allez, file ! », dit-elle.

3

Francis s'était rhabillé dans le noir, il avait quitté la chambre et gagné la sortie du service en titubant. Steve lui ouvrit la porte et lui posa une question mais il le vit à peine. Sa tête était remplie de sensations, de bruits, et en même temps vide. Il avait profité de la faiblesse d'une malade, d'un autre côté il se sentait lui-même utilisé, usé, mal en point. Il aurait aimé raconter à tout le monde ce qui venait de se passer et surtout en parler avec Anne-May, mais ce n'était pas possible.

Le lotissement sentait l'huile de moteur, les grillades et l'herbe mouillée. Francis alla chez ses voisins. Les Miller avaient quatre enfants, à part la fille aînée aucun n'avait réussi à terminer le lycée. Ils organisaient tous les vendredis une soirée italienne avec des spaghettis ou de la pizza, et parfois ils invitaient Francis et sa mère.

Il demanda à voir Toby. Quelques secondes plus tard surgit à la porte un gars aux cheveux courts, avec un jean baggy et un tricot de corps blanc. Il s'était fait tatouer sur le biceps gauche un visage au regard sinistre et le mot « OBEY ! ». Toby avait trois ans de plus que Francis, le soir ils s'asseyaient souvent tous les deux devant leurs mobil-homes pour bavarder, Toby lui donnait une bière ou le laissait tirer sur son joint. Parfois il lui lisait aussi de petits textes ou des chansons qu'il écrivait. Il appelait ça *Trailer Park Diaries*. Il y était question des gens de leur lotissement qui étaient tous enchaînés mais ne le savaient pas. Certains textes évoquaient aussi les enfants SDF d'Amérique, plus de deux millions, tous les laissés-pour-compte et les exclus du pays auxquels personne ne s'intéressait et que le gouvernement faisait tenir tranquilles à coups de télévision, d'Internet et autres drogues, jusqu'au jour où viendrait l'insurrection. Francis trouvait les textes un peu confus et pathétiques, mais ce n'était pas grave. Il avait aimé son voisin dès le début.

« Notre clim est foutue.

Toby désigna du doigt le boîtier blanc sur la paroi du mobil-home des Miller.

» On n'a pas de thune pour la faire réparer, et du coup ma mère s'est remise à débloquer. Tant pis...

Francis se demanda si ce qu'il venait de vivre se voyait sur lui, s'il paraissait différent, plus âgé. Mais Toby lui parlait comme d'habitude.

» Alors, comment va, petit ?

Lui seul avait le droit de l'appeler comme ça.

» Tu es au courant pour Tammy Parks ?

— Pourquoi, qu'est-ce qui s'est passé ?

— Sa mère est morte avant-hier. Ils ne pouvaient pas payer l'opération, à la fin c'est allé assez vite.

— Merde.

Francis pensa à Mrs Parks qui l'engueulait chaque fois que son chat allait sur sa véranda. Et à sa fille avec qui il était sorti quelques années plus tôt.

— Au fait, ça a marché ? », demanda-t-il.

Toby acquiesça et lui fourra la carte d'identité dans la main. Elle était identique à celle que Francis avait eue jusque-là, à cette différence près que, sur celle-ci, il avait vingt et un ans. Toby n'avait pas fait ça lui-même ; parmi les gens à qui il vendait de la drogue se trouvait le meilleur faussaire de la région.

« Pourquoi il te la fallait si vite ? Pour faire quoi ?

Francis aurait pu lui expliquer son projet et lui dire que pour le mener à bien il fallait qu'il ait vingt et un ans, mais il préférait garder ça pour lui.

— Rien de spécial..., dit-il.

Il plissa les yeux.

» Combien je te dois ? Je reçois de l'argent demain, alors je pourrai...

— Tu ne me dois rien du tout », dit Toby.

Francis songea à cette fameuse nuit deux ans plus tôt. Les Miller avaient toujours été des voisins bruyants. Les parois de leur mobil-home n'étaient pas épaisses, on entendait quasiment tout. Par exemple, quand le père tabassait son fils ou sa femme. À un moment donné le bruit était devenu moins fort et plus angoissant. Des gémissements de filles. Leur père avait continué tant et plus, c'était un chômeur qui buvait, un tyran qui s'en prenait à ses filles et que personne ne pouvait retenir. Et un jour, deux ans plus tôt à peu près – Francis était en train de regarder la télévision –, on avait sonné ; les sœurs de Toby. Elles avaient demandé si elles pouvaient passer la nuit chez lui.

— Maman n'est pas là ce soir et Toby veut être seul avec lui.

Francis les avait fait entrer, mais il éprouvait un sentiment bizarre. Ça faisait vilain à côté. Il entendait sans arrêt des hurlements étouffés, et puis, d'un coup, silence total. Il avait d'abord cru que quelqu'un était mort. Mais une ambulance était arrivée et elle avait embarqué le père de Toby. Le lendemain matin, Francis allait jeter la poubelle. Il pleuvait. Toby avait surgi devant lui, comme une apparition. Il y avait quelque chose de changé en lui, Francis n'aurait pas su dire s'il avait pleuré ou si son visage était trempé par la pluie. Ils s'étaient dévisagés.

« J'ai carrément pas pu, avait fini par dire Toby. C'est mon père. Mais je lui ai dit que s'il se repointait ici, je le ferais. »

Ils n'en avaient plus jamais reparlé, et personne n'avait plus jamais revu le père de Toby dans le secteur.

Le soir précédant le départ, Francis était dans la chambre à coucher de sa mère. Il cherchait des documents sur sa procréation mais ne trouvait rien. Ni sous le matelas, ni dans l'armoire, ni dans la commode. En revanche, il découvrit dans un tiroir des photos de lui enfant. Toutes le montraient joyeux ; sur plusieurs, il avait ce sourire crâneur qui avait complètement disparu ces dernières années et qu'il retrouvait sur ces photos comme un vieil ami oublié. Ses doigts heurtèrent un objet métallique. Cachée sous les photos, il y avait la médaille qu'il avait gagnée pour sa deuxième place à un tournoi de lutte interrégional. Curieusement il ne se souvenait plus du tout de l'avoir offerte à sa mère. Qu'elle ait gardé ce vieux truc pendant si longtemps le toucha.

Francis continua à chercher. Dans le tiroir inférieur de la commode, il trouva des boîtes de Zoloft, de codéine et d'autres cachets. Parmi elles, un tas de lettres de rappel. Elle n'avait apparemment payé ni les factures de téléphone ni le loyer du mobil-home depuis deux mois. Il ne leur restait plus que quelques petites semaines pour s'acquitter de leurs dettes, faute de quoi ils seraient expulsés. Francis avait les yeux rivés sur les lettres de rappel, il s'assit sur le lit de sa mère et se passa la main sur la bouche.

Il allait falloir changer tout ça !

Il mit un moment à se ressaisir, puis il se leva et mit le PC en route. Il tapa « Donor James » sur Internet, sans résultat. Quant à la banque des génies, souvent désignée par l'expression « Genie-Farm », très peu d'articles la mentionnaient. L'un d'eux précisait que la banque avait été dissoute des années plus tôt, peu après la mort de Monroe. Ses cliniques avaient été fermées aussi, sauf celle de Los Angeles dans laquelle Francis avait été engendré.

Il passa la moitié de la nuit à explorer à fond tous les sites Internet possibles, mais ne trouva que quelques rares informations sur Monroe et son partenaire le Dr von Waldenfels, un eugéniste autrichien, assorties de quelques documents. Chaque fois qu'il cliquait sur un lien, l'article avait été supprimé ou restait vague et creux.

Quelle déception ! Francis voulait savoir enfin la vérité. Si son père était un génie, il devait bien lui en rester quelque chose !

Il fallait simplement trouver quoi.

4

À onze heures pile le lendemain matin Francis se baladait dans le parking de la clinique, un sac sur l'épaule. À l'intérieur, le linge d'Anne-May, une pochette avec ses médicaments, la photo de son frère, les CD de l'Orchestre philharmonique de Los Angeles et son porte-monnaie. La lettre dans laquelle elle justifiait sa fuite était déjà sous son oreiller.

Il s'installa dans la Chevy. Malgré sa tension il ne put réprimer un bâillement. Il n'avait pas dû pioncer plus de trois heures, il s'était douché les yeux fermés.

Grover en revanche semblait remonté comme une pendule. Il portait ses éternelles bottes noires et tripotait son T-shirt tout neuf – sur sa poitrine on lisait « PUSSYMASTER ». Que dire, ce type était carrément dingue.

« Francis, il faut qu'on parle.

Il se cramponnait au volant.

» Je ne suis plus très sûr que tout ça soit une bonne idée. Je ne suis jamais parti aussi loin de chez moi et ma mère va me tuer si elle...

— Ta mère te croit dans le Vermont avec tes Mathlètes.

— Mais je ne lui ai jamais menti, Francis. Ça va se savoir !

— Mais non. Fais-moi confiance.

Grover appuya la tête contre le volant d'un air résigné.

— *Francis*, tu peux très bien prendre ma voiture. Ou bien je peux te...

— *Grover !* Je n'y vais pas si tu ne viens pas avec moi. J'ai besoin de toi. S'il te plaît ! »

Il vit Anne-May qui arrivait sur le parking et s'arrêtait devant un kiosque à une centaine de mètres à peu près. Francis respira. L'infirmier qui l'accompagnait était le gros Steve ; ce serait un jeu d'enfant.

« Mets le moteur en route.

Francis ouvrit la portière arrière.

» C'est parti.

— C'est parti ?

Grover regarda d'abord Anne-May et l'infirmier, puis le sac sur les genoux de Francis.

» Qu'est-ce qui est parti ? »

Francis ne répondit pas et jeta le sac sur la banquette arrière. Anne-May et l'infirmier étaient toujours devant le kiosque, visiblement en train d'acheter deux Cornetto. Elle semblait flirter avec lui, Steve riait. Francis klaxonna deux fois.

« Qu'est-ce que tu fais ? Mais qu'est-ce qui se passe ? », demanda à nouveau Grover, avec un soupçon de panique dans la voix cette fois.

À cet instant Anne-May se mit à courir. Steve la suivit d'abord des yeux d'un air ahuri puis se lança à sa poursuite en soufflant comme un phoque, les cornets de glace à la main. Il donnait le maximum et faisait preuve d'une persévérance étonnante, mais il n'avait aucune chance. Anne-May sauta dans la voiture, il était encore à quarante mètres. Ça paraissait gagné – mais Grover ne démarrait pas. Complètement dépassé par les événements, il resta plusieurs secondes à fixer le tableau de bord sans bouger.

« Fonce, bon Dieu ! lui répétait Francis.

Steve reprenait espoir et gagnait du terrain. Il était de plus en plus près.

» ALLEZ, FONCE, JE TE DIS ! »

Grover sortit de sa torpeur et appuya à fond sur l'accélérateur. Francis eut le temps de voir dans le rétroviseur la mine déconfite de l'infirmier ; avec ses deux cornets de glace on aurait dit un enfant à qui on vient d'enlever son jouet préféré. Puis la voiture tourna au coin de la rue, ils étaient partis.

5

Ils quittèrent la ville à fond la caisse. Anne-May avait sorti la tête par la vitre, le vent ébouriffait ses cheveux. Francis lança à Grover un regard de reproche.

« Merci d'avoir hésité aussi longtemps. Tu es un vrai trouillard.

— Je ne suis pas un trouillard ! dit Grover d'une voix nettement plus virile que d'habitude.

Il voulait sans doute paraître cool devant Anne-May. Il n'arrêtait pas de l'examiner d'un air incrédule ; jusque-là, il devait penser que Francis exagérait.

» Mais s'ils nous poursuivent ? ajouta-t-il à voix basse.

— Ils ne nous poursuivront pas, personne n'a... »

Derrière eux retentit une sirène de police.

Tous trois se retournèrent avec effroi, Grover s'enfonça aussitôt dans son siège, Anne-May se baissa, elle aussi. Ils regardèrent, sans dire un mot, la patrouille de l'autoroute se rapprocher, les rattraper – et les doubler à toute vitesse.

Francis soulagé vit la voiture s'éloigner. Leur fuite n'avait pas eu d'autre témoin que Steve, pourtant il s'attendait en secret à devoir ajouter à ses années glorieuses en caravane un petit séjour en maison de correction. Mais personne ne les arrêta.

Leur peur dissipée, Anne-May remercia Francis à plusieurs reprises. Ainsi que Grover, bien sûr, leur héroïque chauffeur. Il était super-heureux, il n'en revenait pas qu'une fille aussi jolie qu'Anne-May lui adresse la parole. Il bégaya quelque chose, il n'arrivait pas à sortir un mot. Ce qui amusa Anne-May.

« Le Pussymaster nous a sauvés », répétait-elle sans arrêt.

Francis rit, et Grover aussi. Il n'avait pas l'air de comprendre en quoi son T-shirt était si drôle.

À Manhattan, certains tronçons de Church Street étaient fermés à cause d'une intervention des pompiers, ils avançaient lentement. Une Japonaise en survêtement sauta du taxi devant eux et courut vers le métro en pestant. Finalement, ils laissèrent la voiture dans un parking. Pendant que les autres entraient dans un café, Francis alla voir son beau-père pour chercher l'argent.

Cette fois Ryan le salua dès le seuil.

« Entre donc, dit-il d'un ton un peu trop aimable.

Francis se dit qu'il avait trouvé un prétexte pour changer d'avis. Il se trompait.

» Tu préfères du liquide ? demanda Ryan.

— Oui, le mieux serait du liquide.

— C'est ce que je pensais.

Ryan ouvrit un tiroir et en sortit une enveloppe pleine à craquer.

» Cinq mille. Tu peux recompter si tu veux!

— Non, c'est bon… Merci!

Ryan hocha la tête.

— Comment va ta mère?»

Francis s'apprêtait à répondre quand le téléphone sonna. Il observa Ryan pendant sa conversation, il avait l'air fatigué et tendu. Pourtant sa façon de parler donnait une impression de dynamisme. Ryan ne s'était jamais plaint quand il avait tout perdu à la Bourse. Dès le lendemain il disait qu'il allait récupérer cet argent. Francis était certain que ce serait le cas. Ryan rembourserait ses dettes en quelques années, ensuite il redeviendrait riche. Il était capable de travailler plus dur que tous les autres.

Francis l'admira un moment pour tout ça. Ryan reposa le combiné et lui fit signe d'approcher. Il mit le bras sur l'épaule de Francis.

«Le coup des cinq mille dollars, c'est juste pour cette fois, Frank, que ce soit bien clair. Je ne suis plus responsable de toi. Je t'ai donné l'argent parce que je te l'avais promis et que je tiens mes promesses. Mais je ne suis pas le gars que tu pourras venir taper comme ça chaque fois que tu auras besoin de quelque chose, compris?

Francis acquiesça mollement et prit l'enveloppe.

Il allait partir quand Ryan le retint.

» D'ailleurs je vais le dire aussi à Katherine : on est divorcés depuis presque cinq ans, j'ai ma propre famille et mes problèmes, je ne peux pas toujours vous soutenir ou casquer pour tout sans arrêt si elle ne prend pas ses médicaments et se retrouve à la clinique une fois de plus. Nous parlons d'une femme qui, dans sa folie, me blesse en permanence. Ces dernières années, j'ai dépensé pour vous des sommes colossales.

— Mais elle n'a pas d'assurance. Nous...

— Il n'y a pas de “mais”. Si tu as un problème avec ça, tu n'as qu'à lui donner tes cinq mille dollars, ou bien te trouver un vrai travail. Ta mère aussi peut chercher du boulot. Elle a quand même fait des études, personne à l'époque ne lui a demandé de les laisser tomber. L'obliger à voler de ses propres ailes l'aiderait bien davantage, à mon avis.

Francis avait les yeux rivés sur l'argent, il était calme extérieurement, mais le léger tremblement au niveau de son cou le trahissait.

— Tu sais ce qui l'aiderait vraiment ?

Maîtrise-toi, pensa-t-il, mais trop tard.

» Ce qui l'aiderait, ce serait que tu ne lui enlèves pas son fils et qu'elle puisse voir Nicky plus souvent. Ou que tu ne la laisses pas croupir dans un gourbi. Voilà ce qui l'aiderait. Tu veux jouer les sauveurs généreux, mais la vérité c'est que tu l'as balancée comme un déchet, elle et sa maladie.

— Tu as fini ? demanda Ryan sans élever le ton. C'est ça, mets-moi tout sur le dos, la vérité c'est que tu es en rogne contre toi-même.

Il désigna l'enveloppe.

» Mon père est mort quand j'avais onze ans. Il a fait une sortie de route, heurté un mur et il est mort sur le coup. Ce jour-là j'étais au cinéma avec des amis, j'étais un enfant normal et quand je suis rentré à la maison je me suis retrouvé soudain l'aîné de six frères et sœurs devenus à moitié orphelins. Il a fallu que je m'occupe de tout. Je ne pouvais pas me permettre d'être aussi paresseux et pleurnicheur que toi. »

Francis voulut répliquer mais c'était inutile. Le regard de Ryan se perdait dans le lointain, il revoyait sans doute son enfance, qui l'avait rendu fort et dur. Un diaporama intérieur avec les mêmes images en boucle.

Il pensa à sa mère qui était enfermée à l'hôpital psychiatrique et ne pouvait pas se défendre contre ces reproches. Il pensa aussi au Ryan d'autrefois qui l'emmenait en virée le week-end et l'aidait à faire ses devoirs. Et à l'unique fois où ils avaient parlé de son père.

« Tu penses à lui de temps en temps ? », avait demandé Ryan du ton le plus neutre possible. Francis avait treize ans à l'époque. Ils venaient de jouer au basket et ils étaient assis sur le terrain pour se reposer. C'était la période où Francis se développait physiquement et dépassait Ryan en taille. Nicky était comme une version miniature de son père, tandis que lui ressemblait de plus en plus à un homme qu'il ne connaissait pas.

« Est-ce que tu envisages parfois de rechercher ton père ? », avait dit Ryan, poursuivant son interrogatoire. Sa voix était aimable mais étrangement cassée.

Sa mère et Ryan avaient déjà décidé de se séparer à l'époque mais Francis se sentait en sécurité.

« Oui, quelquefois », avait-il dit.

C'était une chaude journée de juin, il s'en souvenait encore.

Ryan avait noué son lacet et hoché la tête. Puis il lui avait tapoté le bras et il était allé à la voiture. Francis avait eu plus tard le sentiment d'avoir commis une erreur ou raté un test, sans savoir lequel. Ne pas être le fils de Ryan n'avait jamais été un problème pour lui, il partait donc du principe que c'était la même chose dans l'autre sens, il aimait Ryan en fin de compte. Mais par la suite, il avait eu le sentiment que Ryan avait, depuis toujours, une relation plus étroite avec son fils biologique qu'avec lui.

Rien ne venait confirmer cette impression, ni paroles ni gestes tendres, pourtant ça le préoccupait. À présent il était convaincu que son père biologique avait dû représenter un problème depuis le début. Ryan n'avait rien laissé paraître, mais l'échec de leur couple tenait peut-être à ce que sa femme avait déjà un autre enfant qui n'était pas le sien. Et maintenant il ne valait pas plus de cinq mille dollars aux yeux de

Ryan et ses photos sur le bureau avaient été remplacées par celles d'un chien.

Francis serra les dents. Il ne souhaitait qu'une chose, que son vrai père soit différent de Ryan et que tout s'arrange une fois qu'il l'aurait rencontré. Il fourra l'argent dans sa poche et voulut partir.

Il était déjà à la porte quand il entendit Ryan l'appeler. Il se retourna :

« Quoi ? »

Ryan le regarda longuement, on lisait du regret dans ses yeux. Comme s'il y avait une bulle au-dessus de sa tête avec plein de formules d'adieu ou simplement « Bonne chance ! ». Le téléphone sonna. Ryan hésita un instant, puis décrocha.

Francis quitta la pièce.

6

Le café était minuscule, coincé entre Katz Bagel's et une boutique de thé chinoise. En entrant, Francis s'attendait à la scène suivante : Anne-May avait posé la tête sur la table et s'était endormie d'ennui pendant que Grover lui cassait les oreilles avec ses histoires de *Unreal Tournament*, de jeux de rôle fantastiques remplis d'elfes et de chevaliers ou de problèmes mathématiques sans solution. Ou plus vraisemblablement encore, Grover était assis tout seul et haussait les épaules, Anne-May venait de se tirer et ne voulait plus entendre parler d'eux.

Mais quand il entra, ils étaient tous les deux à une table dans un coin et ils avaient l'air de bien rigoler. Déconcerté il les rejoignit.

« Qu'est-ce qu'il y a de si drôle ?

Le visage d'Anne-May était rouge à force de rire.

— Refais-le », dit-elle.

Une vieille chanson d'Ice Cube passait dans la salle. Grover accompagna le rappeur de sa voix lente et hésitante en chantant des paroles en argot où il était question de « tighten bitches » et de sa « lessiveuse à putes », la plus grosse de tout Claymont, sa « Pussymastermobil ».

Tout ça était puéril et nul bien sûr, mais drôle aussi, semblait-il, ne serait-ce que parce que Anne-May le trouvait drôle. En même temps Francis était vexé que quelqu'un d'autre la fasse rire. À la clinique, il l'avait pour lui tout seul, maintenant il se rendait compte qu'il allait devoir la partager pendant ce voyage.

Ils partirent. Grover s'engagea sur l'autoroute, New York rapetissait à vue d'œil dans le rétroviseur, Francis pianotait sur la boîte à gants. C'était un voyage vers l'inconnu. Personne ne pouvait dire à l'avance si ce Donor James était un professeur d'université solitaire, un snob membre du Country Club ou un gentil père de famille. Et pourtant, il avait le sentiment qu'il lui suffirait de voir son père une seule fois, d'échanger quelques mots avec lui une seule fois, et que toute sa vie serait transformée. Son père le sortirait de ce bourbier. Sûr et certain.

Midwest

1

Ils avaient laissé derrière eux le New Jersey et traversaient la Pennsylvanie : une seule et immense forêt coupée en deux par l'autoroute. La radio passait un tube de rock. Grover sirotait bruyamment une canette de Mountain Dew, Anne-May était sur le siège arrière avec ses fringues noires et ses lunettes de soleil. Elle écrivait d'un air concentré dans un petit carnet en se mâchonnant une mèche de cheveux. Francis se surprit à l'observer pendant plusieurs secondes.

« Tu regardes quoi ? », demanda-t-elle en recrachant ses cheveux.

Il détourna les yeux. Il se rappela ce qu'elle lui avait dit, qu'il ne devait pas se faire d'illusions ni tomber amoureux d'elle. Mais comment faire ? Même Grover n'arrêtait pas de la reluquer. Une suite de hasards phénoménaux leur avait permis d'amener cette femme dans la Chevy et ils n'arrivaient toujours pas à y croire.

Quand Anne-May se pencha en avant pour baisser le son de la radio, Grover vit avec effroi les cicatrices à ses poignets.

« Oui, j'ai fait une tentative de suicide, dit-elle.

On la sentait presque fière.

— Mais pourquoi tu as fait ça, Anne-May ?

Il s'adressait aussi aux autres de cette façon intrusive, en les appelant par leur prénom.

— Parce que la vie est merdique, voilà pourquoi.

— En quoi est-ce que la vie est merdique ? »

Francis secoua la tête. Il aurait fallu figer dans la glace ce moment mémorable. Grover Chedwick demandait en quoi la vie était merdique. La réponse vivante à cette question se remettait elle-même en question, pour ainsi dire. Il pensa à Grover, à ses journées de lycée, plombées par les humiliations de ces types genre Brad Jennings, ou à l'éternelle tutelle de sa mère, au dédain des filles qui ne s'étaient jamais intéressées à ses gentilles lubies, à sa table dans le coin de la cafétéria, à l'écart de tout. Se pouvait-il que Grover aime cette vie ?

« La vie est merdique parce que la vie est merdique », dit Anne-May.

Un point pour elle.

L'Interstate 80 WB baignait dans une brume froide, ils roulaient plein ouest, jusqu'au moment où ils durent s'arrêter pour faire le plein. Ils en profitèrent pour manger quelques cheeseburgers. C'était Francis qui invitait, il voulait se montrer généreux pendant ce voyage. Il avait emprunté si souvent de l'argent à Grover et, pour la première fois depuis des années, il en avait, cinq mille dollars. Si tout marchait comme prévu il en aurait bientôt davantage.

En mangeant, Anne-May et Grover parlèrent de leurs parents. Elle raconta que sa mère avait été peintre et galeriste.

Quand elle mentionna que son père venait de faire les plans d'une école à Staten Island, Francis lui jeta un regard perçant. Imaginer son père abusant d'elle le mettait dans une telle colère qu'il dut se cramponner à la table.

Elle ne répondit pas à son regard.

Ils achetèrent des provisions pour la route au supermarché de la station-service et entassèrent dans le coffre tout un tas de sacs remplis de chips, de sandwichs, de boissons et de gâteaux secs.

« Bon Dieu, enfin autre chose que cette bouffe d'hôpital... »

Anne-May mordit dans un muffin en fermant les yeux de plaisir.

Francis s'installa à l'arrière avec elle. En route, ils lurent les articles sur la banque des génies. Il les avait imprimés et emportés dans une chemise. Ils échangèrent des niaiseries sur le programme expérimental et sur sa procréation.

«Je m'en souviens très bien, dit Francis. C'était une cabine assez confortable où on avait envoyé Donor James se branler. Ensuite, tout est allé très vite. J'ai nagé encore quelques longueurs dans mon gobelet, et hop, me voilà congelé. *Brrr*, quel froid de canard...»

Les autres riaient, mais Francis eut un instant de vertige. Il prenait pour la première fois conscience que les choses s'étaient *vraiment* passées comme ça. Il n'était qu'une giclée de sperme d'un génie inconnu qui ne lui avait plus accordé la moindre pensée depuis. Son père vivait peut-être dans une immense maison avec ses deux enfants superbes et sa sympathique épouse, et voir son sperme débarquer un jour, sonner à la porte et dire «Salut, papa» était bien la dernière chose dont il avait envie.

«Dean, le grand génie...

Anne-May reposa l'article.

» Tout ça est complètement absurde. N'empêche que, si ça se trouve, tu as vraiment quelque chose de génial.

— Tu crois?

— Ouais, continue à rêver!», cria Grover à l'avant.

Francis lui donna une bourrade amicale puis se remit à lire. L'article sur Alistair Haley l'intéressait particulièrement. Alistair était le seul enfant du programme dont le nom avait été rendu public, et c'était lui-même un génie, semblait-il. Il avait soi-disant un QI de 189 et vivait en Californie. À onze ans il jouait déjà de quatre instruments et maîtrisait plusieurs langues.

Francis survola l'article pour la énième fois. Ce Alistair Haley devait être pressenti depuis longtemps pour le Nobel. Ils avaient tous les deux des pères également intelligents mais avaient évolué de manière sacrément différente ! Comment était-ce possible ? Cette question trottait dans la tête de Francis. Comment son père pouvait-il être un génie, et lui un raté ?

Passé Cleveland ils s'arrêtèrent pour la nuit dans un Days Inn. Quand Francis ôta son T-shirt, il vit qu'Anne-May observait son torse. Leurs regards se croisèrent, elle détourna aussitôt les yeux. Puis elle emprunta le téléphone de Grover et sortit dans le couloir.

Maintenant qu'elle était partie, Grover pouvait se déshabiller à son tour. Il était debout dans la chambre, maigre et blême dans un caleçon bleu clair. Francis avait toujours l'impression qu'on aurait pu plier son ami en deux comme un vélo, et le replier encore jusqu'à le faire entrer dans un casier de consigne ou un grand tiroir. Grover enfila maladroitement un pyjama rayé d'enfant.

« Quoi ? demanda-t-il en voyant Francis hocher la tête.

— Faut-il que je t'apporte aussi du lait chaud et un carré de chocolat dans ton lit ?

— Ha ha!

Grover tourna les yeux vers la porte, dehors ils entendaient Anne-May élever le ton. Il n'avait pas prononcé un mot en sa présence de toute la soirée.

» Est-ce que vous avez...

Il tournait autour du pot.

» Il y a quelque chose entre elle et toi?

Francis lui jeta un regard oblique et se tut.

— Allez viens, il faut que tu...»

Anne-May revint dans la chambre, les yeux gonflés de larmes. Grover voulut savoir ce qui se passait mais elle posa l'index sur ses lèvres et disparut dans la salle de bains. Quand elle revint, elle n'avait rien d'autre sur elle qu'un T-shirt sans manches et une culotte. Malgré sa compassion, Grover la reluqua jusqu'à ce que Francis lui donne un coup de coude.

Ils éteignirent la lumière. Francis se sentait mal à l'aise. Un lit inconnu, une région inconnue, à des kilomètres de chez lui. Il se tourna et se retourna. Pour la première fois, il se disait que ce voyage pouvait aussi échouer. Anne-May dormait seule dans son lit *king-size* tandis qu'il partageait le sien avec Grover qui ronflotait dans sa barbe.

À un moment Francis n'y tint plus. Il sortit de la chambre et se mit à errer dans les couloirs déserts du motel. Il fuma deux cigarettes dans la cour. Sa mère devait être dans son lit d'hôpital, elle ignorait totalement où était son fils. À quoi pensait-elle? Faisait-elle son mea-culpa? Il espérait qu'elle n'était pas encore en train d'essayer de se suicider, il imagina le silence sinistre qui régnait dans la clinique à une heure pareille.

Quand il rentra, Grover dormait toujours. Anne-May en revanche semblait le regarder. La lune brillait dans la pièce et il distinguait nettement le blanc de ses yeux. Francis s'arrêta au milieu de la chambre, ils continuèrent à se regarder. Une éternité. Puis il s'allongea près d'elle. Il s'attendait à ce qu'elle le chasse. Mais elle se poussa un peu et lui donna un bout de son drap.

« Tu étais où ? murmura-t-elle.

— Dehors, je fumais une clope, je n'arrivais pas à dormir.

— Oui, moi c'est pareil.

— Pourquoi tu pleurais tout à l'heure ? Tes parents ?

Elle ne voulait toujours pas répondre. Il eut brusquement très envie de lui demander comment son petit frère était mort. Il allait lui poser la question quand elle heurta sa jambe avec la sienne. Elle sursauta.

— Tu es glacé.

— Désolé.

Elle scruta son visage et passa les doigts sur la petite fossette qu'il avait au menton.

— Francis Dean, murmura-t-elle, quand on te voit comme ça, on te croirait beaucoup plus sûr de toi... Il ne t'est pas arrivé beaucoup de bonnes choses ces dernières années, pas vrai ?

Francis voulut parler mais sa bouche était comme desséchée. Anne-May l'observait toujours, silencieuse et impassible comme un chat. Elle sourit.

» Je sais ce que tu es en train de penser.

— Et c'est quoi ?

— Tu penses que tu aimerais bien m'embrasser.

Elle reprit son petit air supérieur.

» Il faut que tu t'enlèves ça de la tête, Dean, ce n'est absolument pas possible. Juste pour que ce soit bien clair.

Francis ne put s'empêcher de sourire.

— Et si c'est toi qui m'embrasses ?

— Si je voulais vraiment t'embrasser je l'aurais fait depuis longtemps.

Elle secoua la tête.

» Tu peux dormir là cette nuit si tu veux. Mais à condition de bien te tenir.

Elle se blottit contre lui. Francis vit qu'elle avait fermé les yeux. Ils restèrent ainsi côte à côte pendant un moment. Quand il se pencha sur elle, elle ouvrit les yeux.

» J'ai peur », dit-elle si doucement que plusieurs secondes après il croyait encore l'avoir imaginé.

Francis chercha quelle confidence il pourrait lui faire en retour. Lui dire qu'il aimait beaucoup les films parce que les acteurs savaient toujours dire ce qu'il fallait quand il fallait, qu'ils exprimaient précisément ce qu'ils ressentaient, alors que lui en était incapable ? Qu'après la séparation de sa mère et de

Ryan il avait tué un crapaud avec une grosse pierre et qu'il le regrettait encore aujourd'hui, le crapaud bougeait de moins en moins vite sous ses coups, à l'agonie il essayait encore de bondir pour se sauver, mais lui n'arrêtait pas de le frapper sans pitié avec sa pierre jusqu'à ce que la bête reste inerte, par terre ? Ou encore qu'il était vraiment différent quelques années plus tôt, beaucoup plus courageux, sûr de lui, et que tout le monde pensait qu'il ferait quelque chose de sa vie. Mais cette assurance s'était dissipée d'un coup et il les avait tous déçus les uns après les autres. Voilà ce qu'il voulait dire à Anne-May.

Francis commença à lui caresser le bras. Son doigt allait et venait sur sa peau. Il attendait, curieux de voir. Elle ne pouvait pas ne pas réagir ! Mais elle ne bougeait pas. Quand il voulut enfin l'embrasser sur la bouche, elle murmura :

« Ne fiche pas tout en l'air ! »

Puis elle se retourna de l'autre côté, sans façons, et quelques minutes plus tard elle dormait.

2

Ils traversèrent l'Indiana sans presque faire de pauses. Il pleuvait sans discontinuer. Grover avait déjà reçu le deuxième appel de contrôle de sa mère, agacé il l'avait envoyée balader. Anne-May lisait, Francis écoutait de la musique au casque, vautré à l'arrière. Il savait de moins en moins ce qu'il attendait de ce voyage. Jusqu'à une date récente, son avenir était comme une page préimprimée où était écrit en grosses lettres noires « raté », « décrocheur scolaire », « ouvrier à la chaîne ». Et maintenant, quelqu'un avait récrit par-dessus, en couleurs, « génie », « insémination artificielle », « côte ouest », et il ne savait pas trop ce qu'il devait en penser. Il voulait simplement que son père l'aime bien. Qu'ils fassent connaissance et se trouvent sympathiques. En même temps, il redoutait de plus en plus d'être rejeté.

Tout ça le bouleversait. À Claymont il vivait comme sous l'eau, amorti, en quelque sorte. Et maintenant, de vieux souvenirs remontaient. Le samedi, quand, enfant, il allait se baigner et regardait ensuite des films avec sa mère, souvent avec son acteur préféré, Paul Newman. Ou quand elle écoutait ses vieux tubes le soir, en préparant le dîner ; Ryan était allé mettre Nicky au lit, il restait avec elle dans la cuisine, l'aidait à couper les tomates et les courgettes. Sa mère lui avait raconté son premier amour et aussi qu'elle était arrivée à Los Angeles adolescente sans le sou et qu'elle avait dû se débrouiller. Parfois, ils dansaient sur la musique, et ils riaient parce qu'ils se trouvaient trop ridicules. Sa mère l'aimait, il le sentait très bien dans ces moments-là. Pas seulement parce qu'il était son fils mais parce qu'elle l'aimait, tout simplement.

La voiture freina brutalement, Grover s'excusa.

Francis cligna des yeux, abruti par ce voyage qui n'en finissait pas. Il regarda les voitures et pensa à ce matin où sa mère était restée au lit pour la première fois, apathique, le visage gris, apparemment sans raison particulière, comme si de toute façon il fallait bien que ça commence un jour ou l'autre. Au début, elle était seulement déprimée, mais ensuite étaient venues ces phases maniaques où elle croyait pouvoir venir à bout de tout. Elle était de bonne humeur, parlait de ses projets, dormait à peine, s'inscrivait à des cours de langue ou de théâtre, et faisait constamment du shopping alors qu'il n'y avait pas d'argent. Chaque fois, elle avait arrêté depuis longtemps de prendre ses médicaments. Elle avait l'impression qu'ils l'empêchaient d'avoir les idées claires – et sa manie la persuadait qu'elle contrôlait sa maladie. Ça se terminait toujours par une dépression nerveuse. À tous les coups, bon Dieu. Une fois, elle avait même insulté des passants dans la rue, la police l'avait interpellée.

Et ensuite, le jour où ils avaient déménagé dans le mobil-home. Il était assis sur son matelas à jouer avec une balle de tennis trouvée dans un carton, sa mère radotait toute seule dans son coin. Sa chambre était juste à côté de la cuisine, ça sentait les pommes de terre sautées et les oignons frits du déjeuner. Brusquement, sa mère était entrée, elle lui avait dit d'une voix perçante qu'il était le seul responsable de sa séparation d'avec Ryan, il ne faisait jamais rien comme il fallait, il l'avait *déçue*. Francis avait encaissé ses insultes sans rien dire, en continuant à lancer sa balle de tennis contre le mur, sa bouche avait commencé à trembler mais il avait lancé la balle contre le mur, encore et encore, et une partie de lui était probablement toujours dans cette chambre, en train de lancer une balle de feutre jaune contre le mur.

La première dispute avec Grover eut lieu dans l'Illinois. La Chevy avait des problèmes de boîte de vitesses et le garage le plus proche se trouvait sur une immense aire d'autoroute, avec tout un tas de boutiques, de restaurants, de stations d'essence et de supermarchés. Le mécanicien regarda la boîte d'un air dubitatif et estima que la réparation prendrait certainement plusieurs heures.

Anne-May alla faire des courses, ils restèrent dans le garage à parler d'elle. Au début ils plaisantaient, mais Francis ne tarda pas à comprendre que Grover était jaloux ; il l'avait vu couché à côté d'elle dans son lit ce matin-là. Leur dispute s'envenima, et quand Grover lui reprocha de profiter de la faiblesse d'Anne-May, Francis coupa court.

« Tu sais quoi ? vas-y, tente le coup avec elle, tu n'as aucune chance. »

Il regretta aussitôt de l'avoir dit. Il s'excusa. Mais pour être honnête il se réjouissait qu'il reste tout de même un domaine où il était peut-être le meilleur. Grover l'admirait au début, et puis il avait vu son ami déménager, obligé de quitter le quartier, devenir moins bon à l'école, essuyer une défaite après l'autre à la lutte. Francis sentait depuis longtemps que leurs chemins finiraient par se séparer. Grover irait étudier à Yale, préparerait sa thèse et deviendrait un informaticien de renom. Il partirait dans une autre ville, réussirait, gagnerait beaucoup d'argent, fonderait une famille, aurait des enfants. Il repenserait rarement au grand gars avec lequel il allait à l'école autrefois (comment s'appelait-il déjà ? Franklin ? Non, Francis). Il se demanderait ce que ce Francis pouvait bien être devenu, s'il vivait toujours dans ce trou sans âme, et un jour il l'oublierait pour de bon.

Mais on n'en est pas encore à ce stade, se dit Francis. *Pour l'instant je suis là!*

Vers le soir ils purent enfin repartir. Grover s'était acheté des fringues dans une galerie marchande, il était manifestement daltonien. Il portait un pantalon de velours marron, des boots beiges, une chemise rouge foncé, une ceinture avec une boucle d'argent et une veste noire avec un col lilas. Et des lunettes, par-dessus le marché. Sans doute voulait-il impressionner Anne-May par son accoutrement, mais ça risquait de se retourner contre lui. Il avait l'air d'un clown mégalo ou d'un canari psychédélique. Quand elle vit sa tenue bizarre, Anne-May dit simplement: «très chic, ta veste» et elle sourit. Grover sourit lui aussi et son sourire ne s'effaça plus.

Ils passèrent une nouvelle nuit dans un motel. Dès qu'ils furent sortis de l'espace exigu de la Chevy, leur humeur s'améliora. Anne-May se laissa tomber sur le lit et appela le *room service*, Grover zappait de chaîne en chaîne et resta scotché devant un film en noir et blanc, Francis prit leurs commandes pour les boissons. Il alla au Freedom Liquor, de l'autre côté de la rue, et posa deux packs de six bières et une bouteille de vodka sur le comptoir. Il jeta un coup d'œil inquiet au caissier mais il ne lui demanda même pas sa carte d'identité. C'en était même décevant. Dans la chambre, en revanche, il fut accueilli par des cris de joie. Il brandit à bout de bras le sac avec la bouteille d'alcool comme si c'était le trophée du Super Bowl.

Ils mangèrent des pizzas et commencèrent à boire. La plus grande partie du voyage s'était faite en silence, à présent ils parlaient tous les trois en même temps. Après avoir liquidé le premier pack et la moitié de la vodka, ils se faufilèrent jusqu'à la piscine intérieure du motel. Ils n'avaient pas de maillots de bain et sautèrent dans l'eau en sous-vêtements. Dans le bassin ils se rappelèrent qu'ils avaient laissé l'alcool à l'entrée. Grover traversa la piscine à la nage et chercha les bières à tâtons avec hâte et maladresse. Quand il se retourna, les autres virent un sexe gigantesque se dessiner nettement à travers le caleçon mouillé. Même des types comme Brad Jennings restaient muets d'envie pendant plusieurs secondes quand ils étaient sous la douche avec Grover après le sport. Francis glissa un œil en direction d'Anne-May. Elle était manifestement impressionnée et observait Grover faire le tour de la piscine et sauter dans le bassin à côté d'elle. Et certes, elle se mit à rire quand Francis lui ferma la bouche, mais ça le perturba quand même.

Cette nuit-là, tout semblait possible. Ils étaient à plus de mille cinq cents kilomètres de chez eux, ils se grisaient de leur liberté. De retour dans la chambre, ils allumèrent la télévision et mirent une chaîne musicale. Anne-May voulut absolument faire danser Grover. Comme il hésitait, elle le prit par le bras.

« Pourquoi tu es toujours silencieux comme ça ? Extériorise-toi un peu !

— Je... Je ne sais pas. C'est vraiment gênant.

— Allez, viens. Tu t'en fiches de ce que pensent les autres. Je croyais que tu étais un Pussymaster.

Il sourit mais il resta planté là d'un air gauche.

— Je ne sais pas faire. »

Anne-May ne le lâchait pas. Elle lui promit un baiser sur la joue s'il dansait pour elle.

Grover secoua la tête. Mais soudain il siffla son gobelet de vodka et se planta au milieu de la chambre. Vêtu de son seul caleçon blanc, il se mit à faire des gestes saccadés de robot sur le rythme de la musique. C'était un spectacle bizarre. Anne-May et Francis riaient et l'encourageaient.

« Ouais, mec, allez, continue ! », criaient-ils tandis que Grover s'essayait à présent au *moonwalk*. Il dansait de plus en plus vite, la sueur lui coulait sur le torse. Il se laissait complètement emporter par la musique et ne prêtait plus attention aux autres. Plus rien n'était gênant, cette nuit-là.

Le morceau montait en puissance, Anne-May donna à Grover le baiser sur la joue promis – *beat* – elle tendit à Francis la bouteille de vodka – *beat* – encore une gorgée pour lui, une gorgée pour elle – *beat* – et maintenant ils dansaient aussi en slip tous les deux à travers la chambre. Francis la prit délicatement par les hanches, elle posa la main sur son torse, ils bougèrent en cadence. Il sentait ses jambes chaudes, ses seins, son souffle sur sa peau, elle s'approcha encore, commença à se frotter contre lui, et il eut une érection.

Mais ensuite elle sauta sur le lit qu'elle transforma aussitôt en scène de théâtre, passa ses doigts devant ses yeux comme Uma Thurman dans *Pulp Fiction*. Elle ondulait comme un serpent, frêle et mystérieuse. Ses cheveux noirs flottaient. Francis et Grover dont les yeux ronds avaient pris un éclat de folie la regardaient hypnotisés. Si Anne-May leur avait ordonné de braquer une banque, de lui donner l'argent et de se pendre ensuite, ils l'auraient fait.

Francis fut réveillé par des cris. Il dormait mal de toute façon, il n'arrêtait pas de rêver qu'ils provoquaient un accident, que sa mère mourait parce qu'il l'avait abandonnée. Il se réveillait en nage, il ne savait plus où il était.

Mais cette fois il se réveilla parce que la lumière était allumée et que Grover le secouait.

« Elle est devenue folle !

Anne-May était debout dans le coin de la pièce à côté d'une commode. Elle hurlait :

— ARRÊTE ! Attention, quelqu'un arrive !

Sa bouche était barbouillée de sang.

— Je ne sais pas quoi faire, disait Grover. Elle ne réagit à rien.

Francis mit quelques secondes à comprendre qu'Anne-May était en plein cauchemar. Il se leva d'un bond et alla vers elle.

Elle se défendit et lui donna un coup de pied.

— Lâche-moi ! criait-elle. Tu es dans leur camp ! Lâche-moi !

Il esquiva ses coups et l'attrapa par les épaules.

— Anne-May ! réveille-toi, ce n'est qu'un rêve.

Elle lui cracha dessus et voulut à nouveau le frapper. Elle avait une force étonnante. Francis la plaqua contre le mur en lui tenant les bras.

» Ce n'est qu'un rêve ! répétait-il. »

Comme elle ne réagissait pas, il la secoua. Et comme ça ne marchait pas non plus, il la gifla. Elle ouvrit grand les yeux.

Quand elle comprit ce qui se passait, elle fondit en larmes. Il lui caressa la tête et sentit qu'elle passait ses mains sur son dos. Puis elle se détacha de lui et alla dans la salle de bains se rincer la bouche. Elle s'était apparemment cognée contre la commode et ouvert la lèvre. Elle ne voulut pas dire à quoi elle rêvait.

« Je ne veux plus me rendormir », dit-elle.

Ils laissèrent la lumière allumée et se racontèrent des histoires toute la nuit. Sur leur enfance, sur l'école, sur leurs familles. Grover était allongé par terre, Anne-May couchée dans son lit et Francis assis sur une chaise dans le coin. Il regardait à peine ses amis mais il aimait bien que chacun puisse confier ce qu'il avait sur le cœur.

À la fin, il parla même aux autres de son rêve récurrent où il jouait à la roulette à Las Vegas et gagnait à tous les coups. Il dit que c'était pour ça qu'il avait falsifié sa carte d'identité et qu'il avait l'intention de jouer une partie de l'argent de Ryan à Las Vegas.

«Je sais que ça paraît dingue mais je suis sûr et certain que je vais gagner. Il faut que je le fasse!»

Francis craignait que les autres se moquent de lui mais ils se contentèrent de hocher la tête. Ils ne prononcèrent plus un mot jusqu'à l'aube et pourtant ils se sentaient très proches.

3

Aucun ne le dit tout haut mais, après cette nuit, ils avaient tous peur de ne pas être à la hauteur de ce voyage et que tout parte en vrille. Grover but trois gobelets de café et s'installa au volant, blanc comme un linge. Anne-May tâtait sa lèvre gonflée. Francis prit son pull à capuche comme oreiller et essaya de dormir. Les souvenirs le poursuivaient dans ses rêves, il vit son chat mort dans le sac en plastique et Anne-May la bouche ensanglantée. Puis il se retrouva dans la salle de séjour avec Ryan, bavardant avec lui dans la joie et la bonne humeur. Il était soulagé, c'était soudain comme si rien ne s'était passé entre eux, comme si tout était de nouveau comme avant. Et cette impression subsista encore longtemps après son réveil.

Ils dépassèrent Saint Louis. Francis pensa aux *Aventures de Huckleberry Finn*, un des rares livres qu'il avait lus jusqu'au bout. L'histoire se passait justement ici. Enfant, il s'était souvent imaginé Huck et Jim descendant le Mississippi sur leur radeau, vers la liberté. Déjà tout petit, il avait ce sentiment qu'il y avait dehors quelque chose qui l'attendait. Et maintenant, il était enfin en route vers ce quelque chose.

Un orage éclata. Anne-May s'était installée à côté de lui à l'arrière, ils se demandaient quel genre de sport le père de Francis pouvait bien aimer et quel métier il faisait.

« Tout ce que je ne tiens pas de ma mère, en théorie ça vient de lui.

— Alors, il a sûrement les yeux bleus, dit-elle.

— Et il est plutôt du genre naïf? »

Elle fut bien obligée de sourire.

La pluie tambourinait sur le toit et s'écrasait contre les vitres. Dehors, il faisait nuit noire, seuls les éclairs illuminaient le paysage et pendant quelques secondes on voyait à des kilomètres.

Anne-May n'avait pas l'air bien, elle se glissa plus près de lui.

« Quand j'étais petite, qu'il pleuvait et que les gouttes ruisselaient sur les vitres, je me disais toujours que la voiture était triste et qu'elle pleurait, dit-elle. C'est débile, non? »

Elle lui sourit et il vit ses dents du haut bien alignées. Il aurait aimé lui dire ce qu'il éprouvait pour elle mais ça lui parut ridicule. D'ailleurs son voisin Toby soutenait qu'il ne fallait jamais dire aux femmes ce genre de choses. Les femmes n'aimaient rien tant que découvrir les secrets d'un homme. Quand elles savaient tout de lui, il cessait de les intéresser et elles le quittaient. Francis ignorait d'où Toby tenait sa sagesse, c'était un dealer sans le moindre diplôme, mais en un sens, c'était aussi la personne la plus intelligente qu'il connaissait.

À gauche et à droite de la route s'étendaient des champs de blé et de maïs avec çà et là quelques granges et des silos à grains isolés. Anne-May ne voulait pas dormir encore dans un motel au bord de l'autoroute. Ils doublèrent une horde de motards et quittèrent l'Interstate. Pendant un temps, ils traversèrent des petites villes délabrées comme Bisbee et Grady. Puis ils franchirent l'immense pont qui enjambe le Missouri et atterrirent à Barberton, un village avec des boutiques vieillottes, des maisons et des églises.

Ils garèrent la voiture au bord du fleuve et s'affalèrent dans l'herbe sur une petite colline. Grover faisait des photos, Anne-May se frottait l'œil avec le poing et Francis regardait un train de l'Union Pacific qui fonçait sur la voie ferrée longeant la rive. L'air était agréablement frais après l'orage et il lui sembla qu'il n'avait pas la même odeur que chez lui. Il fuma une cigarette. L'atmosphère était paisible par ici, pas de bruits venant de la rue, pas d'enseignes lumineuses, pas de mobil-homes, seulement quelques enfants qui jouaient. Ça lui plaisait.

Ils restèrent un long moment assis en silence, à regarder les trains qui passaient en dessous d'eux. Le soleil était bas dans le ciel, il inondait le paysage de lumière et de couleurs et Francis éprouva soudain une nostalgie inconnue. Sa main fourragea dans l'herbe, il en arracha quelques brins. Il en avait tellement assez de ne plus rien attendre de la vie. Il voulait être libre, il voulait être différent et ce voyage, c'était l'occasion de changer les choses.

Le seul bar du coin était cradingue mais au moins il y avait un *live band* qui jouait des reprises de classiques rock. Ils mangèrent des steaks avec des frites en écoutant la musique, plongés dans leurs pensées. Au comptoir, un groupe d'hommes regardait avec insistance dans leur direction. L'un d'eux finit par venir à leur table. Il avait une chemise à carreaux, de longs cheveux bruns, une barbe de trois jours et une série de boucles d'oreilles. Francis lui donnait une petite trentaine, il paraissait incroyablement sûr de lui, exactement comme ces lutteurs contre lesquels il finissait toujours par perdre. L'homme se mit à parler avec Anne-May, sans un regard pour lui ni pour Grover. Elle répondit et flirta avec lui. Grover était comme pétrifié, Francis ne bougeait pas non plus.

L'homme aux cheveux longs continuait à saouler Anne-May de paroles. Il était charmeur, Francis avait le sentiment de lui être inférieur. Les gens habiles à manier les mots l'avaient toujours intimidé et il aurait voulu retourner en arrière, à la clinique où tout était si facile.

Quand le type alla jusqu'à poser sa main sur l'épaule d'Anne-May, Francis dit d'une voix à peine audible :

« Excuse-toi.

L'homme se tourna vers lui.

— Pardon ?

Il le regardait comme on regarde un petit garçon.

— J'ai dit que tu devais t'excuser.

L'homme semblait toujours de bonne humeur.

— C'est à elle de décider, non ?

Francis regarda Anne-May en balançant nerveusement le pied.

— Alors ? demanda-t-il à voix basse. On y va ?

Elle le fixa droit dans les yeux.

— En fait, je suis en train de parler, là. »

Elle se retourna vers l'homme et reprit la conversation.

Francis sentit le sang lui monter à la tête, il s'imagina frappant ce type au visage, encore et encore. Il resta assis quelques secondes puis se leva de toute sa hauteur. Il vit le type perdre un peu de son aplomb. Anne-May par contre restait impavide et quand Francis sortit du bar peu après, ça ne sembla pas l'intéresser non plus.

Dehors, il se mit à pousser un ou deux cris. Il avait besoin d'occuper ses mains, il ramassa des cailloux et les lança aussi loin qu'il pouvait. Puis il alluma une cigarette et descendit d'un pas lourd vers la rive du

Missouri. La nuit était douce, les étoiles impassibles dans le ciel, le fleuve brillait d'un éclat métallique au clair de lune. Il se calma peu à peu.

Quelqu'un jouait de la guitare dans le lointain. Francis se laissa guider par la musique et vit plusieurs jeunes gens du village assis autour d'un feu de camp, qui faisaient griller des saucisses sur la braise. Une fille emmena ses amis vers un bosquet où elle avait découvert des vers luisants ; des dizaines de points verts incandescents qui voltigeaient dans l'air en direction du fleuve. Devant ce spectacle, un profond sentiment de sécurité envahit Francis. Il fourra les mains dans les poches de son jean et se mit à penser à des tas de choses. En réalité il ne pensait qu'à Anne-May.

4

Ils s'enfoncèrent plus avant dans les entrailles faméliques et desséchées du pays. Le Middle West s'étendait devant eux, la route filait jusqu'à l'horizon, le ciel était bleu clair, traversé de lambeaux blancs. Les autres parlaient de leurs films préférés et des années quatre-vingt (GROVER. — Les cheveux longs derrière et courts devant, je parie que ça va revenir. ANNE-MAY. — Peut-être, mais ce jour-là j'émigre.), et, en traversant le Kansas, ils en étaient à Thanksgiving et comment on le célébrait dans leur famille. Lui était seul sur la banquette arrière comme un enfant buté et se taisait ; les fêtes de famille heureuses étaient un thème sur lequel il n'avait pas grand-chose à dire. De temps à autre, les deux autres riaient, ils s'entendaient drôlement bien et ça ne lui plaisait pas.

La route montait, l'interminable forêt était noyée dans le brouillard de la vallée. Le regard de Francis se perdait dans le paysage ; chaque kilomètre les rapprochait de son père. Quand ils passaient dans des villages, il scrutait dans les rues les hommes entre quarante et cinquante ans. Chacun d'entre eux aurait pu être son père. Il se demanda s'il l'avait déjà croisé un jour sans le savoir.

Le soir, ils étaient assis au bord d'un lac à côté du motel avec un pack de bières. Grover portait un T-shirt où on lisait « HAN SOLO SHOT FIRST ». Il semblait prendre de plus en plus de plaisir à ce voyage ; le lycée, lieu de sempiternelles humiliations, était à des milliers de kilomètres. Il alla chercher des baguettes de batteur dans la boîte à gants et se mit à tambouriner sur le plateau de la table. Le rythme était si bon que les autres l'accompagnèrent en tapant avec leurs mains. Grover reprit tout seul à la fin, il variait habilement le tempo et se donnait à fond.

Anne-May était enthousiaste.

« Tu es vraiment bon. Tu devrais jouer dans un groupe !

— J'ai été dans un groupe.

Grover fit virevolter une des baguettes entre ses doigts.

» Mais ils m'ont jeté il y a quelques années.

— Pourquoi ?

— J'étais trop mignon pour eux. »

Anne-May éclata de rire. Elle le regarda encore avec des yeux brillants.

Francis prit une canette qui s'ouvrit en chuintant et se pencha sur la question. Peut-être que Grover n'était pas si affreux, qu'il était même fascinant à sa manière, avec sa mine de déterré. Et si ce n'était même pas ça ? Si Grover n'était pas du tout le nerd repoussant qu'il avait toujours voulu voir en lui ?

Au troisième pack de six, Anne-May fit partager aux autres sa vie amoureuse. Elle parla d'une voix déjà pâteuse d'un basketteur à la peau sombre et aussi des lèvres douces d'une femme qu'elle avait embrassée dans une soirée. Francis essaya de se représenter la scène et se demanda si elle était du genre à aller souvent dans des soirées.

Quand Grover l'interrogea sur sa première fois, Anne-May réfléchit longuement.

« Franchement je n'ai pas envie de répondre à cette question », dit-elle, et Francis pensa au père d'Anne-May.

Pourquoi fallait-il que tout soit nase à ce point ? Il regarda une nuée d'oiseaux qui survolait la forêt, puis se leva et alla aux toilettes. Il trébucha presque sur le seuil, dans le miroir il se voyait flou.

À son retour, Grover et Anne-May semblaient s'être encore rapprochés. Debout derrière eux, il entendit la voix de Grover :

« ... à sept ou huit ans. À l'époque il y avait un garçon dans la classe qui m'énervait toujours. Il me prenait mes lunettes et baissait mon pantalon devant toutes les filles. Je le détestais vraiment. Les autres participaient aussi, ils se moquaient de moi, mais c'était surtout lui. Une fois, il était seul dans la classe. Je me suis approché de lui en douce par-derrière, et tout à coup j'ai pété les plombs. Je ne voyais plus que des étincelles et des éclairs, j'ai attrapé sa tête et je l'ai tapée sur la table. Une vingtaine de fois. Au début, il se défendait, mais à un moment il a perdu connaissance. Je crois que je l'aurais tué si une instit n'était pas arrivée à ce moment-là.

— Et après, il s'est passé quoi ? demanda Anne-May.

— Mes parents ont dû me retirer de l'école. J'ai été pendant deux mois dans un foyer et on m'a fait prendre des médicaments pendant encore trois ans. Je ne sais pas...

Grover ôta ses lunettes pour les nettoyer.

» Ça ne s'est jamais bien passé, c'est tout. Déjà à l'époque, et maintenant non plus.

Il voulut remettre ses lunettes mais Anne-May arrêta sa main.

— Ça ne peut pas toujours mal se passer », dit-elle.

Grover la regarda, surpris. La seconde d'après, elle l'embrassait sur la bouche. Pas très longtemps mais bien assez. Francis mit quelques instants à comprendre. Des images lui passaient par la tête ; Grover et Anne-May assis à l'avant de la voiture en train de rire, Anne-May regardant le pénis de Grover à la piscine, Grover faisant de la batterie sur la table. La voir en embrasser un autre le rendait malade.

« C'est quoi ces conneries ? »

Ils se retournèrent tous les deux vers lui. Grover avec effroi, Anne-May très calme au contraire. Elle devait avoir eu conscience pendant tout ce temps qu'il était derrière eux. Il la regarda dans les yeux pendant quelques secondes puis s'en alla. En marchant seul dans la nuit, il réalisa qu'Anne-May avait une pulsion destructrice et qu'elle cherchait à le blesser ou à le provoquer. Grover ne pouvait carrément pas être un rival, elle l'avait embrassé par pitié. Mais plus il essayait de s'en persuader, plus il était obligé de se dire que Grover ne vivait pas dans un mobil-home mais dans une belle maison, qu'il irait bientôt étudier à Yale et ne lui en avait pas parlé, et sans le vouloir il sentait la colère monter en lui.

Le lendemain soir, la situation dégénéra. Ils laissèrent les montagnes Rocheuses derrière eux et atterrirent à la tombée de la nuit dans un hôtel de passe en Arizona. Il n'y avait qu'une Pontiac garée dans la cour intérieure, avec un autocollant à l'arrière, « Soutenez nos soldats ». Sur l'étagère dans leur chambre, des Vierges lumineuses côtoyaient des trophées et des figurines de Battle Cats, G.I. Joe, Boba Fett et Jésus.

Francis voulut ouvrir la porte de l'armoire mais il eut beau tirer et secouer, rien à faire. Il était sur le point de l'arracher de ses gonds quand Anne-May lui sauva la mise. Elle fit simplement coulisser le panneau et lui jeta un long regard.

« Tu es plutôt quelqu'un de physique, toi », dit-elle avec un sourire et Grover eut un petit rire.

Francis serra les lèvres et défit son sac en silence. Aux questions des deux autres, il répondit par monosyllabes, et plus tard quand ils voulurent se mettre en quête d'un bar il prétendit qu'il avait mal à la tête. Ils ne tentèrent pas de le convaincre. Par la fenêtre, il les vit s'éloigner dans l'unique rue et disparaître dans l'obscurité.

Il sortit et appela sa mère à la clinique, depuis la cabine du couloir. Mais il eut beau prier et supplier, on ne la lui passa pas. Francis regardait fixement le combiné en plastique jaune. Qu'est-ce qu'il foutait ici ? Il traversait tout le pays, se retrouvait perdu au milieu de nulle part, tout ça à cause de quelques lignes écrites par sa mère. Et si, dans sa folie, elle avait tout simplement inventé sa participation à ce projet ? Mais non, impossible. Il le sentait. Jamais elle ne lui aurait menti dans sa lettre d'adieu.

Pour se détourner de ces pensées lamentables, il relut un article sur Warren P. Monroe, le fondateur de la banque des génies.

« Entrepreneur de travaux publics et spéculateur en Bourse, Monroe devient milliardaire, il est bientôt à la tête d'un empire constitué de cliniques, d'usines et de chaînes de télévision. La recherche génétique reste cependant son sujet de prédilection. Chacun se souvient de la phrase mémorable que Monroe dicta un jour à un journaliste : "Dans le mot 'génie', il y a 'gène'."

Comme tant de visionnaires avant lui, Monroe est choqué par l'idée d'avoir été jeté dans ce monde sans pouvoir devenir lui-même créateur. En 1962 il fait une rencontre décisive. Au symposium de l'entreprise chimique Ciba à Londres il rencontre son futur associé, l'eugéniste autrichien Friedrich von Waldenfels. Dès lors ce n'est plus qu'une question de temps : les deux hommes décident bientôt de mettre au point une nouvelle élite génétique. Au début des années quatre-vingt, ils sont prêts et commencent ensemble une expérience qui va faire sensation à l'échelle mondiale. »

Il était lui-même l'étrange résultat de cette expérience. Plus Francis y réfléchissait, plus toute cette histoire lui paraissait folle. Il reposa l'article et s'installa dehors, dans un hamac. La propriétaire du motel ne tarda pas à le rejoindre. Elle s'appelait Janis et lui avait déjà souri pendant le *check-in*. Il la trouvait belle, elle devait bien mesurer un mètre quatre-vingts. Ses cheveux blonds coupés court lui plaisaient.

« Ça n'a pas l'air d'être la grande joie, dit-elle avec un accent du Sud à couper au couteau. Tout va bien ? »

Elle s'installa à côté de lui dans le hamac, lui offrit une cigarette et lui tendit son briquet.

Il prit une bouffée et lui raconta qu'il cherchait son père, puis, après une brève hésitation, il déballa tout le reste. En parlant, il se fit la réflexion que son père était un authentique diplômé de Harvard. Ryan, lui, n'avait pas été pris.

Quand Francis mentionna la banque des génies, Janis secoua la tête.

« C'est comme dans le film *Bienvenue à Gattaca*, on va bientôt se mettre à faire des clones.

Elle l'observa un moment et rit.

» En tout cas, heureusement que ma grand-mère n'est pas là. C'est une quaker, très pratiquante. Elle te traiterait sans doute de misérable créature sans dieu. »

La phrase faisait mal. Francis n'en laissa rien paraître.

Ils allèrent s'acheter à boire dans la station-service à côté, et trinquèrent sur un canapé du lobby. Janis expliqua qu'elle venait de Houston et tenait le motel avec son mari qui avait un second boulot à Denver et n'était pas souvent là.

« Je crève ici », dit-elle en tenant la main à hauteur de son visage pour examiner ses ongles au vernis rouge.

Pour une raison ou une autre, elle plaisait de plus en plus à Francis. Janis n'avait pas dix ans de plus que lui, elle devait avoir une petite trentaine, et elle avait échoué ici dans le néant. Son avenir semblait scellé, insipide et solitaire.

Ils burent beaucoup et se racontèrent des histoires ; elle sur son enfance à Houston, lui sur la sienne à Jersey City. Francis avoua qu'enfant il croyait sa mère richissime parce qu'elle pouvait tirer de l'argent aux distributeurs chaque fois qu'elle en avait besoin. Ils rirent, Janis s'appuya contre lui. Dans son ivresse, Francis finit par croire qu'il avait envie d'elle.

« Tu as quel âge ? demanda-t-elle.

Il ne répondit pas et se pencha pour l'embrasser mais il le regretta à la seconde même. Quand ses lèvres touchèrent sa bouche et qu'elle répondit à son baiser, il sentit qu'il faisait une erreur. Il se leva.

— Désolé, dit-il et il quitta le lobby. Je suis vraiment désolé. »

Il n'osa pas se retourner.

Dans la chambre il continua à boire. En voyant les trophées sur l'étagère il pensa à son coach, Oliver Brown ; un homme coriace et plus très jeune qui l'entraînait souvent tout seul après l'école et l'emmenait en voiture aux tournois de lutte. Jusqu'à cette compétition interrégionale deux ans plus tôt où Francis était arrivé sans trop d'effort en finale. Sa mère allait mal à l'époque, ça l'avait peut-être stimulé.

« Tu vas voir, cette fois on remporte la mise », avait dit Brown.

Troy Saunders, son adversaire dans le dernier combat, était un de ces champions sûrs d'eux-mêmes avec lesquels il avait toujours le dessous. Francis avait tout donné mais Saunders avait marqué un point après l'autre.

« Il est plus faible que toi, Dean ! lui braillait son coach à l'extérieur des cordes. Et c'est encore lui qui t'écrase, putain ! »

Francis avait été mis au tapis une fois de plus par son adversaire. Il s'était défendu, mais croiser une seule fois le regard calme et déterminé de Troy Saunders avait suffi à briser sa résistance. Ce regard disait : *Laisse tomber, ça n'a aucun sens*, et il l'avait cru. Il avait encore entendu les exhortations de son entraîneur, et il avait renoncé.

Plus tard, après la remise des récompenses, Francis était seul dans le vestiaire, sur le banc de bois de sa cabine, sa médaille de second dans la main. Son coach était entré et s'était assis à côté de lui. Ils étaient restés un moment silencieux et puis ils avaient parlé de Ryan, qui cette fois encore n'était pas venu voir le combat, et de sa mère. Francis avait fait comme si tout ça lui était égal, mais Brown l'avait percé à jour.

« Ma mère est morte quand j'avais quinze ans, avait-il dit, et sa voix grave et rocailleuse était d'une douceur inhabituelle. Mon père s'est mis à boire, c'était un cauchemar pur et simple. Je me disais que toute ma vie allait continuer comme ça, que tout était vain. Mais non.

Il avait posé la main sur l'épaule de Francis.

» À cette époque, j'étais... tellement agité, je ne regardais jamais à gauche, je ne regardais jamais à droite, je ne voyais que ma colère. Et un jour j'ai compris : la colère n'est pas mon ennemie, elle m'appartient, je peux m'en servir. »

Francis sentait les regards de son coach, il avait baissé les yeux. Il voulait absolument répondre mais ne savait pas quoi. De la cabine voisine lui parvinrent des hurlements étouffés puis le silence retomba.

« Je suis quand même arrivé en finale, avait-il murmuré, sa médaille toujours dans la main. C'est bien aussi.

— Non, malheureusement pas, mon garçon.

Son coach avait secoué la tête.

» Je ne peux pas être assis là et te mentir : avoir *presque* gagné est ce qui fait le plus mal. Mieux vaut abandonner au deuxième round. Mais arriver jusque-là, si près du but, et tout perdre, c'est ce qu'il y a de pire. »

Brown avait poussé un profond soupir. Pour finir il avait tapoté la médaille d'un air encourageant et il avait dit qu'ils retenteraient le coup l'année suivante. Francis avait acquiescé. Après ça, ils n'avaient plus jamais parlé, et peu de temps après Francis avait simulé sa blessure au genou, et abandonné la lutte.

Il entendit des pas, il y avait quelqu'un dehors. Francis crut un moment que les autres revenaient mais ce n'étaient que les occupants de la chambre voisine. Ses amis par contre n'étaient toujours pas là. *Anne-May et Grover, Grover et Anne-May*. Il but une gorgée et se convainquit qu'ils étaient en train de se moquer de lui et ne voyaient en lui qu'un grand échalas qui pouvait parler de chance quand il avait un livre à la main sans le tenir à l'envers. Il pensa à ses anciens amis de Jersey City qui l'avaient laissé tomber dès qu'il avait déménagé. Ils étaient tous pareils.

Il regarda la canette vide dans sa main et visa la poubelle de la salle de bains, mais elle tomba à côté.

Il la ramassa sans hésiter ; il réessaierait jusqu'à ce qu'il y arrive. Comme toujours lorsqu'il s'était mis une idée dans le crâne. À dix ans, il avait accompagné Ryan à un « parcours de douleur » ; une heure de course à travers le parc entrecoupée d'épreuves bien tordues, escalade, sauts d'obstacles et sprints. Il avait dû abandonner au bout de cinq minutes, épuisé. Ryan avait ri.

« Dans quelques années peut-être. »

Mais pas question pour Francis d'attendre jusque-là. Il s'était entraîné tout l'été, matin, midi et soir. Tout le monde disait qu'il était fou et que son projet était voué à l'échec, mais à la fin de la saison il était retourné faire le parcours avec Ryan. Un enfant opiniâtre qui courait à côté de lui dans le parc avec une endurance étonnante. Finalement il n'y était pas arrivé, à mi-parcours il avait été pris de vertige et il avait vomi. Mais quelle importance, à l'époque déjà il avait compris que la question n'était pas là. Ils s'étaient assis tous les deux sur un banc et Ryan avait passé le bras autour de son épaule. Peut-être le meilleur moment.

Il visa de nouveau la poubelle de la salle de bains avec sa canette. Il prit conscience qu'il était complètement saoul mais à sa grande surprise son lancer fut parfait. La canette vola à travers la chambre jusqu'à la salle de bains où elle atterrit au centre de la corbeille en plastique avec un magnifique *floc*.

« Yeahhh... », dit-il tout bas en ouvrant une autre bière.

Anne-May et Grover revinrent une demi-heure plus tard. Ils lui rapportaient des friandises de la station-service.

« Alors, tu as fait quoi ? demanda Anne-May.

Francis se dirigea vers eux en titubant.

— Tu es une salope et une menteuse, bafouilla-t-il.

Il avait du mal à tenir debout.

» Tes belles paroles à la clinique, comme quoi tu m'aimes bien, et tout ça... Tu as joué avec moi, c'est tout, à peine sortie tu embrasses ce crétin. Tu sais que c'est nul à chier ?

— Tu es saoul, dit Anne-May. Arrête de me parler comme ça. D'ailleurs je ne t'ai jamais rien promis.

— Qu'est-ce qui t'arrive ? demanda Grover d'un ton détaché.

Francis l'attrapa par son T-shirt et le poussa si violemment contre l'étagère que toutes les figurines et les trophées se renversèrent pêle-mêle.

— Sale traître ! hurla-t-il. Tu croyais que je n'avais pas compris que tu allais te tirer après le lycée. J'ai vu la lettre de Yale. Tu pensais me le dire quand ? M'envoyer une carte postale du Connecticut ?

Grover se redressa.

— Je voulais te le dire, Francis, je croyais qu'il était clair que j'allais faire des études, je...

Francis l'ignora, il ne regardait qu'Anne-May.

— Ça fait cinq ans que j'ai ce loser sur le dos. Et maintenant, il me laisse tomber comme une merde et il se barre. Mais tu sais quoi ? J'en ai plein le cul de me taper ces dîners pseudo-idylliques chez ses parents !

Anne-May voulut l'interrompre mais on ne pouvait plus l'arrêter. Francis ne comprenait pas lui-même ce qu'il racontait mais il était aussi conscient que ce qu'il disait contenait une part de vérité, quel que soit le démon qui les lui inspirait.

» Je trouve insensé que tu aies embrassé ce lâche, dit-il. Grover n'ose jamais rien faire, jamais. Il ne voulait même pas venir en voyage avec nous, il aimait mieux rester terré au fond de sa cave. Ce type ne changera jamais. Même quand il aura de l'argent et une femme, il restera toujours un lamentable rat peureux, un minable, un petit… »

Un claquement contre sa joue. Francis, surpris, porta la main à l'endroit douloureux et regarda Grover, debout devant lui, qui attendait sa réaction. Il tremblait et semblait avoir peur de se faire tabasser pour l'avoir giflé. Francis était tellement estomaqué qu'il ne réagissait même pas.

Anne-May voulut intervenir, mais il se dégagea.

« Ne me touche pas ! dit-il. Tu es aussi faux-cul que lui. Vous vous croyez sans doute supérieurs parce que vous allez bientôt vous barrer de Claymont. Mais je m'en fous, je n'ai pas besoin de vous, de toute façon. Je vous déteste ! »

Le silence retomba. Francis se frotta de nouveau la joue, et sortit de la chambre sans se retourner.

5

Un mince rai de lumière fendait la pièce et lui tombait sur le visage. Il était midi quand il se réveilla en clignant des yeux, sa tête menaçait d'exploser. Comment avait-il regagné la chambre du motel? Francis se rappelait simplement avoir titubé sur le parking et vomi dans un buisson.

Il se traîna jusqu'aux toilettes et pissa un jet d'un jaune fluo pendant une minute et demie. Il réalisa alors seulement qu'Anne-May et Grover n'étaient pas dans la chambre. Leurs lits étaient vides, leurs affaires avaient disparu. Il sauta dans son jean et sortit en trombe, torse nu. Dehors il s'arrêta, rassuré: la Chevy était toujours là, la carrosserie bleue étincelant sous le soleil.

Il s'habilla et partit à la recherche des autres. Il faisait une chaleur torride, la rue était bordée d'arbustes et de cactus, avec au loin les montagnes rougeâtres.

Il acheta son petit déjeuner à la station-service : Twinkies*, café et aspirine. Comme il traversait le patelin d'un pas pesant, deux ou trois chiens le suivirent. Leur nombre augmenta, il y en eut bientôt cinq ou six. Ils jappaient après lui et faisaient un bruit d'enfer. Il pressa d'abord le pas puis s'arrêta et cria à la meute :

« Foutez le camp ! »

Les chiens continuèrent à aboyer mais cessèrent de le suivre.

Ses Chuck étaient rougies par la poussière. Au bout de trois petits kilomètres, il atteignit une bourgade à l'abandon. Sur le panneau de bienvenue la peinture s'écaillait, l'usine à l'entrée était une ruine, la plupart des vitrines condamnées par des planches. Seule la station d'essence était ouverte, avec quelques restos. Il finit par trouver Anne-May et Grover dans une crêperie.

« Salut, dit-il, mais personne ne répondit.

Francis s'assit à leur table.

» Je suis vraiment un connard, je...

Il regardait fixement la carte, hésitant à nouveau sur le choix des mots. Ils lui paraissaient tous beaucoup trop banals pour ce qu'il ressentait.

---

* Génoises fourrées à la crème, de fabrication industrielle, consommées très communément aux États-Unis.

» Je ne sais pas ce qui s'est passé hier, pourquoi je vous ai dit tout ça. Je ne le pensais pas.

Grover lui jeta un long regard. Les yeux étroits et durs, il semblait plus vieux de seconde en seconde.

— Mais si, tu le pensais. Reconnais au moins que c'est la vérité.

Francis acquiesça, épuisé.

— OK, c'est la vérité. Parfois je pense ce genre de trucs. Mais tu es quand même mon meilleur ami, et je ne voulais pas t'attaquer comme ça. Si je peux me faire pardonner, dis-moi comment et je le ferai.

Ils ne réagirent ni l'un ni l'autre. Les Doors braillaient dans le jukebox en arrière-fond. Un bref instant, Francis vit sa mère; c'était sa musique.

» Je sais que je ne peux plus y changer grand-chose, dit-il. Je voulais juste m'excuser. »

Ils ne répondaient toujours pas. Quand ils eurent mangé leurs crêpes, ils retournèrent tous les trois au motel. Personne ne dit un mot de tout le trajet, ils montèrent dans la voiture en silence et reprirent la route. Par la vitre arrière, Francis vit Janis qui les suivait des yeux d'un air pincé.

Comme Grover voulait toujours aller au Grand Canyon, ils firent le détour prévu en direction du parc national. La gorge s'étendait sur plusieurs centaines de kilomètres, elle aurait pu engloutir des villes gigantesques et il serait encore resté de la place. D'un coup de pied, Francis lança une pierre dans l'abîme. À côté d'eux, un groupe de touristes du Michigan, un vent fort fouettait le parapet, la casquette d'un des touristes s'envola. En plus, il se mit à pleuvoir. Presque tous les visiteurs prenaient des photos, mais personne autant que Grover. Il mitraillait chaque arbuste et chaque rocher.

« Vous voyez celui-là ? demanda-t-il.

Il désignait une petite plateforme en saillie. Au-delà s'ouvrait un abîme de plus de mille mètres. Mais un éperon isolé se dressait à quelques mètres de la plateforme.

» De là on peut peut-être sauter sur l'éperon, dit Grover. Il y a des photos géniales à prendre de là-haut.

— Tu es malade ou quoi ?

Anne-May le regarda de travers.

» Et si tu rates ton coup ? Tu tombes et tu es mort.

— Arrête tes conneries, dit Francis. Tu n'y arriveras pas. C'est trop loin.

— NE ME DIS PAS CE QUE J'ARRIVERAI À FAIRE OU PAS ! »

Grover se dirigea vers la plateforme. Il regarda en bas et sembla prendre peur. Le rocher sur lequel il voulait sauter était à deux ou trois mètres. Entre les deux, le gouffre.

Francis le saisit par l'épaule mais Grover se dégagea.

« TU AS DIT QUE JE N'OSAIS JAMAIS RIEN, CETTE FOIS J'OSE !

— Bon dieu, tu ne vas pas mourir à cause de ça ?

— Qu'est-ce que ça peut te foutre ? »

C'était peine perdue. Impossible de discuter avec lui. Quelques personnes derrière eux s'approchaient, elles avaient compris que Grover allait sauter et voulaient voir ça. Certains préparaient déjà leur appareil photo ou leur téléphone. Peut-être pourraient-ils photographier ce type dingue en train de faire le saut de la mort.

Anne-May attrapa la main de Grover et essaya de le dissuader, mais il s'entêta. Il semblait vouloir se prouver et surtout leur prouver qu'il n'était pas un lâche. De plus en plus de gens se rassemblaient autour de lui. Son regard était fixe, la peur lui faisait monter les larmes aux yeux mais il ne pouvait manifestement plus faire machine arrière. Anne-May l'étreignit. Grover tripota ses lunettes, il mit son appareil photo autour de son cou et recula de quelques pas pour prendre de l'élan. Francis ne savait pas quoi faire. Il réalisait à quel point, pendant toutes ces années, Grover devait avoir souffert. Des humiliations infligées par les autres, de son éternelle pusillanimité.

« Tu vas y arriver ! », cria-t-il.

Grover se retourna un instant vers lui, et il s'élança. Francis entendit les gens chuchoter et vit du coin de l'œil plusieurs touristes filmer la scène. Et puis, l'inévitable se produisit. Grover courait mais il était nerveux, son pas manquait de souplesse et le sol trempé de pluie était glissant. La panique lui fit presque marquer un arrêt juste avant l'extrémité de l'avancée, à cet instant même il sauta. Il n'atteindrait pas son but. Francis le vit tout de suite. Grover n'avait pas assez d'élan, il n'aurait pas dû ralentir. Un cri monta de la foule qui comprenait, elle aussi, que ça tournait mal.

Grover tenta l'impossible pour atteindre l'éperon rocheux, fit de grands moulinets dans l'air avec ses bras, mais il n'y arriva pas. Son saut était trop court, il glissa et tomba dans l'abîme. Francis ferma les yeux.

Quand il les rouvrit, Grover n'avait toujours pas sauté. Sa brève vision d'horreur lui avait fait prendre une suée. Lorsque Grover sauta pour de bon, il fut incapable de regarder. Son cœur s'arrêta de battre quelques secondes.

Les gens applaudirent. Grover avait atterri sur l'éperon rocheux. Il n'eut pas l'air de réaliser sur le coup, puis il brandit son appareil photo et la foule l'acclama encore plus fort. Grover prit quelques photos les mains tremblantes et rejoignit les autres d'un bond. De justesse, car cette fois il n'avait quasiment pas d'élan, mais il y parvint. Plusieurs touristes accoururent, voulurent le photographier ou se faire photographier avec lui. Grover parut d'abord euphorique, puis devint de plus en plus silencieux.

Finalement ils se retrouvèrent seuls et regagnèrent la voiture tous les trois. Tout s'était bien passé, pourtant ils étaient abattus. Plus Francis repensait à l'acte insensé que s'était imposé Grover, plus il se sentait coupable.

Ils montèrent dans la Chevy, Las Vegas n'était plus qu'à quelques heures de route. Francis sortit son argent de l'enveloppe et recompta les billets. Cette nuit il jouerait et il fallait qu'il gagne. Ils laissèrent le Grand Canyon derrière eux. Une impatience fébrile s'emparait de lui. Ils roulaient quand les derniers rayons de soleil s'éteignirent, tout devint noir au-dehors. Noir et froid.

Las Vegas

1

Dans le désert du Nevada, le ciel nocturne était d'un noir mat et infini, la route vallonnée montait toujours plus à pic vers les hauteurs. Arrivés au sommet d'une colline ils découvrirent en contrebas un immense océan de lumières. Un peu de cette clarté éblouissante pénétrait à l'intérieur de la voiture et illuminait leurs visages. Las Vegas était là, au fond de la vallée. Qui les attendait. Francis sentit dans sa poitrine une vibration qu'il n'avait plus éprouvée depuis son fameux rêve.

Ils prirent une chambre dans le centre-ville, Anne-May se changea. Quand elle sortit de la salle de bains, elle portait une robe vert foncé, sans manches et dos nu, elle était superbe.

« Elle vient de l'Illinois, dit-elle.

— Elle te va bien, dit Francis. Très bien ! », ajouta-t-il et elle lui sourit pour la première fois depuis longtemps.

Grover continuait à l'ignorer et regardait la télévision, les plus grands duels de l'histoire des *monster trucks*. Un coca à la main il téléphona à sa mère.

« Oui maman, tout va bien. Je t'assure. Les matchs éliminatoires se passent super-bien, on a balayé les Mathlètes de l'Iowa.

Il sirotait son coca avec une paille d'un air morne et zappa sur la chaîne suivante.

» Bien sûr que vous me manquez, je pense...

Il avala de travers et toussa. C'étaient les informations régionales et que voyait-on sur l'écran ? *Grover !*

Il toussa encore.

» Je te rappelle ! »

Il se hâta de raccrocher, reprit la télécommande et monta le son. La voix du présentateur emplit la pièce :

« Et maintenant, pour finir, quelques images envoyées par un téléspectateur. Un jeune homme téméraire a tenu en haleine de nombreux touristes aujourd'hui dans le Grand Canyon, en tentant de... »

Pendant que le journaliste débitait son texte, des images vacillantes de caméra portative montraient Grover prenant son élan, s'élançant au-dessus du vide et atterrissant sur l'éperon rocheux sous les acclamations de la foule. Francis était fasciné. Il n'y avait pas trente-six mots pour décrire ça : c'était super-cool.

Le Grover sur l'écran levait le poing de la victoire. Le Grover dans la chambre d'hôtel faisait la tête de celui qui se voit mourir. Sans doute venait-il seulement de réaliser le danger auquel il s'était exposé. Mais quand il vit les gens applaudir, et les filles qui voulaient se faire photographier avec lui, il se dérida.

«J'y crois pas, Francis ?! »

Les mêmes images passaient sur les autres chaînes et les commentateurs donnaient dans la surenchère : « L'intrépide du Grand Canyon », « Complètement fou », ou ce qui revenait le plus souvent : « Le photographe le plus courageux du monde ». C'était le genre de vidéo qui devenait aussitôt virale, qu'on envoyait à ses collègues de bureau avec le commentaire : « Regarde un peu, Randy, il y avait un dingue au Grand Canyon, il faut que tu voies ça ! »

Anne-May lui tapota l'épaule.

« Te voilà célèbre, Groovy. »

Pour fêter ça, ils commandèrent au *room service* une bouteille de vin et tout ce qu'il y avait sur la carte. Tout de suite après, on frappa, la porte s'ouvrit sur un chariot chargé de plateaux. Le chateaubriand, la crème brûlée et le burger au homard à vingt dollars, ils mangèrent tout dans le désordre, puis ils prirent la bouteille et montèrent l'escalier qui menait au toit. On ne sait pas trop qui commença, ni pourquoi, mais à la fin ils faisaient tous les trois la course en rigolant. Ils arrivèrent épuisés sur le toit-terrasse.

Debout côte à côte devant la balustrade ils contemplèrent Las Vegas à leurs pieds, un gigantesque gâteau d'anniversaire décoré de milliers de bougies. Ils buvaient à la bouteille chacun leur tour. Grover se pencha par-dessus la balustrade et hurla dans la nuit un truc du genre « Waouh ! », il avait la bouche grande ouverte et les yeux fermés derrière ses verres de lunettes. Francis ne l'avait jamais vu aussi heureux.

De retour dans la chambre, il laissa les deux autres seuls et alla dans la salle de bains. Il se contempla de longues minutes dans le miroir. *Donor James*. Il ne pouvait plus se regarder sans penser au visage de cet homme. Francis se rappela ce qu'il projetait de faire et son euphorie céda la place à une lucidité fébrile.

« Qu'est-ce qui se passe ?

Anne-May venait d'entrer dans la salle de bains. Elle referma la porte derrière elle.

— Rien.

Francis se lava les mains dans le lavabo. Il se tourna vers elle.

— Pourquoi tu l'as embrassé ?

Elle ne répondit pas tout de suite.

— Parce que j'en avais envie sur le moment.

Elle fit une pause.

» Mais surtout parce qu'il me faisait pitié.

Francis sentit les traits de son visage se détendre.

» Pourquoi ça t'intéresse tellement ?

Anne-May vint se placer à côté de lui, ils s'observèrent l'un l'autre dans l'immense miroir de la salle de bains.

— Tu t'en doutes », murmura-t-il.

Il vit dans le miroir les grands yeux sombres d'Anne-May qui papillotaient, comme toujours quand elle était mal à l'aise.

Ce moment lui parut irréel. Se souviendrait-il encore dans vingt ans de cette scène avec Anne-May dans la salle de bains ? Que deviendraient ces petits instants quand il n'existerait plus ? La fois où il avait vaincu Adam Landis, le champion de lutte junior, dans le gymnase mal aéré de Jersey City, où sa mère et Ryan l'avaient serré dans leurs bras et où il était si fier. Ou encore son premier baiser, avant il était tellement nerveux qu'il n'avait pas pu s'empêcher de rire, et cet incroyable sentiment de félicité après, quand il était rentré chez lui avec l'envie de le dire à tout le monde. Que deviendraient ces moments insignifiants tellement importants pour lui ? Personne ne connaissait ses pensées ni ses souvenirs. Tout cela tomberait dans l'oubli quand il mourrait et au bout de quelques rotations terrestres ce serait comme si ça n'avait jamais été. Tout serait perdu, envolé à travers le cosmos.

« Il y a deux mois, j'ai eu un entretien avec Tony Gould, dit-il. Une vieille connaissance de ma mère. Il travaille dans le bâtiment et il pense qu'il a un boulot pour moi au cas où l'école n'aboutisse à rien. Une fois rentré chez moi, je me suis dit que j'allais faire ça. Qu'on a besoin de cet argent et qu'il n'y a plus d'autre possibilité. Mais l'autre jour, quand on était assis sur la colline au bord du Missouri, je...

Il secoua la tête.

» Je me suis demandé si je ne peux pas espérer mieux.

Il attendit de voir si Anne-May allait dire quelque chose, mais elle se taisait.

» Autrefois je me disais qu'il valait mieux voir les choses avec humour... ne pas les prendre trop au sérieux.

Il s'arrêta une seconde.

» Mais c'est faux. Car il arrive un moment où plus rien n'est drôle, et on est bien obligé de prendre la vie au sérieux. »

Francis se détourna du miroir et regarda Anne-May dans les yeux. Il n'avait jamais été très fort pour parler mais cette fois il venait de dire exactement ce qu'il ressentait.

Elle évita son regard.

« Parfois je me dis que j'aimerais bien avoir un fils ou une fille, dit-elle. Mais je me remets aussitôt à penser que je ne veux pas infliger tout ça à mon enfant. Peut-être que l'homme est intrinsèquement mauvais, peut-être que malgré toutes les bonnes choses le bilan final est toujours négatif. Je veux dire, dans les films on prétend toujours qu'on apprend de ses erreurs et qu'on peut devenir quelqu'un d'autre... mais, dans la plupart des cas, c'est un mensonge. C'est pour ça que rien ne change jamais. Je crois qu'il y aura toujours la guerre, toujours la faim, l'injustice et le mensonge.

Elle rit.

» D'un autre côté, je me sens tout à fait à ma place dans ce monde. Je suis fausse, injuste et peut-être même une créature mauvaise.

— Moi aussi.

— Non, Dean, pas toi. Tu aimerais peut-être, mais ce n'est pas le cas.

Ils souriaient tous les deux.

— J'aime bien ta lèvre éclatée, dit-il. Ça te donne un petit air fonceur.

— Tu trouves ?»

Elle lui caressa l'épaule et quitta la salle de bains.

Francis s'appuya contre le lavabo. Il ouvrit le robinet, le referma. L'ouvrit, le referma. Bientôt il allait tenter sa chance au jeu. Il cherchait à lire la confiance sur son visage.

2

Dehors la température dépassait encore les trente degrés. Ils marchaient vers le casino du MGM Grand et Francis voyait la sueur perler sur le dos nu d'Anne-May. Tout scintillait et clignotait partout devant eux, le moindre lumignon semblait vouloir attirer leur attention. Sur les trottoirs, des ventilateurs, et des silhouettes louches qui les invitaient à entrer dans des boîtes de nuit. Un grand huit fonçait en mugissant à travers une copie de la tour Eiffel, des touristes photographiaient des édifices aux éclairages spectaculaires, les pyramides, le Taj Mahal. Le photographe le plus courageux du monde prenait des clichés lui aussi, et l'incroyable se produisit : on reconnut Grover.

« Salut, ce n'était pas toi à la télé tout à l'heure ? demandèrent trois jeunes de leur âge qui en d'autres circonstances se seraient vraisemblablement foutus de lui, ou l'auraient bousculé. On peut faire une photo avec toi ? »

Grover acquiesça aussitôt. Les ados posèrent à côté de lui, il essayait d'avoir l'air cool en brandissant les deux pouces et en souriant de toutes ses dents.

Ils y étaient presque. Francis voulut traverser au rouge, il n'y avait pas de voiture mais Anne-May le retint fermement par le bras.

Il pivota sur lui-même.

« Qu'est-ce qui se passe, bordel ?

— TU ES CINGLÉ ?

Elle paraissait furieuse et tremblait presque.

» Tu ne peux pas traverser comme ça. Et si une voiture arrive ?

Il la regarda d'un air ahuri.

— Qu'est-ce qui te prend tout à coup ? »

Anne-May ne répondit pas, et quand le feu passa au vert elle partit devant, Francis et Grover échangèrent des coups d'œil interloqués, et la suivirent.

Au casino du MGM ils furent accueillis par une symphonie clinquante où la musique d'ambiance se mêlait aux claquements et cliquètements divers. Des centaines d'écrans scintillaient, des gens erraient à travers la salle, s'asseyaient devant les machines à sous ou s'attroupaient autour des tables de black-jack, de craps ou de poker. Francis regarda une femme qui actionnait le levier d'un bandit manchot, gagnait, ramassait l'argent sans s'émouvoir, et continuait à jouer.

« C'est là, derrière », dit-il en entraînant les deux autres vers la salle suivante.

Sur les tableaux d'affichage des tables de roulette clignotaient des chiffres rouges et noirs, parfois aussi un zéro vert. *Enfin*, pensa Francis. Ici, à chaque tour, il avait presque une chance sur cinquante de gagner – plutôt plus que dans la vraie vie. Il alla changer de l'argent. Sur les quatre mille dollars qui lui restaient, il en échangea deux mille contre des plaques. Il aurait besoin des deux mille autres pour le voyage, et pour rembourser au moins une partie des dettes de sa mère. Il demanda à un employé quelle était la mise maximum à la roulette.

« Normalement, c'est mille dollars à la fois.

— Comment ça, *normalement* ?

L'homme le regarda.

— Là-derrière, il y a des tables spéciales où on peut miser jusqu'à cent mille dollars.

— Et si on veut miser encore plus ? »

L'homme secoua la tête d'un air amusé et désigna le premier étage. Derrière les vitres opaques se trouvaient d'autres tables où l'on pouvait jouer à la roulette des sommes à sept chiffres. La mise minimale était de cent mille dollars.

Francis se dirigea d'abord vers une des tables spéciales situées à l'écart. Contrairement à la roulette normale où s'activaient des touristes, des types dépenaillés avec des chapeaux de cow-boys ou de simples femmes au foyer, ces tables-là n'attiraient que des hommes en costume sur mesure et des femmes en robe du soir. Francis, lui, portait ses Chuck blanches, un jean et un T-shirt sombre. Il faisait froid dans ce casino, il était gelé.

Ne trouvant pas de place libre il regarda les autres jouer. Il y avait une femme qui se rongeait les ongles et d'autres qui déposaient leurs plaques sur les cases avec une décontraction totale. Quand la bille tombait dans une case du tambour l'assistance se départageait entre gagnants et perdants. Certains misaient huit mille dollars sur un seul numéro, perdaient, et remettaient huit mille en jeu sans sourciller. D'autres gagnaient soixante-dix mille et laissaient leurs plaques sur le tapis comme s'ils s'en fichaient. Ces fous semblaient ne pas savoir ce qu'était l'argent.

Quand une place se libéra Francis s'assit. Le croupier voulut voir sa carte d'identité et l'examina.

« La mise minimum est de mille dollars », dit-il enfin.

Francis acquiesça. Il sentit les regards des autres, surtout des joueuses, la plupart d'un certain âge, très maquillées, les traits figés par le botox. Il se sentit mal à l'aise malgré la présence d'Anne-May à côté de lui, de loin la plus belle femme de la salle. Malgré ses piercings elle resplendissait comparée à ces Gremlins boursouflés dans leurs costumes à dix mille dollars. Quand on avait une jolie copine, disait toujours son voisin Toby, on pouvait tout se permettre et être le pire des tarés. Avec une femme comme Anne-May à ses côtés, on pouvait conquérir le monde.

Grover était debout derrière lui, il était allé se chercher un coca et buvait, comme toujours avec une paille. Francis déposa ses deux plaques sur le tapis vert. Chacune d'une valeur de mille dollars. Les autres joueurs le regardaient d'un air amusé, l'un d'eux venait d'en perdre trente mille. Francis sentait qu'ils le rejetaient. À cet instant Anne-May se pencha vers lui. Pour la première fois il sentit ses lèvres sur sa bouche.

« Défonce-les ! », dit-elle.

De ce qui se passa ensuite, Francis n'eut pas une conscience claire. Il était dans un tunnel de lumières et de bruits, il ne voyait que les clignotements sur les panneaux. Le croupier donna le signal et c'était parti. Il plaça mille sur le rouge sans trop réfléchir. La bille roulait. Les autres croupiers faisaient simplement un geste de la main, mais celui de leur table dit : « *Rien ne va plus*[*] ! ». Francis comprit en un quart de seconde ce qu'il était en train de faire, et il prit peur. Il avait misé mille dollars ! Il pensa aux lettres de rappel pour le mobil-home, aux notes de téléphone non réglées, il suivait des yeux la bille, elle fonçait dans le tambour, ralentissait, tombait et s'arrêta sur le dix. Noir.

« Non ! », fit Anne-May.

---

[*] En français dans le texte.

Les premiers mille dollars s'étaient envolés. C'était impossible. Il avait pourtant rêvé qu'il allait gagner. Francis misa la seconde plaque de mille, sur le rouge à nouveau, par défi. La roue se mit à tourner. Le croupier lança la bille, en lui donnant de l'effet, et en sens inverse de la rotation du tambour, tout le monde attendait la suite et retenait son souffle.

«*Rien ne va plus*!»

La bille ralentit et finit dans la case vingt et un. Encore perdu. Francis entendit un homme crier, il avait joué noir et gagné une fortune pour une mise de cinq mille.

«Ce n'est pas possible, murmura Francis. Non, non, non, ce n'est pas possible!»

Son regard se brouilla, il quitta la table. Mais pas pour retourner à l'hôtel. Il fonça droit au guichet et acheta de nouveau pour deux mille dollars de plaques. Ça ne pouvait pas finir comme ça!

Anne-May le suivait, le tirait par son T-shirt.

«Arrête! criait-elle. Tu as besoin de cet argent. C'est tout ce qui te reste, tu vas le perdre.

— Il faut... que je le fasse. Je vais gagner.

— Tu sais que tes chances sont minimes?

Francis s'arrêta.

— Mes chances je les emmerde! hurla-t-il soudain, surpris lui-même de crier si fort. Et des chances que ma mère guérisse, que je retrouve mon père et qu'il m'aime, des chances de ne pas devenir un putain de loser, j'en ai combien à ton avis?

— C'est de la folie», dit-elle.

Il changea ses derniers billets, retourna à la table de jeu et déposa la première plaque sur le noir. Sa main tremblait. Le rouge sortit.

Grover semblait dire quelque chose mais Francis n'entendit pas. Il ne lui restait plus que mille dollars, une unique plaque couleur lilas. Il ne savait plus quoi faire. Dans son rêve il misait plusieurs fois, tantôt sur le rouge, tantôt sur le noir, et c'était toujours le bon choix. À la fin, il décidait de tout mettre sur une couleur, mais il ne savait plus laquelle. Il voyait un type en combinaison bleue traverser le casino et lui faire un signe de la main. Là, dans son rêve, il misait tout sur une couleur et il gagnait.

Mais ici, aucun homme en combinaison bleue à l'horizon. Il se tourna vers Anne-May.

«C'est quoi ton nombre porte-bonheur?

— Treize. Pourquoi?

Soudain elle comprit. Elle regarda le tableau.

» Le treize est noir, mise sur le noir!»

Francis poussa sa dernière plaque sur le tapis vert. En réalité, il n'avait plus aucun espoir. Il se voyait déjà perdre et quitter la table. Quand le noir sortit, Anne-May lui donna un coup de coude mais il se réjouit à peine. Il se rongeait un ongle et il rejoua aussitôt sans dire un mot. À partir de là, Francis ne misa plus que sur le noir, parfois juste une plaque, et tout de suite après, quatre mille d'un coup. Il gagna toutes les fois, sauf une.

Tout allait maintenant si vite qu'il avait du mal à suivre. En un instant, il se retrouva avec dix mille dollars, puis plus que sept mille. Puis douze mille et pour finir dix-huit mille. Francis ne savait pas comment c'était arrivé. Mais il avait un filon, c'est sûr, et voulait en profiter. Il joua d'un seul coup ses dix-huit mille dollars. Anne-May murmura qu'elle ne voulait pas voir ça.

La femme d'un certain âge à côté d'eux – elle avait une robe pourpre et un foulard de soie autour du cou – misa elle aussi sur le noir. Cinquante mille carrément. Francis entendit au loin sa voix qui disait:

«Je sais que tu vas me porter chance!»

Les autres joueurs, huit ou neuf, misèrent à leur tour. La roulette tournait déjà, la bille bondit de case en case, ralentit, tomba.

Ça ne va pas le faire, se dit soudain Francis. Autour de lui le silence était total. Une sensation de chaleur intense l'envahit d'un coup. Il ne comprit pas pourquoi, il vit seulement qu'Anne-May criait. Elle lui sautait au cou, il réentendait les voix et les bruits du casino. Il avait gagné. Trente-six mille dollars. Incroyable!

Francis sauta de joie, il exultait. Il ramassa ses plaques et regarda autour de lui. Plusieurs joueurs lui adressèrent des signes de tête complices, et le type aux cheveux noirs à côté de lui, qui avait l'air très jeune, lui adressa la parole. Il lui demanda d'où il venait et il lui dit qu'il était lui-même un musicien lituanien, il prenait régulièrement l'avion pour venir jouer à Las Vegas. Ils se souhaitèrent mutuellement bonne chance. Grover tapa sur l'épaule de Francis, Anne-May lui dit avec enthousiasme :

« Tu es vraiment super ! »

Il buvait du petit-lait comme jamais encore dans sa vie. Il considéra ses plaques. On pouvait en faire des choses avec trente-six mille dollars ! Surtout maintenant que Ryan ne voulait plus rien leur donner. C'était assez pour payer leurs dettes, acheter une voiture et mettre encore de l'argent de côté. Francis imagina la tête de sa mère quand il lui ferait la surprise de rentrer avec une somme pareille. Mais cette nuit, il pouvait aller encore plus loin, il le savait. Atteindre les cent mille dollars, monter à l'étage rejoindre les gens assis derrière les vitres opaques, et repartir d'ici avec un million en poche. Il n'aurait plus jamais à retourner à Claymont.

L'adrénaline fusait à travers son corps. Il jeta un bref regard à Anne-May qui avait l'air de sourire, prit une plaque de vingt mille qu'il posa sur le noir, la bille se remit à tourner et s'arrêta sur le rouge.

Ce fut comme si on l'avait giflé.

Francis se secoua et misa cinq mille, à nouveau sur le noir. Le rouge sortit. De nouveau cinq mille, et de nouveau raté. *Pourquoi ?* Il se passa la main sur le front et sentit sa sueur glacée. Il misa deux mille. *Pitié !* Encore perdu. Les autres lui dirent d'en rester là, que c'étaient ses réserves, mais il ne pouvait plus s'arrêter, il savait qu'il allait gagner !

Francis misa deux mille dollars et gagna. Il poussa un cri de soulagement. Maintenant il allait tout récupérer et se refaire. Mais il perdit à tous les coups suivants, sans exception. Pour finir, il ne lui resta plus que mille dollars. Il les misa sur le rouge et serra le poing si fort que ses articulations blanchirent. Il entendit Anne-May à côté de lui, elle disait :

« Ne fais pas ça. Je t'en prie.

— Je sais que ça va marcher !

Il avait les yeux braqués sur la bille.

» Je le sens. Allez ! »

Le noir sortit – perdu. Terminé.

Il emprunta cinquante dollars à Grover et alla à une autre table miser directement sur le treize, le nombre porte-bonheur d'Anne-May, mais ce fut le sept qui sortit. Cette fois, c'était fini pour de bon. Francis s'en alla seul en titubant, la tête pleine de chiffres qui clignotaient dans tous les sens.

3

Il se rua dehors et se heurta à un mur de chaleur. La ville du désert était toujours aussi fébrile, survoltée, pas près d'en finir avec toutes ces silhouettes qui erraient dans les rues. Francis allait au hasard, refusait d'un geste les avances d'un souteneur ou d'une prostituée, et observait les touristes qui marchaient devant lui tout joyeux. Rien n'était encore joué pour eux, ils gardaient toutes leurs chances. Il songea à son père. Dans son esprit il lui rendait toujours visite en vainqueur. Il vidait d'abord la caisse du casino avant d'aller le trouver.

« Regarde papa, j'ai réussi, même sans toi. »

Mais maintenant, il allait devoir se présenter à lui les mains vides.

Il passa devant une cabine téléphonique et fut tenté de rappeler sa mère. Elle lui manquait terriblement tout d'un coup. Il aurait voulu la prendre dans ses bras et lui parler de tout, de son voyage dans l'Ouest, de son père, de sa tentative de suicide. Mais de toute façon on ne la lui passerait pas au téléphone.

Francis regardait la publicité lumineuse pour un bar de rock'n roll miteux. Il avait eu très tôt le physique d'un adulte, il avait dû très tôt en être un, mais ce soir, dans cette petite rue au fin fond de Las Vegas, il se sentait comme un gamin perdu.

Il composa le numéro du portable de Nicky.

« Frankie, tu es où ?

Apparemment il dormait déjà.

Francis respira, heureux d'entendre la voix de son petit frère.

— Oh, en voyage.

Il ferma les yeux et vit un moment la bille danser en cliquetant dans le tambour.

» Je voulais juste savoir comment tu allais.

— Très bien, dit Nicky d'une voix tout endormie. Aujourd'hui j'ai eu la meilleure note en maths. Pourtant j'avais pas appris ma leçon. »

Ce sont tes gènes, songea Francis. Une pensée lui traversa l'esprit : et si lui-même était surdoué à sa façon mais qu'on ne l'avait pas assez encouragé jusqu'à présent ? D'un autre côté, l'idée que tout dépende exclusivement des gènes le dérangeait. Il n'aurait plus prise sur rien. Il avait peut-être même hérité de la maladie psychique de sa mère, sans le savoir encore. Il lui restait dix ans peut-être avant que tout s'assombrisse d'un coup, comme pour elle, une bombe à retardement faisait tic-tac dans sa tête, il ne pouvait rien y faire.

« Et toi, Frankie ?

Nicky aimait lui poser des questions, comme à l'époque où ils dormaient dans leurs lits superposés.

» Est-ce que je suis trop petit pour mon âge ?

— Qu'est-ce qui te fait croire ça ?

— Dans la classe tout le monde me le dit. Même Linda, la fille la plus petite, est quand même plus grande que moi. Je suis vraiment trop petit.

— Mais non, c'est des conneries, tu n'es pas trop petit du tout.

Bien sûr que son frère était trop petit, beaucoup trop petit même. Il commençait d'ailleurs à s'identifier à d'autres gens de petite taille. Nicky avait dans sa chambre plusieurs posters des acteurs du *Seigneur des anneaux*, plus quelques-uns de Daniel Radcliffe, et aussi un de Malcolm, le héros de la série du même nom. Sa chambre était un sanctuaire de nains.

» Tu es exactement comme il faut, dit Francis. Et je suis sûr que tu vas bientôt pousser comme une asperge.

— C'est vrai ? Ce serait vraiment cool. Tu sais, je ne voudrais pas devenir aussi immense que toi. Juste un petit peu plus grand que Linda. Elle est vraiment petite, tout le monde l'appelle la Souris, et moi aussi, ils m'appellent la Souris. »

Francis raccrocha avec un sourire amusé. Il traîna un moment sur le Strip* plongé dans la nuit. Il se souvenait quand ils jouaient à cache-cache autrefois, Nicky et lui. Nicky se planquait presque toujours dans l'armoire du grenier, mais il se mettait chaque fois à pouffer dès que quelqu'un approchait. Francis se rappela la fois où son frère s'était endormi devant la télévision. Il l'avait porté dans leur chambre, couché dans son lit et bordé, et il était resté un long moment à contempler ce petit gnome innocent, ému d'être son frère. Nicky avait toujours été bon, il n'avait jamais rien fait de méchant ni de mal à personne. Francis avait rêvé une fois que son métier était de le protéger, un vrai boulot à plein temps. Et de ce jour-là, il avait su qu'il l'aurait vraiment fait si c'était possible. Il s'était toujours douté que sa vie ne vaudrait pas grand-chose, mais que Nicky ferait des étincelles, il en était sûr. Peut-être deviendrait-il sénateur. Il imaginait très bien son frère, plus tard, toujours aussi minuscule, mais installé dans une villa où il habiterait lui aussi et monterait la garde pour Nicky jour et nuit. C'était bien le seul travail qui l'aurait rendu heureux. Il aurait voulu rester toujours à côté de son petit frère, être important, le protéger de toutes les conneries que lui-même avait subies.

---

* La partie sud du Las Vegas Boulevard, sur laquelle sont situés la plupart des grands hôtels et casinos de la ville.

Devant le Bellagio les jets d'eau fusaient dans le ciel, superbes, innocents. Francis s'appuya contre le parapet et bascula la tête en arrière. Il se rappela la fois où Toby lui avait dit qu'ils étaient tous enchaînés mais qu'ils ne le savaient pas. Il alluma une cigarette, la jeta à moitié fumée. Quelqu'un s'installa à côté de lui.

Grover. Ils se firent un signe de tête. Pendant un moment, ils regardèrent les touristes qui passaient devant eux.

«Je suis désolé, dit enfin Grover. J'étais certain que tu gagnerais.

— Ça va aller... Où est Anne-May?

— Dans la chambre. Elle est furieuse contre toi.»

Le silence retomba. Au coin de la rue un homme avec une guitare jouait *The Lonesome Death of Hattie Carroll* de Bob Dylan. Francis ignorait pourquoi mais cette putain de chanson le rendait triste. Il lui fallait d'urgence un réconfort.

«Tu peux me prêter encore cinquante dollars?

— Bien sûr Francis... Pour quoi faire?»

Quelques minutes plus tard ils entraient dans une boîte d'une rue latérale, l'Acropolis. Personne ne leur demanda leur carte d'identité. À l'intérieur, il ne se passait pas grand-chose, ils étaient les seuls clients à part un vieil homme dans un coin. Sur la scène, devant eux, une strip-teaseuse brune évoluait autour d'une barre, l'air morose. Ils commandèrent deux bières et regardèrent la femme enlever son soutien-gorge. Francis constata très vite que ça l'ennuyait.

« Tu es toujours en rogne contre moi ?

Grover qui regardait fasciné lui glissa un coup d'œil en coin.

— Pourquoi ça ?

— À cause d'hier, de ce que j'ai dit sur toi. Tu sais, je crois que j'avais simplement peur à cause de Yale, peur que ça nous...

Il s'interrompit, secoua la tête.

» C'étaient des propos débiles, d'accord ? J'étais jaloux.

Grover haussa les épaules, la femme se déchaînait à présent sur sa barre.

— Tu avais raison.

Il ôta ses lunettes et les essuya sur sa manche.

» Je suis un loser, je l'ai toujours su. Quand on se moque de moi, ne crois pas que je ne m'en rende pas compte. Mais qu'est-ce que je peux y faire ? Je ne vais pas détester la vie simplement parce qu'il se trouve que je ne suis pas beau ou pas particulièrement courageux. Et je sais qu'Anne-May et toi vous trouvez mes T-shirts à chier, mais moi, ils me plaisent et je n'ai pas l'intention d'en mettre d'autres. De toute façon, pour les autres je suis un nerd quoi que je fasse, alors à quoi bon.

Il remit ses lunettes.

» Mais je pensais que toi au moins tu me comprenais, Francis. Je croyais vraiment qu'on était amis.

— Ça veut dire qu'on ne l'est plus ? »

Grover ne répondit pas.

Ils sirotèrent leur bière tous les deux en regardant la femme à la barre qui écartait les jambes d'un air morne.

Au moment où ils partaient, d'autres strip-teaseuses en minishort, jarretelles et soutien-gorge s'approchèrent d'eux.

« *Private dance* ! », s'écrièrent-elles en entraînant Grover et Francis vers une pièce adjacente.

Difficile de se défendre, et de toute façon ils ne le voulaient pas vraiment. Francis constata que la fille la plus âgée avait jeté son dévolu sur lui, elle avait sûrement dépassé la quarantaine et son corps nerveux et décharné ne la rendait pas précisément éblouissante ; si ça se trouve elle prenait des drogues, qu'est-ce qu'il en savait ? Elle l'emmena dans une cabine, ôta son soutien-gorge et se mit à danser contre lui, mais quand elle lui chuchota un prix dans le creux de l'oreille et entreprit de lui défaire son pantalon, il se releva aussitôt. Il fallait espérer que ça se passait mieux pour Grover.

À cet instant il entendit un cri.

Il sortit de la cabine. Dans la pièce voisine il découvrit Grover au milieu d'une grappe de strip-teaseuses qui lui parlaient et l'applaudissaient. Sur le moment Francis ne comprit pas, mais il réalisa bientôt que certaines d'entre elles devaient avoir vu à la télévision Grover sauter par-dessus le canyon.

Il murmura à une strip-teaseuse blonde que Grover était encore puceau, est-ce qu'on ne pouvait pas faire quelque chose, mais elle rétorqua qu'elles étaient seulement strip-teaseuses. Francis pensa aux avances auxquelles il venait d'avoir droit dans la cabine et supplia, disant que c'était d'une importance extrême. Là-dessus, elle échangea un regard avec l'homme derrière le bar, parlementa avec quelques-unes de ses collègues et, pour finir, une strip-teaseuse se déclara prête ; la brune qui dansait tout à l'heure autour de la barre. Elle dit qu'elle accepterait de le faire pour soixante-dix dollars.

Francis sortit de sa poche quarante-six dollars en billets, plus quelques pièces.

« C'est tout ce que j'ai. Je vous en prie !

Elle regarda l'argent un long moment en mastiquant son chewing-gum. Enfin elle le prit et soupira.

— Voyons ce qu'on peut faire pour ce prix-là. »

Elle saisit par le T-shirt un Grover médusé et le traîna dans une cabine. La porte resta fermée pendant de longues minutes. Francis secouait la tête, accablé par l'absurdité de cette scène. Il venait de décider qu'il n'en parlerait surtout pas à Anne-May quand il entendit la femme gémir. Tout le monde l'entendit.

« Tu prétendais qu'il ne l'avait encore jamais fait », lui dit la strip-teaseuse blonde.

Francis songea au puissant outil de Grover qui même pour une professionnelle comme cette danseuse devait représenter une gageure. Ça faisait maintenant une éternité qu'ils attendaient quand Grover se mit à gémir lui aussi. La fille et lui semblaient se relayer, à la fin ils gémirent à l'unisson. Une des strip-teaseuses ricana. Francis trouvait tout ça pénible, il gardait les yeux baissés et jouait nerveusement avec son briquet.

Enfin, la porte de la cabine s'ouvrit. La strip-teaseuse brune sortit la première, elle paraissait aussi épuisée qu'après une marche de plusieurs heures dans le désert. Grover la suivit, lui aussi avait l'air absent, le visage rouge. Francis lui tendit son paquet de cigarettes pour plaisanter mais il ne parut même pas le voir.

Ils se baladèrent ensemble sur Las Vegas Boulevard. Aucun des deux ne pipait mot mais de temps en temps ils se jaugeaient l'un l'autre ; parfois Grover souriait, parfois c'était Francis. Ils s'arrêtèrent finalement devant l'entrée de l'hôtel. Ils n'étaient pas très forts ni l'un ni l'autre pour exprimer leurs sentiments mais ne voulaient pas monter dans la chambre sans avoir parlé au moins brièvement de tout ça.

Soudain Grover lui tapa sur l'épaule.

« Ce voyage était une bonne idée, dit-il avec un sourire radieux.

Francis fit un geste de dénégation mais au fond ça lui faisait très plaisir.

» Si, merci de m'avoir convaincu !

Grover faisait des moulinets avec les bras, écarquillait les yeux.

» Maintenant nous voilà à Las Vegas et cette femme vient de... et puis ce voyage en voiture, tout ça est tellement dingue, tellement génial, c'est...

Il chercha ses mots et, pour finir, le prit tout simplement dans ses bras.

Francis était touché.

— Ça va pas la tête ? »

Il entendit Grover rire et rit lui aussi. Ils ne s'étaient jamais étreints aussi longtemps. Il donna une tape dans le dos de Grover et voulut lui dire qu'il était bien content de l'avoir emmené et qu'ils étaient toujours amis quoi qu'il advienne, mais pour lui ce genre d'aveu restait difficile.

« Viens, Pussymaster, dit-il, montons dans la chambre. »

San Francisco

1

Dans la Vallée de la Mort, il faisait cinquante degrés, au moins. Un vent absurdement torride entrait par les vitres, la Chevy n'était pas climatisée. Francis avait la bouche desséchée par la poussière, il regardait Anne-May écartant de son visage ses mèches trempées de sueur. Grover, comme par magie, avait retrouvé le sourire depuis qu'ils roulaient. La vitesse était limitée à cent dix kilomètres-heure mais le compteur marquait cent soixante. Grisé par la nuit précédente, il poussait à fond la vieille Chevy.

«Je t'avais bien dit de ne pas tout miser.»

Anne-May glissa quelques billets dans la main de Francis. Les événements du club de strip-tease avaient été comme un lever de rideau sur quelques dures réalités : depuis le fiasco du casino, Francis était fauché. L'argent de Ryan avait mis en stand-by sa véritable situation et il détestait l'idée de devoir recommencer à emprunter.

L'horizon se dissolvait dans la brume de chaleur, il n'arrêtait pas de repenser à son rêve. Hier en jouant, il s'était trompé quelque part. Mais où ? Francis se pencha vers les autres.

« Vous savez ce qui est bizarre ? L'absence d'homme en combinaison bleue. Dans mon rêve, il y avait toujours un homme en combinaison bleue, mais hier il n'y avait personne.

— Arrête avec ces conneries ! cria Anne-May. Tu y as vraiment cru ? Ton rêve n'était qu'un rêve et toi, imbécile, tu as tout perdu à cause de ça. »

De fureur elle lui pinça le bras.

Francis passa la main à l'endroit où sa peau le brûlait. Puis il relut l'article sur Alistair Haley, l'enfant de la banque du sperme au QI de 189 : « Le génie venu du froid ». L'article disait qu'Alistair vivait maintenant retiré à San Francisco. Sa célébrité précoce, ses apparitions dans le talk-show d'Oprah Winfrey, les attentes du public : tout cela avait laissé des traces. Suivait un paragraphe expliquant que plusieurs enfants du projet avaient déjà rendu visite à Alistair. Comme il était le seul dont le nom était connu, ils venaient le trouver pour échanger avec lui.

« "Ils viennent tous me voir", déclare Alistair, et on ne sait pas trop s'il s'en réjouit ou si cela le dérange. »

Francis avait hâte de le rencontrer aussi. Il fit lire l'article à Anne-May.

« Si ça se trouve, cet Alistair est mon demi-frère », dit-il en plaisantant.

Mais il se tut aussitôt car ça pouvait bien être le cas.

Anne-May passa le reste du voyage à prendre des notes dans son carnet. Lors d'une halte, elle appela ses parents avec le téléphone de Grover. Les autres, à l'écart, l'entendirent parler d'abord normalement, puis de plus en plus fort. Elle marchait de long en large et tout à coup elle hurla :

« Non, je ne vous dirai pas où je suis... Non... Je rentrerai quand ça me plaira ! »

En raccrochant elle paraissait abattue.

« Je ne m'étais encore jamais disputée comme ça avec eux. Il va bientôt falloir que je rentre chez moi. »

Francis tenta de la réconforter et comme ça ne marchait pas Grover se mit à parler en faisant sa grande bouche, en gesticulant comme un souteneur ou un rappeur, et là, malgré elle, elle finit par rire.

« Tes parents sont vraiment si horribles que ça, Anne-May ? demanda Grover comme ils reprenaient la route.

Elle regarda par la vitre.

— Aussi loin que je me souvienne ils ont toujours tout contrôlé. Je me rappelle encore la première fois que j'ai ramené une amie à la maison, Stella. Ses parents étaient des gens un peu bizarres et Stella portait de drôles de robes qui ressemblaient à des chasubles. Moi je m'en fichais, j'étais tout excitée parce que, pour la première fois, quelqu'un allait passer la nuit chez moi. Mais mes parents se sont moqués devant elle de sa robe et de sa famille. Leur ton restait poli et gentil mais en vérité ils disaient des méchancetés. Et plus tard, ils m'ont demandé s'il n'y avait pas d'autres filles dans ma classe que je puisse amener à la maison. J'avais huit ans à l'époque et mon frère vivait encore. Après sa mort ils ont complètement pété les plombs. Ils avaient une idée très précise de ce que devait être ma vie et tout ce qui ne cadrait pas avec cette idée était éliminé sans pitié. »

Francis écoutait avec attention. Pas difficile d'imaginer comment les Gardener se comporteraient avec lui.

Vers le soir, la température fraîchit enfin. Devant eux s'étendaient les champs de céréales de Californie. Ils mangèrent des sandwichs et observèrent la lumière du soleil couchant qui nimbait les bottes de foin d'un éclat rougeâtre. Ce pays était d'une immensité inouïe ! La radio passait *Highway to Hell*, Anne-May et Grover chantonnaient en même temps. Francis trouvait ça débile mais finit par s'y mettre aussi. Arrivés au refrain, ils chantaient tous les trois à pleine voix en balançant la tête. En hurlant le titre de la chanson à s'en égosiller, Francis regardait les visages euphoriques des deux autres. Devant lui, la route immense dans la lumière du soir, derrière lui tout le reste, il sentit renaître en lui un sentiment de confiance presque oublié.

Ils prirent une chambre dans un Best Western et payèrent avec la carte de crédit de Grover. Ses parents ne la lui avaient donnée que pour l'essence, mais ils n'avaient pas besoin de le savoir. Ils fourrèrent leurs fringues dans un lave-linge et allèrent s'installer dans le jacuzzi extérieur. L'eau se mit à bouillonner, la vapeur s'éleva. Francis se pencha en arrière avec un soupir exagéré. Ils étaient en route depuis sept jours et ils avaient parcouru un nombre incroyable de kilomètres. Claymont semblait à des années-lumière.

« Le mobil-home est à l'autre bout du continent, murmura-t-il.

— La clinique est à l'autre bout du continent, dit Anne-May.

— Ma mère est à l'autre bout du continent », dit Grover.

Ils burent de l'alcool dans des gobelets en carton et trinquèrent. Le ciel étoilé au-dessus d'eux était limpide et imposant, l'eau agréablement chaude, un écureuil gris fila dans l'herbe et disparut dans les buissons.

« Hé ! Dean, tu feras quoi si ton père est follement riche ? demanda Anne-May.

Francis but une gorgée.

— Ce serait cool.

— Et si c'est un connard infect qui ne veut pas te voir?

— Je mets le feu à sa maison.

— Tu sais ce que je viens de remarquer?

Elle le scrutait avec intérêt.

» Chaque fois que tu parles de ton père ou de la banque des génies, tes yeux brillent et tu n'arrêtes pas de sourire aux anges.

— N'importe quoi, je ne souris pas aux anges.

— Tiens, là justement tu viens de le refaire.

Elle lui éclaboussa le visage.

» Je commence à croire que ça te plaît de faire partie de ce projet de malades. Avoue, dans le fond tu es content d'appartenir à cette banque du sperme élitiste, c'est juste que tu ne veux pas le... »

À cet instant Francis plongea sous l'eau et mordit le mollet d'Anne-May. Il l'entendit couiner au-dessus de lui.

Plus tard, ils étaient assis sur un banc sur le balcon, Francis à gauche, Grover à droite, Anne-May au milieu. Ils avaient tous les trois les pieds sur la rambarde, ils parlaient du voyage, des moments difficiles, et à la fin ils se turent et se contentèrent de regarder la nuit en écoutant le chant des grillons. Anne-May s'endormit, la tête sur l'épaule de Grover. Grover fit une prudente tentative pour la pousser vers l'épaule de Francis, mais quelques secondes plus tard elle avait de nouveau la tête sur son bras. Francis et lui se regardèrent avec un petit rire puis se plongèrent dans le spectacle de la vallée devant eux. Pour un temps, toutes les disputes semblaient oubliées. Francis se dit que c'était merveilleux de traverser le pays comme ça, en voiture, tous les trois.

Le lendemain à San Francisco, devant la plaque au nom d'Alistair Haley, Francis était nerveux. Grover et Anne-May n'étaient pas venus avec lui, ils voulaient lui laisser du temps, et voir à quoi ressemblait la ville. Francis appuya sur la sonnette. Avec un peu de chance il allait bientôt rencontrer l'homme qui pourrait lui révéler le nom de son père. Il faisait sombre dans la cage d'escalier. Il attendait déjà depuis au moins trente secondes.

Il sonna de nouveau.

Deux Alistair Haley vivaient à San Francisco d'après l'annuaire téléphonique, mais un article de journal précisait que l'ancien enfant prodige habitait dans Sunset District, et là il n'y en avait qu'un. Francis était impatient de voir qui allait lui ouvrir. Peut-être un type en costume qui lui claquerait la porte au nez. Ou peut-être qu'Alistair n'était pas là.

Il entendit des pas.

La porte s'ouvrit sur un homme d'une trentaine d'années avec des cheveux longs et gras, des lunettes et une barbe assez impressionnante. Il était aussi pâle que les murs de son appartement étaient blancs. Il y avait une odeur d'herbe si puissante que Francis eut l'impression d'être déjà défoncé rien qu'en respirant.

« Qu'est-ce que tu veux ?

— Tu es bien... Alistair Haley ?

L'homme aux cheveux longs le dévisagea froidement. Bref hochement de tête. Francis lui tendit l'article sur le génie venu du froid.

— Et alors ? Je ne donne plus d'interviews.

— Je ne suis pas là pour ça. Je suis comme toi !

Alistair le dévisagea. Il poussa un soupir.

— OK, c'est autre chose. Entre. »

Il semblait n'y avoir dans cette maison que des tonnes de livres, deux ordinateurs, un matelas et une collection d'instruments de musique bizarres. Sur le mur un unique poster avec écrit en chiffres rouges : « 137 ». Le reste de l'appartement était austère, non meublé, Alistair venait manifestement d'emménager.

« C'est un sitar, dit-il, désignant l'instrument que Francis avait pris dans les mains. Il vient d'Inde. Il faut s'exercer tous les jours pendant des heures si on veut le maîtriser parfaitement.

— Tu vis ici depuis combien de temps ?

— Quatre ans.

Alistair alla chercher dans un tiroir de quoi se rouler un joint.

» Tu en veux ?

— Non, dit Francis et il s'assit. Quoique. Si. »

Et il raconta la lettre d'adieu de sa mère, comment elle avait réussi à trouver l'identité de son père. Un instant, il eut peur de lire la stupeur dans le regard d'Alistair, d'avoir la confirmation que toute cette histoire n'était qu'une invention de sa mère. Mais Alistair l'interrompit aussitôt.

«C'était donc ta mère? Je me rappelle encore la fureur de Monroe qu'un de ses donneurs ait été découvert.

— Ma mère, ouais», dit Francis et il continua à raconter, le départ pour Los Angeles, l'article où il était tombé sur Alistair et sa détermination à retrouver son père dont il ne connaissait pas le nom.

Pour finir, il demanda carrément à Alistair s'il savait par hasard qui se cachait derrière Donor James. Francis ne voulait pas qu'Alistair se rende compte de l'importance cruciale de sa réponse mais sa voix tremblait malgré lui. Il se triturait les mains et regardait la pièce autour de lui. Il y avait deux grands cartons dans un coin.

«Je n'ai malheureusement jamais eu accès aux dossiers des donneurs, dit Alistair. Je ne connais pas non plus les codes de leurs pseudonymes.

Francis s'allongea par terre et poussa un gémissement de déception.

» Mais je connais tout de même le nom de ton père.

Francis se redressa aussitôt.

— Et?

Alistair avait fermé les yeux. Il semblait réfléchir intensément, comme si son cerveau déroulait ou rembobinait quelque chose.

— J'étais enfant quand le dossier a été dérobé dans le bureau de Monroe. J'ai un souvenir encore très précis de la panique que ça a déclenché. Un jour, derrière une porte, j'ai surpris une conversation entre Monroe et un de ses assistants. Il était question d'un certain *Dr Doble*, et de l'opportunité de l'appeler ou non. Monroe disait que ce n'était pas nécessaire, qu'*elle se tairait*. J'ai compris, au détour de leur conversation, que Doble devait être le nom du donneur dont le dossier avait été volé.

Francis le dévisageait, incapable de dire un mot.

Alistair lui tendit le joint et lui donna du feu.

» Monroe s'est aperçu que j'avais entendu. Nous étions face à face, il savait très bien ce que je pensais. Pour finir, il a simplement dit: "Doble n'est pas ton père." C'est tout. Je n'ai jamais oublié cette phrase.

Il souffla de la fumée par le nez.

» Bref, il est donc assez probable que ce soit ton père. »

2

Ils fumaient tous les deux en silence. Au bout d'un certain temps le joint s'éteignit. Francis le ralluma mais il était tellement absorbé par ses pensées qu'il lui fallut trois tentatives pour y parvenir. Il avait attendu si longtemps de connaître le nom de son père, et maintenant il se sentait perdu.

«Tu penses à quoi? demanda Alistair.

— Je ne sais pas. Et si tu te trompais?

— Il s'appelle Doble, j'en suis sûr et certain.

Alistair attrapa le briquet.

» Qu'est-ce que tu vas faire maintenant? Tu sais que la banque des génies a été fermée après la mort de Monroe?

— Oui. Mais une de ses cliniques existe encore à Los Angeles, je peux me renseigner là-bas. Si mon père s'appelle vraiment Doble, ça permettra peut-être d'avancer.»

Alistair haussa les épaules, comme souvent, semblait-il. Ils se remirent à fumer en silence. *Doble, Doble, Doble*. Plus Francis se répétait ce nom dans sa tête, plus il lui semblait que c'était le bon. Derrière ce Dr Doble il imaginait un type beau, classe. Il aurait bien aimé avoir l'esprit clair pour réfléchir à tout ça mais il se rendit compte qu'il était trop défoncé.

« Ils sont beaucoup parmi nous à être venus te voir ? demanda-t-il.

— Quelques-uns. Au début ça m'agaçait, mais maintenant je comprends bien qu'il n'y a pas d'autre solution. Ni pour vous ni pour moi.

Francis ne saisit pas tout de suite le sens de ces propos sibyllins.

Alistair sourit.

» Tout ce que j'ai pu collecter sur la banque du sperme est là-dedans.

Il alla chercher une grosse pile de journaux dans une commode.

» J'appelle ça le “tiroir du savoir inutile”. D'une certaine façon, c'est une chance que tout ça ait eu lieu avant l'Internet, on n'a que quelques vieux articles. »

Francis prit le *Time Magazine* sur le dessus de la pile. À la Une, une photo d'Alistair enfant avec un titre : « L'homme nouveau ? ». Francis se mit aussitôt à lire. À sept ans, Alistair était une star médiatique, il venait d'écrire une pièce de théâtre sur une famille de chiens, il était un joueur d'échecs de haut niveau et discutait avec Warren P. Monroe, son mentor, sur des questions complexes de mathématiques et de physique.

« Il était comment ce Monroe ? Cinglé ?

— Pas forcément, dit Alistair. En tout cas il était habité par cette idée de faire naître des génies. Ne me demande pas pourquoi. Il disait que lorsqu'on veut cultiver une plante on ne prend pas les semences les moins performantes mais les plus résistantes.

Il alla mettre un CD dans le lecteur.

» Tout ça c'est des conneries, si tu veux mon avis. Des programmes eugénistes, il y en a déjà eu dans le passé, y compris ici aux États-Unis. Monroe a été violemment critiqué, à l'époque, on l'appelait le Dr Frankenstein, le Hitler des gènes. *Fair enough*. En réalité il a simplement été le premier à avoir cette idée-là. Si ça n'avait pas été lui, ç'aurait été quelqu'un d'autre. »

Francis acquiesça sans conviction.

Alistair semblait parfaitement à l'aise, à présent. Le joint à la main, il parla de scientifiques tels que Robert Edwards et Craig Venter, disant qu'à son avis tous iraient toujours le plus loin possible.

« Les gens oublient simplement qu'une invention, une découverte sont toujours irréversibles. Ce qui peut être fait le sera, et peu importe que ce soit dangereux ou non. En génétique aussi, on aura un jour ou l'autre une bombe atomique et on ne pourra plus jamais s'en défaire.

— Et tu t'entendais comment avec Monroe ? demanda Francis pour revenir à son sujet.

— Bien. On déjeunait ensemble une fois par semaine. Il venait me chercher avec son cabriolet Studebaker blanc et on discutait pendant des heures. J'incarnais ce à quoi il aspirait.

— C'est lui qui t'a traîné dans tous ces talk-shows ?

— Non, c'est ma mère », dit Alistair en montrant les dents.

Il raconta son enfance. À deux ans il parlait parfaitement, à quatre il connaissait *Le Roi Lear* par cœur. Et à sept ans un test évaluait son QI à 189.

« Là c'était parti. Monroe s'est dit qu'une nouvelle phase débutait pour l'humanité et pour l'évolution. À ses yeux, j'étais un prototype, le meilleur produit de son élevage.

— Tu dois le haïr.

— Remettre en question les circonstances de ma procréation serait me remettre en question moi-même. C'est le paradoxe. Nous pouvons tous les deux être contents d'exister. Dans la nature, nous n'aurions jamais vu le jour. Alors *fair enough*, répéta-t-il.

— Et ta mère, qu'est-ce qu'elle est devenue ?

Alistair passa la main dans sa barbe et parut réveiller un souvenir à moitié oublié, douloureux.

— Je ne sais pas exactement, dit-il enfin. Nous n'avons plus guère de contacts. Et elle vit très loin d'ici.

— Sur la côte est?

— À Goa.

Il jeta à Francis un long regard.

» Et la tienne?

— En ce moment elle est à la clinique, mais nous avons encore beaucoup de contacts. J'habite chez elle.

Il fit une pause.

» C'est peut-être une question stupide mais... Sais-tu qui est ton vrai père? As-tu jamais eu envie de le voir?

Le visage d'Alistair n'exprimait rien mais Francis crut déceler de l'amertume et du vide derrière le masque.

— Non. Ça ne m'intéresse pas de savoir qui est mon père. De toute façon, je ne signifie rien pour lui. J'étais dans tous les journaux et toutes les émissions de télévision; s'il s'était intéressé à moi il se serait manifesté. La seule fois où je me suis demandé qui il pouvait bien être, c'est quand Monroe m'a dit que Doble n'était pas mon vrai père. Mais c'est passé. »

Alistair s'allongea sur le sol et mit ses mains derrière sa tête.

Francis allait et venait fébrilement dans la pièce. Il essayait de ne plus penser à Doble et regardait les innombrables livres dont les titres ne lui disaient rien; des romans et des ouvrages scientifiques. Puis il découvrit la pile à côté du matelas.

« Tu lis ça?

Le visage d'Alistair reprit aussitôt des couleurs.

— J'adore *Harry Potter*, dit-il, toujours couché par terre. J'ai peut-être lu vingt fois la série. Mon préféré c'est Dumbledore !

Francis rit de le voir tout excité.

— Et là-dedans il y a quoi ?

Il désignait les deux grands cartons dans le coin.

— Un lit et une étagère. Je les ai commandés il y a une éternité mais je n'ai encore jamais trouvé le moyen de les monter. »

Ils se mirent au travail aussitôt. L'habileté manuelle d'Alistair était limitée : par inadvertance il assembla deux pièces qui ne devaient pas l'être et éclata d'un rire défoncé et contagieux. Ils rirent tous les deux à s'en casser la voix et furent obligés de s'asseoir par terre. Même dans cette position, Francis pouvait davantage se fier à ses mains. Quand il eut tout monté et vissé, il considéra son œuvre avec fierté.

Alistair revenait de la cuisine avec deux canettes de bière, il en lança une à Francis.

« Tiens, le roi du bricolage, tu l'as bien mérité.

Ils trinquèrent puis Alistair commença à remplir son étagère. Il sortit de la pièce et revint avec plusieurs cartons de vinyles.

» Ce sont ceux de mon oncle, j'ai toujours voulu m'y attaquer et les ranger sur mes étagères. Je ferais un fan de vinyles plutôt cool, tu ne crois pas ? »

Il eut un petit rire.

Francis n'était pas certain de tout à fait comprendre cette forme d'humour mais il hocha gentiment la tête. Il se replongea dans la lecture des articles de journaux. La plupart parlaient d'Alistair, toute sa vie y était consignée. Au début on voyait en lui un futur Prix Nobel, on l'appelait « l'enfant sur mesure » et « Baby Einstein ».

Ce qui plaisait le plus à Francis, c'était le récit de sa conception. La mère d'Alistair était une hippie, elle avait manifesté devant le Sénat contre la guerre du Vietnam, touché à toutes les drogues, voyagé en Inde et elle était à Woodstock. Mais pendant toutes ces années, Paula Haley n'avait pas trouvé de mari. Elle avait été l'une des premières à répondre à l'annonce de Monroe. Et lorsque, quelques mois plus tard, la dose de sperme était arrivée par la poste dans son flacon d'azote, Paula Haley avait organisé une soirée très arrosée, avec drogues, chants et danses de dingues. Elle avait fait venir un gynécologue chez elle et demandé à des amis de filmer l'insémination avec une caméra super-huit. Alléluia !

Ce sperme envoyé par la poste choquait Francis. Il s'imaginait une mère célibataire rangeant dans son congélateur le flacon qui contenait le potentiel enfant génial, conditionné pour l'éternité, entre les paquets de bâtonnets de poisson périmés et les petits pois surgelés, jusqu'au jour où elle déciderait de passer à l'acte.

Il tomba sur un article où il était question d'autres enfants issus de la banque des génies : « Nés de la glace ». Quelques années plus tôt, une journaliste avait recherché plusieurs de ces enfants, désormais adultes, pour savoir ce qu'ils étaient devenus. Francis était tellement passionné par sa lecture qu'il grinçait des dents. L'histoire la plus intéressante était celle d'une fille prénommée Laura. Sa mère avait également réussi à découvrir le nom véritable du père donneur. Elle s'était d'ailleurs montrée plus habile, car elle n'avait pas été démasquée.

« Laura a seize ans lorsque sa mère meurt dans un accident de voiture. Son beau-père est un ivrogne colérique. Il est au courant pour la banque des génies et ne peut supporter l'idée que sa femme ait été autrefois enceinte d'un homme qui était manifestement plus futé, plus sain et plus séduisant que lui. Laura souffre de ses accès de colère et aspire de plus en plus à connaître son père biologique, Donor Oswald.

Après la fermeture de la banque du sperme elle se met à sa recherche. Il s'agit d'un savant reconnu, pressenti déjà plusieurs fois pour le prix Nobel, si bien qu'elle n'a guère de mal à le retrouver. Elle l'appelle deux fois au téléphone, mais il raccroche aussitôt.

"Il a fini par me menacer d'avertir la police. Il criait : 'Vous n'êtes pas mon enfant.'" Laura baisse les yeux, elle a maintenant un peu plus de vingt ans, c'est une jolie femme qui rit volontiers mais avec une certaine gravité dans le regard. “Alors j’ai compris qu’il avait probablement une famille qui ne savait pas qu’il avait donné son sperme, explique-t-elle. Il a dû avoir une peur panique de me voir faire irruption dans ce bonheur idyllique. Pourtant, il fallait que je le voie. J’avais le sentiment qu’il y aurait toujours une lacune dans ma vie si je ne le faisais pas.”

Et voilà Laura qui prend sa voiture, deux jours plus tard elle est dans l’Oregon. Là, dans une petite rue de la banlieue de Portland, elle voit son père pour la première fois. Elle regarde avec dévotion Donor Oswald partir au travail et revenir des heures plus tard. Le soir, il monte dans sa voiture avec sa femme et leurs deux filles, Laura les suit sans hésiter. Ils vont dans un restaurant du centre-ville.

“J’étais dans un état de fébrilité incroyable. Ils étaient assis tous les quatre à une table dans le coin, je me suis installée à la table voisine. J’avais l’impression d’être dans un film de détectives. Au début, je n’osais pas les regarder. Mon père avait l’air d’être un homme joyeux et tendre, je le voyais embrasser sa femme et faire le pitre avec ses enfants. Mes demi-sœurs si on peut dire. La fille aînée me ressemblait à s’y méprendre, le même nez, la même bouche. Je l’entendais parler d’un film que j’avais vu moi aussi. C’était un moment surréaliste. Ils paraissaient tellement heureux. Plus j’étais assise à côté de cette famille, plus j’avais envie d’aller les trouver et de parler avec eux. Mais je ne pouvais pas, ce n'était pas ma place. Ils ont demandé l'addition. Je les suivais des yeux, j'étais encore complètement sous le coup de cette soirée. Soudain, mon père est revenu sur ses pas, il avait oublié ses lunettes. En les mettant, il a regardé droit dans ma direction. J'ai cessé de respirer, j'étais comme paralysée. Je me disais : il va forcément voir que je ressemble comme deux gouttes d'eau à sa fille, il va forcément comprendre que c'est son enfant qui est là devant lui. Mais il ne m'a jeté qu'un bref coup d'œil et il est ressorti." »

La journaliste terminait son article en racontant que Laura avait changé de vie à la suite de cette rencontre. Elle avait quitté Minneapolis pour l'Oregon, afin d'être plus proche de sa famille fantôme. Elle avait écrit une lettre à son père biologique et attendait pleine d'espoir sa réponse.

« Il ne s'est jamais manifesté, dit Alistair.

Francis sursauta. Il ne s'était pas senti observé pendant qu'il lisait.

— Tu connais cette Laura ?

— Oui, très bien même. Elle est venue me voir souvent.

— Elle est comment ?

Alistair prit un ballon de basket qui était par terre et se mit à dribbler.

— Gentille, dit-il. C'est une fille vraiment chouette mais cette histoire avec son père l'a changée. Elle en est ressortie... *brisée* en quelque sorte. Jusqu'à la fin de sa vie, Laura va continuer à espérer que son vrai père se manifeste, mais il ne le fera jamais.

Alistair lui lança le ballon.

— Et on ne peut rien faire ? demanda Francis en le lui renvoyant.

— Non, quoi donc ? Dès le début, sa vie a pris une mauvaise direction. Elle s'est beaucoup trop cramponnée à cette histoire de père. C'est vraiment dommage, je l'aime beaucoup. Elle m'envoie des mails de temps en temps, avec des liens vers des sites improbables : des chats qui jouent, ses chansons préférées. »

Alistair dribbla encore deux ou trois fois à travers la pièce et s'assit sur le lit. Il ouvrit son ordinateur.

Francis fut incapable de bouger pendant un long moment. L'article racontait qu'on appelait aussi les enfants de la banque du sperme les « Frozen Angels ». Il garda les yeux rivés sur ces deux mots jusqu'au moment où sa vue se brouilla et où il eut l'impression qu'il allait devoir s'allonger. Il entendit à peine qu'on sonnait à la porte.

Alistair était en train de se mesurer aux échecs avec un grand maître tchèque tout en surfant sur le Net. Il se leva et alla ouvrir.

« On dirait que c'est pour toi ! », cria-t-il à Francis depuis le couloir.

3

La première rencontre entre Alistair Haley et Grover Chedwick fit rire Francis. Ils avaient presque les mêmes lunettes, ils étaient tous les deux aussi mal habillés et, bizarrement, se lancèrent aussitôt dans une sorte de bref interrogatoire sur des problèmes mathématiques. Comme deux chiens qui se reniflent. Francis n'entendit que quelques bribes de phrases qui fusaient çà et là, comme « conjecture de Collatz » ou « théorie de Hasse », il eut l'impression en tout cas que Grover avait du mal à rester dans le jeu, alors qu'Alistair continuait en parallèle sa partie d'échecs et, semble-t-il, gagnait.

Anne-May les photographia avec l'appareil de Grover en train de discuter ; Grover concentré, Alistair fumant d'un air désinvolte, son ordinateur sur les genoux. Dans quarante ans, quand ils auraient tous les deux le prix Nobel, l'image vaudrait peut-être une fortune.

« Vous avez là un ami intéressant, dit Alistair à la cantonade et, se tournant de nouveau vers Grover : Où est-ce que tu étudies ?

— Je n'ai pas encore commencé. Mais ce sera probablement Yale.

— Ah, c'est super là-bas, ils m'ont offert une bourse.

— Tu y étais quand, Alistair ?

— Je n'y étais pas.

— Où, alors ? À Harvard ?

— J'ai fait mes études au Mills College.

— Jamais entendu parler, dit Grover.

— C'est à Oakland.

Il y eut un silence.

— Pourquoi as-tu choisi une université inconnue alors que tu aurais été accepté partout ?

— Je ne sais pas, je manque peut-être tout simplement de... d'ambition. Oui, c'est ça, je crois.

Alistair sourit. Il vit les regards des autres, le rôle du marginal un peu toqué semblait lui plaire. La cigarette à la bouche il attrapa son téléphone.

— Chinois, ça tente quelqu'un ? »

Ils mangèrent par terre. Grover fut scandalisé d'apprendre qu'Alistair ne connaissait pas *Unreal Tournament* et le lui recommanda avec insistance, pendant ce temps Anne-May regardait les livres et les instruments. Quand on lui proposa un joint, elle refusa.

« Merci, j'ai arrêté. »

Francis pignochait dans ses nouilles de riz. Il ressassait l'idée que les autres enfants avaient été produits au même endroit que lui, et stockés dans des réservoirs cryogéniques, à quelques centimètres les uns des autres. Si ça se trouve, il avait des demi-frères et des demi-sœurs dispersés dans tout le pays, et dont il ignorait tout. Alistair ou la Laura de l'article s'étaient aussi répété des milliers de fois sans doute qu'ils se fichaient pas mal de savoir qui ils étaient et d'où ils venaient, et pourtant ils y repensaient à longueur de nuit.

Il regarda Alistair qui fumait avec une pipe à eau et disait :

« Objectivement, la mort est la meilleure chose qui puisse arriver aux humains. Elle les oblige à affronter la vie, à jouir de chaque seconde et à se réaliser. Elle est la seule fin convenable, un mal nécessaire et une motivation puissante.

Il fit une pause.

» Subjectivement, bien sûr, la mort c'est nul. »

L'après-midi, Alistair devait aller travailler. Il n'avait pas l'air disposé à dévoiler son métier, et personne ne lui posa la question. Grover et Anne-May lui dirent au revoir, ils lui donnèrent leurs adresses mail. Francis s'attarda un instant.

« Merci pour le lit et pour l'étagère, dit Alistair.

— Je t'en prie... Merci pour le nom de mon père.

— Je t'en prie.

Alistair lui fourra dans la main un bout de papier où était notée une adresse à Carpinteria.

» C'est là qu'habite le Dr Friedrich von Waldenfels. Je ne sais pas si tu veux le voir. Il était l'eugéniste de la banque des génies, il a presque tout fait tout seul. Comme tu l'imagines, il est un peu vieux maintenant, mais il a peut-être encore les dossiers avec les informations sur les donneurs. Du reste, sa femme se réjouira certainement d'avoir de la visite, elle est assez seule. À ta place j'essaierais.

Francis remercia et fit disparaître le bout de papier dans la poche de son pantalon.

— Il y a juste un truc que je ne comprends pas.

Ce qu'il allait dire l'embarrassait.

» C'est que... Pourquoi est-ce que je suis si mauvais en tout ? Avec mes gènes, je devrais être bien meilleur !

— Peut-être. Mais as-tu jamais songé que pour développer ton potentiel il faut d'abord savoir qui tu es ?

— *Fair enough.*

Francis eut un petit rire. Ils se serrèrent la main.

— J'espère que la rencontre avec ton père se passera bien, dit Alistair. J'ai vu avec Laura ce qui arrive quand ça tourne mal. Elle en attendait trop, voilà tout, elle...

Il s'interrompit.

» J'espère que tout se passera mieux pour toi.
— Merci !
Francis se dirigea vers la porte mais s'arrêta.
» Dis-moi, tu étudiais quoi exactement au Mills ?
Alistair haussa les épaules.
— La théologie. »

4

Après cette visite, Francis ne pensait plus à rien d'autre qu'au nom de son père. Maintenant, il était sûr qu'Alistair avait raison. Il n'avait pas une tête à se tromper. Les autres aussi étaient d'avis que ça paraissait crédible. Ils avaient cherché Doble sur Internet mais il y avait des occurrences nombreuses et variées. D'ailleurs, on ne pouvait pas exclure que le père de Francis soit un chercheur menant une vie plutôt retirée et non répertorié sur Internet. En tout cas, il leur fallait son prénom et davantage d'informations.

Ils se baladèrent tous les trois dans le centre-ville. Grover, qui avec son appareil photo se métamorphosait de plus en plus en touriste classique d'une petite ville pittoresque, voulut absolument prendre le Cable Car, Anne-May s'acheta dans le quartier italien un chemisier et un jean bleu clair pour aller voir sa grand-mère. Elle se changea, et enleva aussi ses piercings. Francis la trouva plus belle que jamais. Comme une fille adorable et incroyablement jolie qui habiterait la maison d'à côté. Le genre de fille qui, justement, n'habite jamais la maison d'à côté.

En fin d'après-midi, ils descendirent sur la plage. Ils ôtèrent leurs chaussures et marchèrent pieds nus au bord de l'eau, chacun pour soi. Après des jours de voyage, Francis avait le sentiment de devoir faire une pause. Il s'arrêta, enfonça ses orteils dans le sable et inspira à fond. Pour finir, il écarta les bras. Qui aurait cru qu'il se retrouverait un jour ici, au bord du Pacifique ? Le soleil brillait derrière le Golden Gate et lui chauffait le visage, une légère brise soufflait. Il pressentait que c'était un moment heureux de sa vie et, pendant de longues minutes, il se contenta de regarder l'immensité de l'océan.

Grover téléphonait à sa mère. Il tournait en rond, tendu, Francis et Anne-May s'assirent dans l'eau. Il lui demanda si elle n'avait pas peur que sa grand-mère prévienne ses parents mais elle secoua la tête.

« Ma grand-mère est super, elle ne ferait jamais un truc pareil. Elle a toujours pris ma défense quand j'avais des problèmes avec mes parents.

Ils regardèrent un moment les mouettes qui rasaient les vagues, et les ados qui jouaient au volley sur la plage.

» Tu penses à ton père ?

Anne-May prit du sable dans sa main et le fit ruisseler sur le bras de Francis.

» Tu as peur ?

Elle s'approcha un tout petit peu, elle était si près qu'il avait du mal à ne pas la toucher. Sa peau blanche luisait dans la lumière. Francis regarda son propre avant-bras bronzé et l'approcha du sien, pour comparer.

— Ça va, dit-il. Tu es là et tu veilles sur moi.

Anne-May sourit.

— Quand tu t'es assis à côté de moi dans la salle de télévision à la clinique la première fois, et que tu t'es excusé, j'ai pensé : *Il est vraiment mignon celui-là.*

— C'est vrai ? Même si tu es restée tout le temps silencieuse ?

— Oui, tu es grand, et ta voix grave m'a plu. Et quand tu ne passes pas des heures à ruminer tu es même drôle. J'aime les garçons qui ont de l'humour.

— Et moi qui croyais que tu n'en avais qu'après mon argent. »

Elle rit. Se leva d'un bond et courut dans l'eau. Francis resta assis et sa main caressa l'empreinte qu'elle avait laissée dans le sable.

Le soir, Anne-May alla voir sa grand-mère. Francis et Grover se baladèrent tous les deux dans la ville. San Francisco paraissait étonnamment petite et cool, le soleil couchant jetait ses derniers feux sur les rues en pente, les restaurants et les bars se remplissaient. Ils atterrirent dans un pub irlandais en sous-sol, les écrans au mur retransmettaient un match de football européen. Francis raconta qu'Anne-May dessinait dans son journal des BD avec des souris qui parlent, elles portaient toutes de drôles de noms. Grover avait vu les dessins aussi, ils commencèrent à sortir des blagues sur les souris qui parlent d'Anne-May.

Après ça, ils imaginèrent les pires scénarios possibles avec le père de Francis. Par exemple, que le Dr Doble était en réalité un savant bossu et complètement à la masse qui n'arrêtait pas de répéter «... *n'est-ce pââââs?*» avec une voix de fausset et se livrait dans sa propriété à des expériences macabres sur des chimpanzés. Et bien sûr ils reparlèrent de Las Vegas, et du club de strip-tease. Francis se demandait toujours si les gémissements sonores n'étaient pas feints. Mais il voyait la mine rayonnante de Grover racontant la scène, d'ailleurs il s'en fichait.

La lettre de Yale et tout le reste étaient bien loin ce soir-là. Ils avaient retrouvé pour quelques heures leur entente d'autrefois, et quand Anne-May les rejoignit plus tard et qu'ils jouèrent au billard, Grover et lui formaient «un tandem absolument invincible» – mais contre elle, ils n'avaient aucune chance.

Vers minuit ils prirent deux chambres minuscules dans une pension de famille. Grover alla dormir, Francis et Anne-May discutèrent encore un moment dans le lobby. Elle parla de son frère, et dit que Jerome voulait devenir pilote.

«Malheureusement on se disputait souvent à l'époque. Il avait toujours le droit de faire beaucoup plus de choses que moi à son âge, ça me mettait dans une rogne noire.»

Francis voulut encore lui demander comment son petit frère était mort, mais Anne-May avait déjà changé de sujet. Elle parlait avec enthousiasme de Marlon Brando jeune («Il a été mon dieu pendant plusieurs années») et aussi de ses parents qui l'avaient obligée autrefois à faire de l'escrime et à suivre des cours de vacances, elle ajouta qu'elle détestait être ainsi sous leur coupe. Francis s'adossa à son fauteuil, bras croisés, et acquiesça d'un air compréhensif, en même temps il gonflait les biceps et prenait un regard cool, cherchant à ressembler le plus possible à Brando.

«Tu penses souvent à ta mère? lui demanda Anne-May à cet instant précis.

Son corps s'affaissa aussitôt. Il acquiesça.

— Quand elle était allongée par terre à la clinique et que les médecins la ranimaient, je...

Francis enfonça les mains dans ses poches.

» J'ai espéré pendant quelques secondes qu'elle ne se réveillerait pas, comme ça tout aurait été terminé pour de bon.

Sur le coup, il y eut un silence. Il entendait le tic-tac de la pendule dans le coin. Anne-May fit un pas vers lui.

» Je ne voulais pas penser ça, dit-il tout bas. C'était dans ma tête, je ne le voulais pas. J'en ai honte, je...

— Je sais.

Elle lui caressa le bras pour le réconforter.

» Allez viens, sortons. »

La ville n'était pas encore très animée, les lampadaires éclairaient les rues comme en plein jour. Ils marchaient côte à côte, Anne-May lui prit le bras. Francis aimait ça. Ils parlèrent de choses et d'autres et il finit même par lui avouer qu'il était au courant pour ses souris qui parlent.

Anne-May eut l'air surpris.

« D'où tu sais ça ?

— J'ai vu, tu les as dessinées dans ton journal. C'était quoi ces drôles de noms ? Sir Aldous Pettigrew ? Miss Ella Knoxley ?

— Elle s'appelle *Elaine* Knoxley, dit-elle. C'est juste une BD un peu bébête. J'ai commencé petite fille, quand j'étais dingue de l'Angleterre. J'ai inventé ces personnages à cette époque, et je continue parfois à dessiner des souris quand je m'ennuie. Il n'y a pas de quoi en faire tout un plat, OK ?

Anne-May lui jeta un regard réprobateur.

» Et puis arrête avec ce sourire débile. »

Sur le chemin du retour ils étaient tout joyeux, il bousculait Anne-May, elle s'appuyait contre son épaule. Elle parlait, elle gesticulait, Francis regardait le dessus de sa tête, il savourait chaque instant de sa présence.

« Ma pauvre grand-mère..., disait-elle. Tu aurais dû voir comme elle était contente que je vienne la voir. Depuis que mon grand-père est mort, elle n'a plus personne... J'aime cette ville, c'est ici que je voudrais vivre, je pourrais aller la voir souvent. Quelque chose dans ce genre par exemple, ce serait bien... »

Ils venaient d'arriver devant une assez jolie petite maison dans une zone résidentielle chic et chère. Elle était à vendre. Francis évalua le prix à sept ou huit cent mille dollars. Il se demanda comment ce serait d'avoir grandi dans cette maison et de mener une vie différente, sans soucis d'argent, sans la maladie de sa mère, sans problèmes. Une vie où il irait bientôt étudier à l'université et où il aurait ensuite un boulot normal, deux ou trois amis et peut-être une femme comme Anne-May.

Francis regardait la maison d'un air fasciné.

« Si j'avais gagné à Las Vegas je l'achèterais et je m'y installerais aussitôt avec ma mère.

— Je viendrais aussi.

— Qui t'a dit que tu aurais le droit d'y habiter ?

— Moi.

Elle sourit.

» D'ailleurs je parle sérieusement. Je viendrais vraiment.

— Moi aussi je parle sérieusement. Je l'achèterais *vraiment*.

Elle parut s'abandonner un moment à cette idée puis la repoussa d'un geste.

— Allons, Dean... », dit-elle, le laissant soudain en plan. Ne dis pas de sottises.

Quand ils rentrèrent à la pension, la nuit était déjà à moitié passée. Il lui tint la porte, ils furent accueillis par un parfum de gâteau aux pommes venant du lobby désert.

« Tu sais depuis combien de temps je ne me suis pas autant amusée que pendant ce voyage ?

Anne-May le regarda longuement.

» Merci de m'avoir emmenée. »

Francis lui rendit son regard et il eut une douce sensation d'élancement dans la région de l'estomac. Ils montèrent l'escalier en silence, leurs pas étaient amortis par l'épais tapis. Finalement, ils arrivèrent dans le couloir. Il ne savait pas trop ce qui allait se passer ensuite. À gauche, on allait vers leur chambre, à Grover et à lui, à droite vers celle d'Anne-May.

« OK, et maintenant ? demanda-t-il. Chez toi ou chez moi ?

Il avait dit ça un peu pour rire mais maintenant, c'était tout juste s'il arrivait à respirer, tellement il attendait sa réaction.

— Chez moi, dit-elle sans la moindre ironie et elle le prit par la main. »

Dans la chambre, ils n'allumèrent pas la lumière. Seule la lune éclairait la pièce pendant qu'Anne-May se déshabillait. Francis debout dans le noir la regardait.

Elle s'en rendait compte mais ça n'avait pas l'air de la déranger.

Elle disparut dans la salle de bains. Ça dura longtemps, il se mit à la fenêtre et observa la rue. Un chien errant tournait au coin, des SDF dormaient sur des cartons et des couvertures devant l'entrée des immeubles. Il voyait au loin les lumières rouges et blanches des voitures, et la plage. Il eut brusquement l'impression que ce voyage allait mal finir.

Anne-May entra nue dans la pièce, une boîte de préservatifs à la main.

« Tu regardes quoi ?

Francis se retourna et alla vers elle.

— Rien. Là-dehors il y avait juste... »

Elle le prit par le bras et il sentit ses lèvres froides sur les siennes.

Tout se déroula avec beaucoup plus de maîtrise et de lenteur que la première fois. Anne-May lui ôta son T-shirt et sa bouche effleura son épaule. Dans la chambre, il y avait l'odeur de poussière des canapés et le parfum d'Anne-May. Elle l'embrassa, il vit ses dents briller dans le noir. Francis jeta son caleçon et s'allongea sur le lit. Elle fit courir ses doigts sur son ventre. Ça le chatouilla quand elle descendit plus bas. Elle le prit dans sa main et fit lentement glisser sa langue sur la pointe. La respiration de Francis s'accéléra, il prononça son nom et comme il ne savait pas quoi faire de ses mains, il les leva en l'air.

À la fin, il renversa Anne-May sur le dos. Ils s'embrassèrent, elle lui prit la tête et la guida entre ses cuisses. Il ferma les yeux et se laissa porter, la main d'Anne-May lui agrippait les cheveux.

Au bout d'un moment, il l'entendit dire quelque chose mais ne comprit pas quoi. Vite, il alla chercher les préservatifs. D'abord, il n'arriva pas à défaire l'emballage, puis à le mettre en place. Il regarda Anne-May d'un air tellement désemparé qu'elle rit. Elle déchira l'emballage d'un autre préservatif avec ses dents, le lui enfila, puis elle se coucha sur le dos. Elle avait toujours son petit sourire supérieur, même lorsqu'il la pénétra. Mais plus il restait en elle, plus il remuait, plus elle devenait sérieuse, jusqu'au moment où elle ne contrôla plus sa respiration. Ses yeux recommencèrent à papilloter dans tous les sens, et finirent par se fermer.

Ils firent l'amour à plusieurs reprises. Après la deuxième fois, Anne-May commença par le repousser, puis se laissa faire. Quand il rampa vers elle, elle rit.

« Bon Dieu, Dean, tu n'es donc jamais fatigué.

Elle le prit entre ses jambes en ciseaux.

— Je sais ce que tu penses.

Il écarta les cheveux sur son visage.

» Tu t'imagines comment ce serait avec Grover.

Ses jambes le serrèrent encore plus fort. Ça lui fit presque mal.

— Je n'ai pas besoin de l'imaginer. Je sais que ce serait super.

— Je peux aller le chercher si tu veux. »

Il voulut l'embrasser mais elle se dégagea et le regarda d'un air grave.

Puis elle sourit et ils refirent l'amour une dernière fois.

Ils restèrent au lit. Dehors le jour se levait, ils ne parlaient pas. Francis effleura du bout des doigts les cicatrices aux poignets d'Anne-May. Elle le regardait, pensive. Il songea encore à cette prétendue idée fixe qu'ont les femmes de percer à jour les secrets d'un homme, Anne-May savait tout de lui désormais et il ne savait presque rien d'elle. Mais ça ne l'inquiétait pas. Son voisin Toby disait que, lorsqu'une femme vous regarde longuement d'un air pensif, ça n'annonce rien de bon. Mais il devait se tromper. Il était tellement proche d'Anne-May, jamais il ne s'était senti à ce point un homme. Tout devenait soudain si facile.

« Je t'aime », dit-il.

Elle ne répondit pas.

Los Angeles

1

Anne-May avait disparu. Quand Francis s'était réveillé elle n'était plus dans le lit. Il s'était d'abord dit qu'elle était sortie cinq minutes, peut-être chercher le petit déjeuner, ou fumer une cigarette. Mais elle n'avait pas reparu. Il était assis dans le lobby avec Grover et il attendait. Une femme de ménage passa la serpillière devant eux, la télévision au mur diffusait les informations.

« Elle a ton numéro de portable ? »

Grover secoua la tête. Ils regardaient tous les deux la porte, ils se demandaient ce qui avait bien pu se passer, si les parents d'Anne-May y étaient pour quelque chose. Sa grand-mère leur avait peut-être téléphoné. Secrètement, Francis s'inquiétait, c'était peut-être sa faute.

Les heures passaient, on était déjà à la fin de l'après-midi. Ils commençaient à s'inquiéter vraiment, et s'il était arrivé quelque chose à Anne-May? Francis se faisait des reproches, il n'aurait pas dû la faire sortir de la clinique et l'emmener avec eux. Ils allaient appeler la police quand elle ressurgit de nulle part. Elle avait ses lunettes de soleil sur le nez, elle entrait d'un pas rapide dans le foyer. Quand elle les vit, elle ôta ses Ray-Ban.

« Où étais-tu passée?

Francis avait couru à sa rencontre.

» On était censés partir il y a des heures.

Malgré sa colère et son inquiétude il voulut la prendre dans ses bras, elle se déroba. Son regard était devenu subitement absent, presque hostile.

— J'avais besoin d'être seule, dit-elle d'un ton neutre et sans le regarder. On peut partir tout de suite. »

Sur leur droite, l'océan étincelait, la radio passait de la musique folklorique mexicaine. Ils roulaient plein sud en longeant la côte californienne rocheuse et crevassée, l'air sentait le sel et les algues, le soleil baignait d'une lumière dorée la route en lacets. Francis n'avait pas un regard pour le paysage, il pensait à Anne-May. À un moment il voulut lui prendre la main, elle la retira aussitôt.

«Je t'ai fait quelque chose?

Elle secoua la tête. Et comme il essayait d'engager la conversation, elle dit:

— Non, ce n'est rien. Je suis simplement fatiguée.»

Ils firent une halte près d'une crique isolée, et comme de toute façon la journée était perdue, ils décidèrent de se baigner.

Au début, Francis avait voulu atteindre au plus vite la côte ouest, et maintenant il se réjouissait secrètement de chaque pause sur le trajet qui le menait à son père. Que se passerait-il s'il ne répondait pas à ses exigences, s'il se faisait rejeter ? Il aurait voulu que ce voyage dure toute la vie, ne jamais arriver à destination.

Ils se jetèrent en sous-vêtements dans le Pacifique mais l'eau était froide, Grover et lui regagnèrent aussitôt le rivage. Seule Anne-May resta dans l'eau. Francis l'observait qui plongeait dans les vagues glacées, émergeait, dégageait de son visage ses cheveux trempés. Il regardait son corps à moitié nu, luisant sous la lumière du soleil. Elle jeta un bref coup d'œil dans leur direction. Puis se détourna et nagea dans l'autre sens.

« Je suis en train de la perdre, murmura Francis.

Grover ne répondit pas.

» Elle connaît tous mes secrets.

Francis enfouit ses doigts dans le sable.

» Et maintenant je l'ai perdue. »

Ils cherchèrent un motel à proximité de la plage pour passer la nuit. Francis resta un long moment éveillé dans son lit, dans la chambre à côté on entendait de la musique et des rires. Certainement les surfeurs bronzés qu'il avait vus à l'accueil au moment du *check-in*. Ils avaient quelques années de plus que lui, et n'arrêtaient pas de regarder Anne-May. Le bruit qu'ils faisaient l'empêchait de s'endormir, la musique était trop forte, les cloisons trop minces, il entendait même tinter les bouteilles de bière. Leur fête bruyante était un chant des sirènes, ils voulaient attirer Anne-May. Mais elle était dans son lit, elle dormait. C'était toujours ça. Francis ferma les yeux et finit par s'endormir.

Sur le coup de deux heures du matin, il se réveilla avec une sensation bizarre, une douleur sourde au niveau de la poitrine, il n'avait jamais éprouvé ça. Sur le moment il ne comprit pas pourquoi. Il regarda autour de lui, dans la chambre.

Le lit d'Anne-May était vide.

Il l'imagina de l'autre côté du mur, une bière à la main, en train de se faire draguer et peloter par un de ces enfoirés de la côte ouest. Elle allait se laisser faire, elle allait lui tailler une pipe. Francis entendait des éclats de rire sonores. Ils rigolaient un peu trop et trop fort à son goût dans la chambre à côté ! S'il avait eu une arme il y serait allé. Les types auraient été en train de sortir une blague, la porte se serait ouverte à la volée, un grand gars armé d'un fusil de chasse aurait fait irruption. Un des surfeurs aurait dit : *Hé ! fais pas le con !* mais il lui aurait déjà foutu une balle dans le buffet, puis aux autres, il aurait rechargé et tiré, rechargé et tiré, même celui qui revenait des toilettes y aurait eu droit.

Malheureusement il n'avait pas de fusil de chasse. Et pour être honnête, même s'il en avait eu un, il n'aurait rien fait du tout. Cette histoire avec Anne-May n'avait pas de sens. Elle avait presque deux ans de plus que lui, plus d'expérience, elle était inaccessible. D'ailleurs, Francis avait plutôt l'impression qu'elle ne l'aimait pas parce qu'il lui manquait quelque chose. Cette idée lui était venue pour la première fois quand Ryan l'avait laissé tomber : il devait y avoir un truc qui ne collait pas chez lui, manifestement il ne méritait pas mieux, il ne méritait pas d'être aimé. Ce soupçon s'était infiltré en lui comme un poison, et revenait à chaque combat perdu, à chaque rejet. Mais qu'est-ce qui lui manquait ? Savoir toucher les autres ? *Allons, c'est idiot*, se disait-il. Et pourtant, impossible de s'en défaire.

Il se leva d'un bond et alla chercher le journal d'Anne-May dans ses affaires. Il voulait voir, écrit noir sur blanc, pourquoi elle ne voulait pas de lui, il fouilla dans son sac, sous son drap, il regarda même sous l'oreiller. Grover émit soudain un ronflement sonore. Francis sursauta. Il réalisa ce qu'il était en train de faire et alla vite se recoucher. Au matin, quand Anne-May entra dans la chambre en titubant, il fit semblant de dormir.

2

Carpinteria était une toute petite ville près de Santa Barbara, on pouvait la décrire en quelques mots : allées bordées de palmiers, restaurants mexicains, glaciers, plage. Le Dr Friedrich von Waldenfels habitait dans une propriété au bord de la plage. Francis descendit de la Chevy garée au coin de la rue et s'approcha du grand portail grillagé.

Il appuya sur la sonnette. Rien ne se passa. Un chien du voisinage glapissait tout seul comme un fou. Le soleil lui brûlait la nuque, il était mort de fatigue. À cet instant, le désespoir l'envahit comme jamais. Que venait-il faire ici ? La seule décision sensée serait de mettre un terme à ce voyage. Là, tout de suite. Il regarda au coin de la rue, la Chevy était hors de vue. Pendant un quart de seconde il faillit trahir les deux autres, se barrer et demander à Ryan de lui envoyer de l'argent par Western Union pour payer son vol de retour. Au pire il pouvait quémander de quoi s'acheter un ticket de car Greyhound ou faire du stop. La rencontre avec son père se solderait de toute façon par une déception.

À cet instant l'œil de la caméra bougea.

« Oui, qui est-ce ? demanda une voix de femme.

— Je voudrais voir le Dr Friedrich von Waldenfels, s'entendit articuler Francis.

— Je suis désolée, il ne reçoit plus de visites ! »

Le portail resta clos.

Francis se détourna et fit quelques pas en cercle.

« *Fuck, fuck, fuck !* »

Il shoota dans un caillou de l'allée mais rata son coup. Pris d'une colère désespérée, il appuya de nouveau sur la sonnette. Rien ne se passa pendant plusieurs secondes, puis l'œil de la caméra bougea de nouveau.

« Écoutez-moi, c'est vraiment important. S'il vous plaît !

Crachotements dans l'interphone.

— Pourquoi voulez-vous absolument lui parler ?

— Il s'agit d'une question très personnelle. Je suis venu exprès de Jersey City en voiture.

Silence.

» Alistair Haley m'a donné votre adresse, c'est lui qui m'envoie... »

La porte s'ouvrit.

La villa crépie de blanc était immense. Les arroseurs automatiques gazouillaient dans le jardin, le garage ouvert abritait une Corvette Stingray des années soixante et une Mercedes gris métallisé. Le vieux Waldenfels n'avait pas l'air de vivre ses derniers jours dans le dénuement. Francis se dirigea vers l'entrée où l'attendait une petite dame de soixante, soixante-dix ans environ. Elle avait les cheveux tirés sur la nuque en un chignon sévère mais un visage avenant, elle se présenta, elle était la femme de Waldenfels.

« Je vous prie de m'excuser d'avoir été aussi peu aimable avec vous, tout à l'heure, à l'interphone.

Elle le précédait dans le vestibule.

» Autrefois, il y avait toujours des allées et venues dans cette maison. Mais depuis que Fritz va moins bien, nous ne recevons quasiment plus. Et il y a eu aussi quelques visites déplaisantes de journalistes. Mais puisque vous êtes un ami d'Alistair... Comment va-t-il, au fait ?

— Bien, je crois. Je l'ai aidé à monter ses meubles.

Mrs von Waldenfels éclata de rire.

— Oui, il n'est pas très habile de ses mains. En revanche c'était l'enfant le plus intelligent que j'aie jamais connu, un génie mathématique. Dommage qu'il n'en ait rien fait. J'ai entendu dire qu'il était gérant d'un restaurant végétarien. C'est insensé, non ?

Francis ne savait pas quoi répondre.

» Je vais chercher mon mari. »

Mrs von Waldenfels le laissa seul et se dirigea vers l'escalier menant à l'étage. Francis regarda le vestibule de style colonial avec ses meubles anciens. Sur la table basse à côté de lui étaient posés des magazines de décoration, des albums photo et un porte-monnaie noir avec les initiales «FVW» cousues dans le cuir. Francis commença à feuilleter un magazine mais les lettres ne tardèrent pas à danser devant ses yeux pour ne former qu'un seul mot: «Doble».

Il y eut un bourdonnement sonore. Il leva la tête, surpris, et vit Mrs Waldenfels en train d'installer son mari dans le monte-escalier au premier étage. Le Dr von Waldenfels amorça la descente comme au ralenti, trônant sur sa chaise mobile. Il portait un costume en velours sombre, il était plutôt mal rasé, des cheveux gris clairsemés, la bouche de travers, le lacet de sa chaussure gauche était défait.

Francis le regardait descendre, fasciné. Le vieillard l'observait lui aussi avec curiosité du haut de son siège, leurs regards ne cessaient de se croiser. La descente vers le vestibule sembla durer une éternité.

Quand la chaise s'immobilisa enfin, le Dr von Waldenfels se tourna vers Francis.

«Vous ne manquez pas de culot d'oser vous présenter encore chez moi. Tout cela n'est que diffamation, vous le savez très bien!»

Francis jeta un regard interrogateur à Mrs von Waldenfels qui descendait les dernières marches de l'escalier. Ensemble, ils aidèrent son mari à s'installer sur son fauteuil roulant.

«Fritz confond souvent les gens, hélas, dit-elle sur un ton d'excuse. Vous devez lui rappeler quelqu'un.»

Elle poussa le fauteuil roulant dans le salon, Francis les suivit et s'assit sur le canapé. Mrs von Waldenfels saisit le bras de son mari.

« C'est Francis, un ami d'Alistair.

Le Dr von Waldenfels plissa le front. Il réfléchit un long moment.

— Alistair Haley ? demanda-t-il enfin.

— Oui, absolument, répondit Francis. Il m'a dit de venir vous voir.

Mrs von Waldenfels semblait touchée.

— Il a dit ça, vraiment ? Il faut que vous sachiez qu'à l'époque où Warren vivait encore il amenait souvent Alistair. Fritz et lui restaient des heures à discuter dans le bureau. Malheureusement, le contact s'est rompu après la mort de Warren. Et puis l'état de santé de Fritz n'a cessé de se dégrader. Mais s'il vous envoie... Tu as entendu, Fritz ?

Le Dr von Waldenfels opina avec bienveillance.

— Alistair était un gamin très intelligent, très doué pour les mathématiques, dit-il avec une voix d'une fermeté incroyable. S'il y en avait eu davantage de cette trempe... Mais nous avons produit beaucoup trop de... *déchets*.

Il semblait bien réveillé tout à coup.

» Les autres enfants étaient plutôt moyens. On a même eu des nullités. C'est totalement incompréhensible. On prend les meilleurs ingrédients et on fabrique des ratés. Pas étonnant qu'on ait dû fermer boutique. »

En disant ces mots Waldenfels jeta sur Francis un regard qui le transperça. Quelques instants plus tard il se recroquevilla sur lui-même et se tut.

Sa femme se pencha vers Francis.

« N'avez-vous pas dit que vous étiez vous aussi un... comment dirais-je... un enfant-éprouvette ?

— Oui, ma mère a participé à ce projet... C'est vrai ce que dit votre mari ? À part Alistair les autres enfants étaient tous moyens ? Et la banque du sperme a été fermée pour cette raison ?

— Ma foi, c'est vrai, la plupart des enfants n'étaient pas exceptionnels. Mais la banque du sperme n'a pas été fermée à cause de ça. Il y a eu trop de critiques. Mr Monroe et mon mari se faisaient insulter, on leur reprochait de vouloir créer une nouvelle race de seigneurs ! En même temps, on a besoin d'une science qui n'ait pas peur d'expérimenter si l'on veut guérir des maladies ou avoir à l'avenir suffisamment d'eau et d'énergie sans faire la guerre ni détruire la planète.

Elle jeta un bref coup d'œil à Francis comme si elle cherchait son approbation.

» Mais quelques incidents fâcheux se sont produits. Certains donneurs ont été identifiés contre leur volonté. Sans parler du reproche qu'on a fait à mon mari d'avoir travaillé pour les nazis pendant la Seconde Guerre mondiale. C'est un tissu de mensonges. Fritz haïssait les nazis de toute son âme, jamais il n'aurait travaillé pour eux. Je l'ai rencontré peu après qu'il a émigré aux États-Unis dans les années cinquante, et je vis avec lui depuis quarante-huit ans désormais. Je peux vous assurer que ces rumeurs sont absolument dénuées de fondement.»

Francis évita son regard et se tourna vers le mari. Il avait les yeux perdus dans le vide, un silence pénible s'installa. Soudain, Mr von Waldenfels se redressa dans son fauteuil roulant et attrapa sa tasse. Il avala une gorgée de thé et regarda sa montre.

«Eh bien, je vais devoir malheureusement prendre congé de ces deux messieurs-dames, dit-il à sa femme et à Francis. J'ai rendez-vous dans un instant avec Warren P. Monroe.

Mrs von Waldenfels caressa gentiment sa main ridée.

— Warren est mort depuis quatre ans, mon chéri.»

Stoppé dans son élan, son mari mit un peu de temps à assimiler l'information. Elle lui coupait visiblement l'herbe sous le pied. Il hocha la tête, regarda par la fenêtre et se plongea dans ses pensées.

Francis jugea le moment venu. Il demanda s'il y avait encore dans cette maison des vieux dossiers de donneurs ou si le nom «Doble» leur disait quelque chose.

«Je suis désolée de vous décevoir, dit Mrs von Waldenfels en secouant la tête. Fritz n'a jamais eu de dossiers en sa possession, ils étaient tous conservés chez Mr Monroe, qui a brûlé les documents peu avant sa mort pour protéger les donneurs. Et je n'ai jamais entendu parler de ce Mr Doble.

Francis rassembla tous ses espoirs dans une dernière question.

— Mais peut-être connaissez-vous quelqu'un qui sait quelque chose ou qui pourrait m'aider?

— Hélas, je crains que non. Je ne connais personne qui...

Son mari toussa.

— La question est de savoir comment utiliser tout le potentiel de l'être humain, dit-il sans préambule. Un seul homme porte en lui l'énergie de trente bombes atomiques. Ce qui manque, ce sont les moyens de libérer cette énergie. Si on trouvait comment faire, les problèmes énergétiques du monde seraient résolus. Les personnes sous-performantes serviraient simplement de piles.

Il attendait visiblement des réactions, mais le temps que les autres détournent les yeux avec gêne, il avait déjà tout oublié. Il tapota le genou de sa femme.

» Pourrais-je avoir du thé, ma chérie? demanda-t-il avec une amabilité inattendue. Je n'ai rien bu depuis des heures et avec ces températures je suis complètement déshydraté. »

La tasse de thé qu'il tenait à la main depuis un moment vacilla, à moitié pleine.

3

La Chevy fonçait sur la Highway One, encore cent cinquante kilomètres jusqu'à Los Angeles. Francis tripotait le cuir usé de la banquette arrière. *Tous les documents brûlés*... Cette idée le démoralisait. Pour être honnête, il ne savait toujours pas, il ne savait *même pas*, si son père s'appelait vraiment Doble. Son sort dépendait plus que jamais des gens de la clinique Monroe. Mais s'ils ne pouvaient pas ou ne voulaient pas l'aider ?

« Ça ne donnera rien, murmura-t-il, se parlant à lui-même.

Grover se retourna.

— Arrête, Francis, dit-il avec une détermination inattendue. On va le retrouver. »

Francis hocha la tête. Il se laissa aller en arrière et ferma les yeux. Comme toujours lorsque les choses étaient difficiles et qu'il était sur le point d'abandonner, il pensa à ce que son voisin Toby lui avait dit une fois où il était défoncé : « L'essentiel c'est que tu prennes tes foutus espoirs et tes rêves sous ton bras et que tu t'y cramponnes. Tu peux crier, tu peux désespérer, tu peux te lamenter. Mais même si tu ne crois plus en toi, ne les lâche surtout pas. Car si tu le fais c'est foutu, mon petit gars. Ta vie est terminée à l'instant même. Tu déambuleras encore des années à travers le monde, mais tu seras mort à l'intérieur depuis longtemps… comme la plupart des gens ici. »

Ils atteignirent L.A. dans l'après-midi. La ville était écrasée de chaleur, grise et noyée sous un smog épais, les voitures avançaient au pas dans les rues à voies multiples. Grover faillit emboutir une Chrysler et jura tout haut. La radio passait une chanson d'Eric Burdon et The Animals. Francis dressa l'oreille, c'était une des chansons préférées de sa mère. Il la revit dans la cuisine, chantant en même temps que la radio :

When I was young
It was more important.
Pain more painful,
The laughter much louder
When I was young.

Francis eut mauvaise conscience en pensant à tous ces moments du voyage où il avait complètement oublié sa mère. Il savait qu'elle aurait bien mieux aimé vivre ici, dans l'Ouest, où elle était née. Mais maintenant, il avait perdu tout son argent au jeu, ce n'était plus qu'une chimère.

Il continuait à observer tous les hommes susceptibles d'être son père. Ils s'arrêtèrent à un feu rouge et il aperçut le profil d'un homme grand et anguleux d'une cinquantaine d'années qui lui ressemblait. Il portait un costume et des lunettes sans monture. *C'est lui*, se dit-il soudain. Mais l'homme tourna la tête – il s'était trompé.

La clinique Monroe se trouvait *downtown*, à côté d'une banque espagnole. En se dirigeant vers le bâtiment, Francis eut un pincement au cœur. C'était bizarre de retourner sur le lieu de sa conception et de sa naissance. Il imagina sa mère ici, toute jeune encore, en train d'écouter avec d'autres femmes une conférence de Monroe. Ou le Dr Doble traversant ce même parking vingt ans plus tôt pour venir livrer la matière première dont on avait un besoin si urgent pour mener à bien l'expérience.

Tout ce qui, récemment encore, lui paraissait loin, à une distance rassurante, se rapprochait tout à coup terriblement.

«Je suis vraiment désolée, Mr Dean.

La femme ravissante à l'accueil lui tendit une brochure sur papier glacé.

» Mais la clinique Monroe s'est spécialisée ces dernières années dans les interventions esthétiques.»

Consterné, Francis feuilletait la brochure qui listait des offres de chirurgie plastique en tout genre. Un petit ruisseau artificiel gargouillait dans le hall, les haut-parleurs diffusaient une musique classique lénifiante, dans un coin quelques ginkgos et des aloe vera. Le bâtiment était un véritable labyrinthe où il erra, renvoyé d'une secrétaire à l'autre. Il n'avait rien d'autre à présenter que quelques articles sur la banque des génies, qui n'existait plus.

On lui fit parcourir la clinique dans tous les sens pendant une heure, mais il ne rencontra aucun médecin de cette époque-là. Rien d'étonnant, la plupart avaient été remplacés après la mort de Monroe. Ceux qui travaillaient maintenant ici étaient de jeunes hommes bronzés aux corps musculeux qui avaient certainement des connaissances remarquables en matière de liposuccion et de chirurgie correctrice des pommettes. Mais le nom Doble ne leur disait rien du tout.

Francis finit pourtant par tomber sur un membre du personnel qui connaissait la banque des génies. Le médecin le regarda de haut en bas. Puis il déclara qu'on ne pourrait pas l'aider. Quand bien même il y aurait encore des dossiers, ils étaient protégés par le secret médical.

« Mais je cherche mon père !

— Non, rien à faire. »

Et le médecin poursuivit son chemin sans daigner lui accorder un regard.

Francis voulut le suivre mais renonça au bout de quelques pas et s'adossa au mur. *Et voilà, c'est fini.* Il dut se faire violence pour ne pas hurler de déception. Comment avait-il pu croire une seconde qu'il allait trouver de l'aide ici ? Quelle naïveté d'espérer pouvoir entrer dans cette clinique comme dans un moulin et accéder à des dossiers qui n'existaient probablement plus depuis longtemps !

Dans le hall, il tomba sur Grover et Anne-May. Il se contenta de secouer la tête. Tout avait foiré, il avait perdu au casino et il ne retrouverait pas son père. Il avait fait des milliers de kilomètres. Pour rien. Mais peut-être que c'était mieux comme ça, peut-être échappait-il ainsi à l'amertume d'une rencontre avec quelqu'un qui de toute façon ne voulait pas le voir.

« Venez, on se tire », dit-il.

Au moment où ils allaient quitter la clinique, le soleil se mit à briller à travers les fenêtres, si éclatant que Francis en fut ébloui. Il se protégea les yeux et se détourna. C'est alors qu'il vit un médecin d'un certain âge sortir de l'ascenseur ; brun de peau et suffisamment vieux pour avoir travaillé ici à l'époque de la banque du sperme. Francis hésita puis se dirigea vers lui.

« En voilà un qui a l'air bien pressé, dit l'homme plutôt gentiment.

Francis lui tendit un des articles sur la banque des génies. Le regard du médecin s'attarda sur la feuille, le sujet paraissait lui être familier.

» Et alors ? En quoi puis-je vous être utile ?

Francis lui exposa son cas. Il parlait presque aussi vite que son petit frère quand il était surexcité.

— Vous travailliez déjà ici au temps où la banque du sperme existait encore ? demanda-t-il pour finir.

— Non, désolé.

Froncement de sourcils.

» Je ne suis ici que depuis deux ans et je n'étais pas non plus impliqué dans ce projet auparavant.

Voyant Francis au bord du désespoir, le médecin ajouta :

» Mais je vais voir ce que je peux faire pour vous. »

Ils suivirent le couloir, Francis était trop nerveux pour se risquer à dire un mot. Le médecin s'arrêta devant une des dernières portes.

« Cinq minutes », dit-il avant de disparaître. Une plaque sur la porte indiquait : « Dr Elias Robertson ».

Deux filles attendaient sur un banc dans le couloir. L'une lisait un magazine de mode et lui jeta un bref regard, l'autre était hypnotisée par l'écran plat sur le mur en face. On y voyait le président Bush en train de faire une déclaration sur CNN, huit nouveaux soldats avaient apparemment été tués. Francis s'assit à côté de la fille qui regardait la télévision.

« *Fuck you !* Bush, dit-elle. Soi-disant personne n'a voté pour lui, n'empêche qu'il a été réélu.

— Mes parents ont voté pour lui, tu sais bien, dit son amie d'un ton morose sans lever le nez de son magazine.

— Sans blague ? J'ai toujours cru qu'ils étaient contre la guerre.

— Ils s'en fichent pas mal. Bush fait des lois fiscales qui les arrangent, c'est tout.

Francis les interrompit.

— Je peux vous poser une question ?

Il était tellement à cran qu'il avait besoin de parler à quelqu'un.

Elles se tournèrent vers lui.

— Laquelle ?

— Vous êtes ici pour quoi ?

L'une des filles leva les yeux au ciel et reprit sa lecture, l'autre le regarda.

— Mon nez, dit-elle. Et toi ?

— J'ai été engendré ici.

Elle le dévisagea bouche bée. À cet instant le Dr Robertson ouvrit la porte de son bureau et lui fit signe d'entrer.

— Il y a un collègue qui devrait pouvoir vous aider. Il travaillait pour le projet autrefois, à la comptabilité.

Il mit dans la main de Francis un bout de papier avec un nom : Andy Kinnear.

Un type falot nommé Andy, qui était amoureux de moi...

— Il est ici, je peux lui parler ?

— Autant que je sache, il est à un congrès au Chili et ne rentre que cette nuit. Essayez de le joindre, demain très tôt de préférence, en général il travaille chez lui le matin. Je ne peux malheureusement pas vous donner officiellement son adresse, mais...

Le Dr Robertson haussa un sourcil.

» Rien ne vous empêche de jeter un coup d'œil dans l'annuaire, celui de Hollywood par exemple. Bien entendu je ne vous ai rien dit.

Francis aurait voulu serrer le vieux médecin dans ses bras.

Celui-ci fit un demi-pas en arrière par précaution mais il souriait.

» L'histoire de la banque des génies m'a toujours fasciné. Puis-je vous poser une question? Êtes-vous surdoué?

Cette fois les deux filles le regardaient.

— Je... je ne sais pas.

— C'était simplement par curiosité. Vous devez savoir qu'il y a deux points de vue parmi les médecins. Les uns pensent que révéler les noms des donneurs de sperme au risque de détruire leur vie est irresponsable. Je pense, au contraire, que c'est la vie des enfants qu'on détruit en ne le faisant pas. Le donneur de sperme sait ce qu'il fait, il prend le risque. Tandis que les enfants viennent au monde sans qu'on leur demande leur avis, et sont condamnés à vivre sans père. Je considère que c'est irresponsable. S'il y avait des problèmes avec Andy j'intercéderais en votre faveur. D'accord?»

Francis acquiesça. Sa bouche se fendit d'un sourire qui allait de Los Angeles à Claymont.

4

Francis remercia le Dr Robertson et se mit à courir comme un gamin à travers les couloirs de la clinique pour rejoindre les autres dehors. Anne-May partagea sa joie quelques secondes et reprit aussitôt son air absent, mais il s'en fichait.

Je vais le retrouver.

Triomphant, il sauta sur un banc et contempla sa ville natale qui lui parut immense. Le soleil du matin inondait la rue devant la clinique, les toits des voitures scintillaient, tous ses doutes s'évanouirent.

Je vais le retrouver, je vais le retrouver, je vais le retrouver.

Ils prirent une chambre dans une pension non loin du centre. Ça sentait la vieille lessive et les produits d'entretien, la femme à la réception portait des lunettes en forme de papillon et les lorgna d'un air suspicieux. Pendant que les autres payaient, Francis regardait les dépliants multicolores étalés dans le hall.

Quand Anne-May alla se doucher un peu plus tard, il donna une bourrade à Grover.

« J'aimerais bien faire un truc seul avec elle ce soir. OK ?

Grover le scruta à travers ses lunettes.

— Bien sûr, Francis. »

Ils restèrent un moment allongés sur le lit en silence. Francis sentait que leur amitié avait souffert ces derniers jours. Il voulut dire quelque chose qui les rapprocherait à nouveau mais il n'était vraiment pas bon dans ce domaine ; c'était comme si on lui demandait de lire une page blanche. Il se concentra sur le bruit de l'eau qui giclait dans la douche à côté.

« Je ne sais pas si je vais aller à Yale, murmura Grover.

— Quoi ?

Francis se redressa.

» Personne ne le mérite plus que toi. Ça te permettrait de sortir enfin de notre foutu patelin.

— Oui, bien sûr. Mais je ne suis pas sûr d'en avoir envie. Je me suis toujours plu à Claymont. Et tu avais raison. J'ai la trouille.

— Mais non, c'est des conneries. Yale ce sera super. Tu vas vivre sur un campus, tu auras tes cours, le week-end tu boiras des coups avec des copains ou tu iras dans des soirées.

Francis était intarissable, il n'avait aucun mal à s'imaginer le campus, la vie d'étudiant le fascinait depuis qu'il était tout petit. Il reprit :

» Et puis les filles...

Il prit un sachet de chips dans le minibar et l'ouvrit.

» Là-bas, elles sont jolies et terriblement futées, en même temps. Exactement ce qu'il te faut.

Grover sourit et plongea la main dans le sachet.

— Peut-être, dit-il en mastiquant. Mais si à Yale non plus personne ne peut me piffrer et que je me retrouve tout seul ? À Claymont je t'avais.

Il baissa la tête.

» Et si on ne se voit plus ?

— Évidemment qu'on va continuer à se voir. Quand tu seras en vacances, tout simplement, ou alors je viendrai te voir. »

C'était une de ces phrases comme dans les films, on les prononce sans réfléchir et au moment même où on les dit on sent qu'elles ne correspondent sans doute pas à la réalité.

Grover non plus n'avait pas l'air complètement satisfait. Il portait un T-shirt *Napoleon Dynamite* sur lequel on lisait « VOTE FOR PEDRO », en grosses lettres rouges. Francis s'apprêtait à lui remonter le moral quand le téléphone de Grover sonna.

« Oh non, mon père ! Il n'appelle jamais comme ça... Ils ont dû se rendre compte de quelque chose. »

Il ne voulait pas répondre, mais Francis le persuada.

Au début de la conversation, Grover paraissait tendu, puis sa bouche se décrispa et se fendit même en un large sourire.

« C'est vrai ? répéta-t-il plusieurs fois. Bien sûr, je le fais... Moi aussi je vous aime ! »

Il raccrocha et donna un coup de coude à Francis.

« Tu le lui as dit à Claymont ?!

— Oui, et il a trouvé ça cool.

— Il ment à ma mère, il lui dit que je suis toujours avec les Mathlètes. Si elle savait...

Grover fixa un moment son portable d'un air incrédule. Puis il prit une poignée de chips et les jeta sur Francis.

— Ça va pas la tête ? »

Francis lui renvoya quelques chips et se rua sur lui. Ils luttèrent, pour finir il eut le dessus et enfourna des chips dans la bouche d'un Grover hilare.

Anne-May s'était faite belle. Quand elle fut prête à sortir, Grover dit qu'il avait mal à la tête et qu'il préférait passer la soirée à la pension pour se coucher tôt. Francis lui adressa un signe de tête discret et fit un cercle avec le pouce et l'index. Puis Anne-May et lui prirent tous les deux le bus pour le centre-ville.

« Hum, voyons voir ce qu'on fait aujourd'hui », dit-il lorsqu'ils descendirent à Civic Center. Anne-May hocha froidement la tête, et il commença à entrevoir qu'elle avait tout de suite repéré son petit manège idiot avec Grover, elle allait le lui faire payer. Elle était vraiment trop futée pour lui.

D'innombrables voitures les dépassaient en mugissant, ils semblaient être les seuls à se déplacer à pied dans cette ville.

« Tu as envie de quelque chose de particulier ?

— Non.

— Allez, n'importe quoi. On fera ce que tu voudras. On peut retourner au billard ou aller dans une boîte ou au restaurant ou au cinéma.

— Décide, dit-elle, et il sentit qu'aucune de ces propositions ne la tentait. »

À la clinique il l'avait pour lui tout seul. Il n'avait pas besoin d'en faire beaucoup, à part venir dans sa chambre tous les jours et être là. Mais dehors, il n'avait aucune chance car elle l'avait catalogué comme raseur. Anne-May n'avait rien besoin de faire du tout, il l'aimait de plus en plus. Elle aurait mangé une pomme qu'il se serait extasié. Lui, par contre, devait déployer des efforts monstres. Et, bon Dieu ! ce soir encore, c'est ce qu'il allait faire !

Ils passèrent devant des cafés, des cliniques, des banques, tournèrent dans Grand Avenue et s'arrêtèrent pour regarder l'imposant immeuble d'acier qu'il avait vu sur un prospectus, à la pension, avec ses arches arrondies on aurait dit un énorme voilier d'argent. Des dizaines de gens convergeaient là, Francis n'eut qu'à leur emboîter le pas. Anne-May le suivait, plutôt à contrecœur.

« Tu sais de qui c'est, ce truc-là ? demanda-t-il.

— C'est de Gehry. Un ami de mon père.

L'entendre mentionner son père le fit sursauter.

— Oui, mais est-ce que tu sais ce qu'il y a dans ce bâtiment ?

— Bien sûr. Pourquoi ? »

Francis entrevoyait enfin dans son regard le début d'une lueur d'excitation.

Il y avait un présentoir avec une affiche : « Los Angeles Philharmonic Orchestra ».

Il entraîna Anne-May vers la caisse. Il s'attendait à des prix élevés mais ce qu'il voyait dépassait de loin son imagination.

« Francis, qu'est-ce que tu fais ?

— Tu as toujours voulu entendre un jour l'Orchestre philharmonique de Los Angeles, non ? J'ai vu par hasard qu'il y avait un concert ce soir.

— Mais tu n'as pas de quoi payer.

Francis tira de sa poche un portefeuille noir.

» D'où tu tiens ça ? demanda-t-elle aussitôt.

— Tu n'as pas besoin de le savoir. »

Il ouvrit le portefeuille en cuir du Dr Waldenfels. À sa grande déception, il avait constaté quelques heures plus tôt qu'il n'y trouverait ni cartes de crédit ni numéros de téléphone utiles. En revanche, il y avait là pas loin de six cents dollars. Un petit dédommagement pour sa procréation aberrante.

Il sortit quelques billets et acheta deux places de concert, parmi les plus chères.

« Tchaïkovski », murmura Anne-May.

Ils entrèrent. La salle était pleine à craquer et l'air saturé d'un brouhaha de voix étouffées. Les fauteuils étaient disposés en cercle autour de la scène, ils n'étaient qu'à quelques mètres des musiciens. Francis savourait les regards d'Anne-May, ses yeux pétillaient de joie. Elle raconta qu'enfant elle écoutait l'Orchestre philharmonique de L.A. avant de s'endormir et qu'elle avait imaginé tant de fois ce moment. Quand les musiciens eurent accordé leurs instruments et que le chef d'orchestre leva les bras, elle lui donna un bref coup de coude dans les côtes et se concentra sur la scène, fascinée. Elle lui parut très enfantine à cet instant, il eut l'impression de voir la fillette de dix ans qu'elle avait été.

La musique se déploya dans la salle. L'orchestre avait déclenché quelque chose d'invisible et d'indicible, qui se propageait, depuis les violons jusqu'aux hautbois, aux trompettes, effleurait les cors, les clarinettes et les timbales, s'élevait jusqu'aux arceaux de bois du plafond, et gagna enfin les spectateurs, sans les prendre par surprise mais avec force, en les touchant chacun d'une manière différente. Quand Anne-May fut atteinte, ses yeux brillèrent, et lorsque ce fut au tour de Francis, il regarda la main posée à côté de la sienne. Ses doigts tâtonnèrent vers ceux d'Anne-May. D'abord elle ne réagit pas puis sa main sembla se réveiller et saisit la sienne.

Après le concert, Anne-May ne tarit pas d'éloges sur l'acoustique exceptionnelle et se confondit en remerciements pour cette invitation.

«Quand j'étais petite, dit-elle, je n'aimais pas le concerto pour violon de Tchaïkovski. Mais aujourd'hui, ça m'a plu. Le violoniste était génial!»

Francis hocha la tête, mais ce qui l'intéressait bien plus, c'était qu'elle le prenne à nouveau par le bras. Dans un restaurant italien à côté, ils mangèrent des spaghettis aux fruits de mer, en buvant du vin rouge. Pour la première fois, Francis avait la parole facile. Il était comme enivré de son succès avec la Philharmonic, de la perspective de rencontrer bientôt son père. Il avait l'impression de n'avoir jamais été aussi bon, il avait de la répartie, de l'humour et c'était comme si Anne-May tombait amoureuse. Au dessert, elle lui cita des vers de ses poèmes préférés. Elle en connaissait plusieurs par cœur, d'un certain Whiteman, ou un truc du genre, et elle les récita. Lui n'avait pas de poèmes préférés, seulement des films et des séries. Mais ce soir-là tout lui réussissait, il le sentait, il avait encore bien mieux que les poèmes de ce Whiteman.

«Tu connais *Blade Runner*, avec Harrison Ford? demanda-t-il. La scène où le *replicant* meurt et où on se rend compte qu'il était en réalité plus humain que tous les hommes ? Ses dernières paroles ne sont certes pas un poème, mais c'est assez philosophique. Ça va te plaire.

Anne-May secoua la tête et le regarda, curieuse d'entendre la suite.

» Donc, les *replicants* sont des hommes artificiels, des androïdes. Certains l'ignorent, ils croient être des humains véritables. La plupart se font pourchasser et tuer. Et à la fin du film il y a une scène dans laquelle Harrison Ford attrape le chef des *replicants*. C'est la nuit, le chef des *replicants* est mourant. On a cru pendant toute l'histoire qu'il n'était qu'un robot insensible. Mais au moment où il va mourir – il pleut à torrent –, il dit encore quelques mots :

"J'ai vu tant de choses que vous, humains, ne pourriez imaginer. Des navires de guerre en feu, qui surgissent de l'épaule d'Orion... J'ai vu des rayons C briller dans l'obscurité, près de la porte de Tannhäuser... Tous ces moments se perdront dans le temps... comme les larmes dans la pluie... Il est temps de mourir." »

Francis connaissait la citation par cœur parce que cette scène l'avait beaucoup ému la première fois qu'il avait vu le film. Il ne savait pas pourquoi mais quand il avait entendu ces mots, ses yeux s'étaient remplis de larmes. Chaque fois il rembobinait la bande, se repassait la scène et se disait : *C'est ça... C'est exactement ça !*

Il regarda Anne-May, radieux.

« C'est le poème en entier ? demanda-t-elle.

Francis acquiesça.

— C'est débile, tu ne peux pas comparer Walt Whitman avec *Blade Runner*. »

Mais il voyait bien que ça lui avait plu.

Quand ils revinrent au motel, Grover dormait déjà dans son lit. Francis jeta un bref regard à Anne-May, il s'approcha et l'embrassa. Ils firent l'amour dans la salle de bains et même si c'était assez compliqué il savait que maintenant tout irait bien. Elle était enfin à lui. Au lit, elle posa le bras sur son ventre, il s'endormit aussitôt, ça ne lui était plus arrivé depuis des mois.

À quatre heures, il fut réveillé par des sanglots. Anne-May n'était plus à côté de lui. Francis la trouva dans la salle de bains, assise par terre. Elle pleurait. Du sang coulait le long de son bras gauche et gouttait sur le carrelage blanc.

5

« Mais qu'est-ce que tu fais ?

Francis la releva. À son grand soulagement il vit que l'entaille était à l'avant-bras et non au poignet. À côté d'elle, un canif ouvert, il le ramassa.

— Je n'en peux plus.

Elle pleurait toujours.

— Qu'est-ce qui se passe ?

— Je ne t'aime pas, Francis. Je ne t'aime pas, c'est tout. »

La violence élémentaire de ce qu'elle venait de dire le cloua. Il resta plusieurs secondes sans rien dire et murmura, l'air absent, que ce n'était tout de même pas une raison pour se faire du mal.

Anne-May s'écroula de nouveau, il s'assit par terre à côté d'elle.

« Tout ce que je t'ai raconté c'étaient des mensonges, dit-elle.

— Qu'est-ce qui était des mensonges ?

— Mon père ne m'a pas violée.

Elle se moucha dans du papier-toilette.

» Ce n'est pas pour ça que je suis allée à la clinique.

— Pourquoi alors ?

— Oui, *pourquoi*...

Anne-May sourit, mais son sourire paraissait faux, comme une mauvaise imitation.

» Je ne voulais pas mourir, vraiment pas. Mais je ne voulais pas non plus continuer à vivre comme ça.

Elle vit son air perplexe et secoua la tête.

— J'avais onze ans quand mon frère est mort, renversé par une voiture. Il avait sept ans et c'était ma faute, je devais le surveiller.

Du bout de l'index, elle suivait un joint du carrelage.

» Mon père était à New York pour son travail et ma mère était très occupée. Ils m'avaient confié Jerome. Un jour, je devais l'emmener au centre commercial, ça me gavait. En plus, j'étais jalouse de lui, mes parents lui passaient tout, je n'aurais jamais eu le droit à son âge d'aller au centre commercial sans un adulte. Je marchais exprès quelques mètres devant, sans m'occuper de lui. On était sur le trajet du retour. Jerome était toujours agité, un peu distrait. Tout à coup, il a voulu traverser la rue. Je me suis retournée mais j'étais beaucoup trop loin, il était déjà en train de courir. Je lui ai hurlé de faire attention, et puis il y a eu un bruit sourd, atroce. Je l'ai vu allongé sur la chaussée et je l'ai rejoint. Il était tellement horrible à voir...

Elle ferma les yeux et sembla vouloir chasser les images.

Francis appuya la tête contre le mur.

— Ce n'est pas ta faute, dit-il, mais sa voix sonnait creux. C'était un accident, tu n'étais qu'une enfant toi aussi.

Anne-May ne réagit pas.

— Ils ont laissé sa chambre en l'état, encore aujourd'hui. Mon père s'est noyé dans le travail, il n'était presque jamais à la maison, ma mère est devenue une vraie bigote. Elle a beaucoup pleuré, mon père aussi, parfois, mais moi, jamais. Il y a eu un article dans le journal sur la mort de mon frère, je le relisais souvent et je m'en voulais de ne pas être aussi triste que j'aurais dû. Dans les années qui ont suivi, j'ai eu de plus en plus l'impression que j'étais incapable d'éprouver quelque chose. Aimer, pleurer, être heureuse. J'étais d'une froideur totale. Ça m'a rendue malade. Je veux dire, qui a envie d'être comme ça ? Je me suis repliée sur l'école, j'ai arrêté de jouer du piano. Quand je dessinais des êtres humains, ils avaient des yeux sans pupille, complètement vides. Je trouvais ça plus beau, plus vrai, mais je savais que ce n'était pas normal. Après, je me suis mise à dessiner des souris, là ça se voyait moins.

Elle se releva.

» Ça n'a cessé d'empirer avec le temps. Sans parler de la pression de mes parents, parce que maintenant ils voulaient au moins avoir une fille parfaite, bordel. On m'a soignée pour anorexie, j'ai fumé trop de joints, je me détestais. Parce que je n'étais jamais triste ni même en colère. Parce que mes parents pouvaient faire de moi ce qu'ils voulaient. Je me demandais sans arrêt où était Jerome, et ce qui se passait après la mort. Et, pour finir, il y a eu cette nuit où j'ai trop fumé et écouté trop de musique sinistre, je suis allée trop loin.

Elle se moucha de nouveau.

» Mais peu importe. En tout cas, je n'ai pas été violée et je veux que tu le saches.

Francis s'étira, être assis par terre était inconfortable. Il passa le bras autour d'elle.

— Ça... Je suis désolé pour tout ça.

— Non, c'est moi qui suis désolée.

Elle lui caressa la main.

» Tu es l'homme le meilleur que je puisse imaginer, et parfois je me sens vraiment attirée par toi. Mais je ne t'aime pas – et peut-être même que je te déteste à cause de ça. Je pensais te l'avoir fait comprendre ces derniers jours. Et voilà que tu débarques aujourd'hui avec tes billets pour la Philharmonie, c'était tellement merveilleux de ta part. J'ai vraiment voulu essayer encore une fois, et j'ai fait comme si j'éprouvais pour toi ce que tu éprouves pour moi... Mais je ne peux pas, c'est tout.

Francis regardait le robinet qui gouttait. Il essayait de fermer les yeux chaque fois qu'une goutte allait tomber. Ce soir, à Los Angeles, il avait donné tout ce qu'il avait, et visiblement ce n'était pas encore assez.

Ils restèrent un moment assis là, côte à côte.

— Pour ton père, ça me rassure.

Sa voix perça le silence.

» L'autre jour, quand je t'ai interrogée sur ta première fois et que tu n'as pas voulu me répondre, j'ai cru que c'était ton père...

Elle secoua la tête.

— C'était toi ma première fois.

— Quoi ?

— À la clinique, sur le piano. J'étais vierge.

— *Quoi ?*

— Je déteste la plupart des hommes, je n'ai jamais voulu avoir un copain. La manière dont les types me regardaient m'a toujours dégoûtée. Toi aussi, tu me regardais drôlement mais tu étais différent malgré tout, je ne sais pas pourquoi. Je ne sais plus rien, bon Dieu.

— Alors pourquoi le numéro de la nymphomane ?

— Pour me protéger. Plutôt être la plus grande putain du monde que cette femme bizarre qui n'aime aucun homme.

Francis se mordait la lèvre et réfléchissait.

— OK, maintenant je vais te dire un truc. Je *sais* qu'on est bien assortis. Bien mieux que tu ne le penses.

Alors, bon, tu peux ne pas m'aimer, je m'en fous, moi je t'aime tellement que ça suffit pour deux ! Et tu n'as plus besoin de faire semblant, de feindre des sentiments. Maintenant je sais qui tu es, je connais tes secrets et tu connais les miens.

Elle se mâchouillait un ongle.

— Non, de toute façon ça ne marchera pas, déjà mes parents ne t'accepteraient jamais. Jamais, jamais. Ils ne pourraient pas te supporter et te rendraient la vie infernale. Tu ne les connais pas, tu ne sais pas comment ils peuvent être. D'ailleurs on ne se fait pas de bien. Tu vis avec ta mère dans un mobil-home et je suis une patiente suicidaire incapable d'aimer vraiment. Tu es mal barré, je suis mal barrée.

— Moins par moins égale plus, Anne-May.

Elle sourit mais les larmes coulaient sur ses joues.

— *Moins par moins égale plus*, répéta-t-elle.

Elle prit la tête de Francis entre ses mains et l'embrassa sur la bouche.

» Ces derniers jours, j'ai souvent pensé à cette maison à San Francisco. Si on pouvait s'installer là, tout simplement, et laisser tout le reste derrière nous... Je le ferais. Immédiatement. Mais la vie n'est pas aussi simple.

— Mais moi... JE LE VEUX !

Il criait presque.

— Tu en veux toujours trop, Dean ! dit-elle en pressant sa main.

Francis devina à cet instant qu'il allait aussi perdre Anne-May.

Elle s'essuya les yeux.

» Tu aurais dû gagner tes millions au casino, tout serait plus simple aujourd'hui.

— Oui, c'est idiot que je n'aie pas réussi. C'est la faute des joueurs à côté de moi, ils m'ont énervé. »

Il sourit pendant qu'Anne-May tamponnait le sang sur son avant-bras et se faisait un pansement. Ensuite, ils allèrent se coucher, elle se blottit contre lui sous la couverture. Contre toute attente ils dormirent bien.

6

La Chevy s'arrêta devant une petite maison de Hollywood. Des enfants jouaient dans les jardins, des voitures fraîchement lavées stationnaient dans les allées, le quartier semblait paisible et familial. Hollywood Boulevard et son Walk of Fame, objets de tant de songes creux et photographiés jusqu'à plus soif, n'étaient qu'à quelques kilomètres mais rien ne le laissait deviner.

Francis bondit de la Chevy. La nuit avait été mouvementée et trop courte mais il se sentait bourré d'énergie. Anne-May et Grover restèrent dans la voiture. À huit heures et demie tapantes, il était devant la porte de la maison des Kinnear et sonnait. Une femme rousse lui ouvrit, elle n'avait guère plus de trente ans.

« Bonjour, je voudrais parler à Andy Kinnear. Est-il là ?

— C'est à quel sujet ?

— La banque des génies. Je souhaiterais lui poser quelques questions.

Les yeux de Mrs Kinnear s'étrécirent imperceptiblement.

— Je ne vois pas en quoi mon mari pourrait vous aider.

— Il travaille bien à la clinique Monroe ?

On entendait un enfant hurler dans la maison. Mrs Kinnear pivota sur ses talons.

— Ça suffit maintenant ! cria-t-elle. Puis, se tournant vers Francis : Je crains que vous ne fassiez erreur.

— Mais à la clinique on m'a dit : “Andy Kinnear” à Hollywood. Sur Internet et dans l'annuaire il n'y avait que cette adresse.

Les hurlements d'enfant devenaient de plus en plus forts.

— Il doit s'agir d'un malentendu, dit Mrs Kinnear. Il y a sûrement plusieurs Kinnear dans le quartier. Bonne journée. »

Elle referma la porte.

Francis allait regagner la voiture quand il l'entendit à l'intérieur qui criait :

« *Katherine*, tu n'as pas fini d'embêter ton frère ! »

Au nom de sa mère, Francis tressaillit. Il resta un moment sur le seuil, indécis, puis se dirigea vers le garage des Kinnear devant lequel était garée une Ford vert foncé. Une intuition le poussa à regarder à l'intérieur. Sur le siège du passager il y avait des journaux et une pièce d'identité avec une photo. Il distingua juste la photo et le nom Andy Kinnear. Les portières étaient verrouillées, mais une vitre était entrouverte. Francis introduisit le bras et tenta d'ouvrir la portière de l'intérieur. Il y était presque arrivé quand une main l'attrapa par-derrière et le plaqua brutalement contre la voiture.

« On t'a eu, ordure ! »

Francis essaya de se libérer mais son adversaire lui coinça le bras et serra. Il poussa un cri de douleur.

«Jane, appelle la police ! », cria l'homme aux cheveux en brosse qui était manifestement un voisin des Kinnear.

Francis sentit son souffle chaud dans sa nuque.

« C'est la dernière bagnole que tu fractures, fils de pute. »

Il serra le bras de Francis un peu plus fort. Anne-May arriva en courant et, après une seconde d'hésitation, Grover bondit de la Chevy à son tour et la rejoignit. À deux, ils essayèrent de faire lâcher prise au voisin, qui de son côté appelait sa femme et son fils aîné à la rescousse, en soufflant comme un bœuf. Quand le chien de la famille s'en mêla et sauta sur Grover, la confusion fut totale : empoignade, aboiements, invectives.

Un homme à pied s'avançait dans l'allée avec un sac de supermarché Trader Joe's dans les bras. Il s'arrêta stupéfait pour observer cette scène étrange.

« Pete, qu'est-ce qui se passe ?

L'homme aux cheveux en brosse attrapa Francis par le T-shirt.

— Ce voyou s'apprêtait à voler votre voiture. Jane a appelé la police... Ils ne devraient pas tarder.

Francis paniqué regarda d'abord son agresseur puis Andy Kinnear.

— *Katherine Dean!* s'écria-t-il. Je suis son fils, je suis le fils de Katherine. Je cherche mon père.

Le visage d'Andy Kinnear se décomposa en quelques secondes. Il jeta un bref regard à son voisin.

— Lâchez-le.»

La salle de séjour des Kinnear était claire et confortablement aménagée, mais il y régnait une certaine pagaille. Il y avait des jouets dans tous les coins et, comme on pouvait s'y attendre, un petit garçon entra dans la pièce. Il avait les cheveux roux, comme sa mère, et peut-être trois ou quatre ans.

«Mon fils Miles», dit Andy Kinnear.

Ils étaient seuls dans le salon. Devant eux, deux verres et une carafe de jus de fruits. Francis frottait son bras endolori.

«Il ne faut pas en vouloir à Pete, il a été trente ans dans la Navy. Et, ces derniers temps, dans notre quartier, les vols de voitures se sont multipliés.»

Andy leur servit à boire. Il avait l'air sympathique, une sorte de Matthew Perry*, dans les quarante-cinq

* Acteur américano-canadien, né en 1969, qui joue notamment le rôle de Chandler Bing dans la série américaine *Friends*.

ans, encore très en forme, avec une épaisse chevelure brune et pas un poil de gris.

Francis prit son verre.

« Pourquoi votre femme a-t-elle menti quand elle m'a ouvert ?

Andy soupira.

— La banque des génies n'est pas un truc dont je suis fier. Je ne veux plus rien avoir à faire avec ça. Mais le passé est plus tenace qu'on croit.

Il posa sur Francis un regard appréciateur.

» C'est fou ce que tu ressembles à ta mère.

— Vous avez donné son nom à votre fille ?

Andy glissa un coup d'œil vers la porte entrebâillée. Il baissa la voix.

— Ta mère a été le premier grand amour de ma vie. Quand je l'ai rencontrée à l'époque du projet, j'ai eu le coup de foudre. Et elle m'a... Disons qu'elle m'a joué le grand jeu pour avoir accès à ce dossier. Ce n'était pas nécessaire, j'aurais fait n'importe quoi pour elle. Ensuite, ç'a été pire. Ta mère était tellement incandescente qu'elle pouvait te rendre l'homme le plus heureux ou le plus malheureux de la terre. Pour moi, ç'a été les deux, hélas. »

Francis pensa à la femme de quarante ans dans son lit d'hôpital, à des milliers de kilomètres. Il demanda à Andy s'il voulait savoir ce qu'elle faisait maintenant et il fut très surpris d'entendre que non.

« J'ai une certaine image d'elle et c'est du passé, c'est figé dans la glace.

— *Dans la glace*. C'est le cas de le dire.

Andy rit.

— En tout cas, tu prends les choses avec humour. Il y a tellement d'enfants de génies qui sont incapables d'assumer leur destin.

— Bon, c'était plutôt étrange au début. Mais pour être franc, je ne regrette pas d'avoir fait partie du projet.

Il évita le regard étonné d'Andy.

» Je ne peux pas le dire à mes amis, ils me prendraient pour un dingue. Mais grâce à la banque des génies et à mon père je participe enfin à quelque chose, je sais ce que je dois faire. C'est comme si tout prenait soudain du sens, une signification.

Andy le considéra d'un air songeur.

— Le mieux c'est que je te donne le dossier de ton père. »

Il disparut dans une pièce voisine.

Francis resta assis et remarqua que le petit garçon ne le lâchait pas des yeux. Il le dévisagea à son tour avec une mimique joyeuse. Miles ne bougea pas. Francis fit une vilaine grimace et l'enfant éclata de rire.

Andy revint avec une chemise à la main.

« Dr Ian Doble, connu aussi sous le pseudonyme de Donor James.

Ian, pensa Francis. Son père s'appelait Ian !

Il se leva, mais se rassit aussitôt. Une foule de pensées l'assaillaient, il aurait voulu crier, courir et rire, mais il essaya de rester tranquille.

» Voici la partie officielle, que tu serais en droit de connaître.

Andy lut :

» "Donor James a eu son doctorat à Harvard, QI de 170, c'est un sportif et un non-fumeur convaincu, il joue du violon et pratique le lacrosse*." »

Francis avait les yeux rivés sur le dossier. Andy s'en rendit compte et le lui tendit. Ce n'étaient que quelques pages, elles contenaient des données médicales sur le sperme, ainsi que des renseignements sur Ian Doble et sur sa mère.

« Nous ne fournissions naturellement à nos clientes qu'une description succincte du donneur, il y a là-dedans toutes les autres informations sur Doble dont nous disposions. »

Francis regardait la photo de son père et il éprouvait une sensation de picotement et de chaleur au niveau du ventre. Il le *voyait*, pour la première fois !

Mon père est beau, pensa-t-il. Un peu comme Paul Newman dans *La Chatte sur un toit brûlant*. Il comprenait pourquoi cet homme avait plu à sa mère. Doble portait un costume, ses yeux avaient un éclat malicieux et il avait exactement le même menton que son fils, un peu fort, avec la fossette. « Dr Ian Doble », lut Francis, et c'est peut-être en le voyant écrit noir

---

* Sport d'origine amérindienne, proche du hockey sur gazon.

sur blanc qu'il y crut pour de bon. Sous la photo, il était dit que son père était une sommité dans le domaine de la neurochimie.

« Un neurochimiste », dit Francis, dubitatif mais fasciné. C'était un mot d'un autre monde.

Il continua à lire la biographie de cet homme dont il ignorait tout deux semaines plus tôt et qui était devenu soudain la personne la plus importante de sa vie : un mètre quatre-vingt-neuf, athlétique, diplômé de Harvard, doctorat avec la mention *summa cum laude*, excellent chercheur. Très fortuné. Mais son lieu actuel de résidence à Santa Monica était rayé. Francis riait comme un fou, impossible de s'arrêter. Il était vraiment trop heureux bon Dieu, pour la première fois il se sentait le vrai fils de quelqu'un. Et de quelqu'un dont on pouvait être fier, en plus !

« Merde alors, mon père est LE super-héros absolu. »

C'était sorti tout seul. Il y a peu de temps encore, il se croyait engendré par un raté ou un criminel, au lieu de quoi il avait manifestement le meilleur de tous les pères. Il était sur un petit nuage.

Andy désigna le dossier.

« Ian Doble était un de nos donneurs les plus demandés. Sept femmes en tout l'ont choisi. »

Francis était toujours sur son petit nuage quand il comprit : il se retrouvait brusquement avec six frères et sœurs.

Andy réalisa son erreur et secoua la tête.

« Tu n'obtiendras pas de moi les noms de tes frères et sœurs et tout ce qui va avec. Je peux t'aider pour ton père mais...

— C'est bon, mon père est tout ce qui m'importe.

Peut-être Francis regretterait-il cette phrase plus tard mais, pour l'heure, il ne s'intéressait qu'à Doble.

— Et même si je voulais, dit Andy, je ne pourrais pas te donner les noms de tes frères et sœurs. Personne n'est plus en mesure de le faire. Monroe a brûlé tous les papiers. Ce que j'ai là – il désigna le mince dossier sur Mr Doble et Mrs Dean –, c'est parce que je l'ai subtilisé autrefois dans le placard de Monroe. Pendant toutes ces années je ne l'ai jamais jeté. Pour différentes raisons. Mais pour être franc, c'est surtout parce que j'adorais relire la page concernant ta mère. »

Francis reposa les documents sur Ian Doble et lut les informations sur Katherine Angela Dean. On disait qu'elle était une candidate idéale pour le projet, elle recevrait une bourse de la banque des génies. Son QI était supérieur à la moyenne et elle avait réussi facilement tous les autres tests. À la rubrique « Profession », on lisait : Étudiante en droit, ainsi qu'une note sur son activité de pom-pom girl pour les Lakers. Ses hobbys : lire, écouter de la musique et danser. Sur la photo elle avait vingt-deux ans et c'était la plus jolie fille du monde. La chanson préférée de sa mère lui revint à l'esprit :

When I was young
My faith was so much stronger then.
I believed in fellow men.
And I was so much older then.
When I was young.

Il ignorait ce qui lui était arrivé quand elle était enfant, si elle avait été abusée, battue et humiliée comme presque tout le monde dans ce monde de merde, il savait seulement qu'à un moment elle ne l'avait plus supporté et s'était barrée de chez elle encore adolescente. Toute sa vie elle avait essayé de tout faire bien. Elle avait voulu avoir un enfant qui soit un petit génie et bâtir avec lui quelque chose de « nouveau ». C'étaient exactement ses termes. Elle avait toujours été fascinée par cette « nouveauté », comme si c'était le comble du mystérieux et de l'excitant.

Francis regarda longuement la photo de sa mère et fut pris soudain d'une colère noire à l'idée que la vie puisse détruire un être humain de la sorte. Faire de la jeune fille radieuse de la photo cette femme bourrée de médicaments, tremblotante dans son mobil-home, et qui continuait à rêver de « nouveauté » alors que le passé l'avait depuis longtemps rattrapée.

7

Francis reposa le document sur sa mère.

« Qu'est devenu le sperme après la fermeture de la banque ? Je veux dire : j'avais encore une foule de frères et sœurs potentiels.

— Tout a été jeté.

Il se leva.

— Ah bon ? Carrément ?

— L'expérience a échoué, comme tu sais. La plupart des enfants de génies étaient légèrement plus doués que la moyenne, mais aucun autre n'était aussi génial qu'Alistair Haley. Impossible de parler d'une élite génétique. Warren P. Monroe a rapidement perdu patience. Non seulement il a brûlé les dossiers, mais sa banque du sperme a été fermée après sa mort. Et, il y a eu autre chose...

Francis regardait Andy, attendant la suite.

» Les enfants ne correspondaient pas aux attentes de Monroe, mais ce ne fut pas la seule raison de la fermeture. Il y a aussi eu un scandale, la presse a appris le nom d'un de nos donneurs et il s'est avéré que c'était un raciste convaincu. Le Dr von Waldenfels, l'eugéniste de la banque du sperme, s'est retrouvé pris dans la tourmente à son tour. Le bruit a couru qu'il avait travaillé pour les nazis quand il était jeune médecin. Waldenfels a toujours nié, et on n'a jamais rien pu prouver. Mais le voir se consacrer à la reproduction humaine quarante ans plus tard, aux États-Unis, a suscité beaucoup de critiques. Après la mort de Monroe, il ne s'est trouvé personne pour financer la banque des génies ou la reprendre. »

Francis avait la tête qui bourdonnait. Il n'arrivait pas à détacher ses yeux de la photo de son père et ressentait cette incroyable sensation de joie anticipée. D'un autre côté, la folle absurdité de ses origines l'accablait. Lorsque Andy lui posa la main sur l'épaule, il en fut heureux. Il se revoyait, assis à la cafétéria avec ses amis sans se douter de rien. Ça lui semblait remonter à des années.

« Aujourd'hui, la banque des génies semble complètement dépassée. La biologie de synthèse est déjà capable de produire artificiellement des gènes, il se pourrait que naissent un jour des hommes entièrement conçus en laboratoire... »

Andy parla de diagnostic préimplantatoire, d'enfants optimisés et se mit à philosopher : la question était de savoir si un homme synthétique fabriqué en laboratoire aurait une âme, serait en mesure de penser, de sentir et de rêver comme les autres humains, ou s'il s'agirait d'une créature spécifique.

Francis essayait d'écouter mais son esprit s'évadait sans cesse.

« La banque des génies a-t-elle apporté quoi que ce soit ?

— Difficile à dire. Le patrimoine génétique de la mère était aussi un facteur important, bien sûr, et on n'en a guère tenu compte à l'époque. L'expérience a très vraisemblablement permis d'établir que l'origine génétique n'est pas tout. Certes, nous avons aussi eu dans notre fichier de donneurs des brillants musiciens et des sportifs dont les enfants étaient également très doués dans ces domaines. Chez les scientifiques, on part du principe que l'intelligence est héréditaire. Mais ça ne fait pas tout, c'est comme quand on plante des graines dans le sol. L'éducation, la famille, l'environnement dans lequel le petit humain grandit jouent aussi leur rôle, c'est l'engrais. Sinon, tous les enfants seraient devenus aussi géniaux qu'Alistair Haley.

— Il est gérant d'un restaurant, lâcha Francis.

— Je sais. Un garçon fascinant. À l'époque, tout le monde pensait qu'il révolutionnerait les mathématiques. Et maintenant il veille à ce que les clients aient leur burger de tofu.

— Mais pourquoi ?

— Son intelligence ne l'a jamais rendu heureux, il supportait mal les espoirs qu'on fondait sur lui. À ses yeux, c'était un malheureux hasard qui l'avait rendu si doué entre tous les enfants.

Andy se laissa aller contre le dossier de sa chaise.

» Tu sais, on dit toujours qu'à force de travail et d'application on arrive à tout, mais on oublie que la chance et la poisse jouent un rôle encore plus grand. Quand on regarde l'histoire d'une vie, un écart minuscule suffit parfois à casser l'équilibre, à tout faire basculer d'un côté ou de l'autre. Et pour finir, c'est le hasard qui décide, beaucoup plus souvent qu'on ne le pense. »

Francis se rappela soudain la pièce de monnaie qu'il avait lancée à la clinique, avec sa mère, et qui était censée déterminer comment les choses allaient tourner pour lui. Pile ou face, bien ou mal. Il s'en voulait de ne pas avoir vérifié de quel côté la pièce était retombée.

Le petit Miles, qui jusque-là jouait tranquillement sur le tapis avec un camion en bois, commença à s'agiter. Francis vit Andy prendre son fils sur les genoux, lui caresser la tête et lui embrasser la joue. Ce simple geste d'intimité lui porta un coup auquel il ne s'attendait pas.

« C'est quand même dingue, dit-il. Pendant des années, ça m'était complètement égal de savoir qui était mon vrai père, et maintenant je ne pense plus qu'à ça.

— C'est tout à fait normal.

Andy déplaça son fils pour s'asseoir plus confortablement.

» Beaucoup d'enfants-éprouvette sont dans le même cas. La banque des génies était certes très particulière – elle n'a d'ailleurs produit que 217 bébés –, mais il existe un grand nombre de bébés-éprouvette ordinaires. Rien que dans ce pays, il en vient au monde trente mille par an, ils doivent bien être un million à vivre ici.

— Tant que ça ?

— C'est un procédé assez simple. Un peu de... travail manuel dans une cabine. On ajoute de l'azote liquide dans des cuves métalliques pour congeler le sperme à −196 °C, et c'est terminé. Le sperme se conserve ensuite sans limitation de durée ou presque.

Francis hocha la tête. Il observa un moment Andy qui jouait avec son fils.

— Ce que je ne comprends pas dans toute cette histoire, s'entendit-il articuler tout à coup d'une voix creuse, c'est qu'aucun de vous ne s'est jamais demandé ce qu'il adviendrait de nous au cours de cette expérience, comment nous nous sentirions plus tard, les autres enfants et moi.

Andy le regarda, leva les yeux vers le plafond et réfléchit.

— Nous étions tous tellement enthousiastes, à l'époque... », commença-t-il.

Il s'arrêta là.

Quand ils eurent rapporté les verres à la cuisine, Andy lui demanda s'il avait des frères et sœurs. Francis parla de Nicky et expliqua que son petit frère ne grandissait pas vraiment, et qu'il l'aimait beaucoup. Quand il dit qu'ils étaient tous les deux fans des Knicks, Andy s'écria :

« Moi aussi j'aime les Knicks ! Je dois même avoir quelque part un maillot avec un autographe d'Ewing. Ma mère est originaire de Forest Hills, elle était complètement fan de tout ce qui se rapportait au basket.

— Chez moi c'était mon beau-père, dit Francis. Totalement obsédé par les Knicks. Il nous emmenait souvent les voir jouer. Une fois, nous étions même assis devant, au premier rang, on aurait pu toucher les joueurs sur leur banc.

— Tu plaisantes.

— Non, c'est vrai. Mon beau-père connaissait tous les entraîneurs. »

Ryan avait toujours prétendu qu'il avait été dans l'équipe des Knicks autrefois, qu'il était l'un des plus petits joueurs de l'histoire de la NBA. Quand Francis avait grandi, Ryan l'avait mis dans la confidence. Et ensuite, Francis avait raconté lui aussi que Ryan avait été un basketteur célèbre. Nicky croyait dur comme fer tout ce qu'on lui disait. « Vraiment ? », demandait-il, béat d'admiration.

Francis avait beau se sentir plus proche que jamais de son vrai père, il souhaita un instant que tout redevienne comme avant, avec un Ryan de bonne humeur installé au volant, sa casquette John Deere sur la tête, en train de mâcher son chewing-gum et de leur raconter des histoires en les conduisant tous au Madison Square Garden.

Il regarda l'heure. Déjà dix heures moins le quart.

Andy surprit son regard.

« Il faut que tu songes doucement à t'en aller, non ?

Francis acquiesça. Il désigna l'adresse de son père sur la feuille.

— Santa Monica est rayé.

— Oui, ce n'est plus à jour. Il y a eu des problèmes de comptabilité au cours du développement du projet, et j'ai dû passer des heures à téléphoner partout avant de tomber sur quelqu'un qui sache où ton père habitait. J'ai appelé tout le monde, tu peux me croire. Doble vit maintenant à Tijuana, au Mexique. Sur le moment, j'ai trouvé ça étrange, et j'ai vu sur Internet qu'un grand institut de biochimie et de neurochimie était justement en cours de construction à Tijuana. C'est le projet pilote d'un groupe pharmaceutique, ton père va probablement y participer. Andy montra un bout de papier dans le dossier. Voici en tout cas l'adresse de quelqu'un qui devrait au moins pouvoir t'aider. Je ne sais pas si elle est encore valable, mais à ta place je m'adresserais là, ou bien à l'institut. C'est hélas tout ce que je peux faire pour toi.

Francis prit la feuille et la mit dans son dossier.

— Merci pour ton aide !

— C'était un plaisir.

Andy le raccompagna à la porte.

» J'aurais encore une question à te poser. Ta mère a-t-elle parlé de moi pendant toutes ces années ?

— Oui, souvent.

Andy sourit.

— Menteur.

Francis sourit à son tour.

— Vous avez dit que je ne devais rien vous raconter sur ma mère. Mais, juste une chose : je crois qu'elle aurait été nettement plus heureuse dans la vie si vous aviez été avec elle. »

Le sourire d'Andy s'effaça, il parut bouleversé, et Francis eut le sentiment qu'il éprouvait encore quelque chose pour sa mère.

Pendant une seconde, il sembla sur le point de répondre mais il se contenta finalement de hocher la tête. Ils se serrèrent la main. Francis le remercia une dernière fois et il quitta la maison pour rejoindre les autres dans la Chevy.

Tijuana

1

Les sièges en cuir étaient brûlants. ils étaient garés quelque part à la périphérie de Los Angeles. Anne-May et Grover étaient dans la station-service, Francis attendait dans la Chevy surchauffée. Il remarqua les insectes collés sur le pare-brise. Ça faisait onze jours qu'ils étaient sur la route, ils allaient bientôt atteindre le but de leur voyage. Par pure nervosité, il reprit la chemise avec les articles et se remplit la tête de faits et de chiffres.

« L'avenir semble pourtant incertain. Rien que dans nos cliniques, nous disposons de plus de 200 000 enfants potentiels, stockés dans des cuves métalliques étincelantes. La California Cryobank à Los Angeles, la plus importante dans sa catégorie, conserve les spermes qui permettront de faire naître des bébés dans plusieurs milliers d'années. Une perspective troublante, selon le Pr Dilbert, de l'institut technologique de Cambridge :

“On imagine un enfant dont la conception a eu lieu en 2005, mais qui ne vient au monde qu'en 3005, alors que son père est mort depuis 950 ans. Le Dr Muller, Prix Nobel, estimait déjà que ce serait le seul moyen d'éviter l'éventuel conflit entre un enfant-éprouvette et son père.”

Nombre d'enfants nés de cette façon seraient aujourd'hui brisés par leur destin. “Être créé dans une éprouvette et ne pas connaître son père est difficile à admettre pour tout le monde, déclare Dilbert. C'est une blessure qui ne se referme jamais complètement.” »

En lisant la dernière phrase, Francis hocha imperceptiblement la tête. C'était vrai. Les autres savaient d'où ils venaient, qui étaient leurs parents, tandis que lui s'était trimballé toute sa vie avec cette blessure. Mais maintenant, il tenait entre les mains le dossier sur son père, il y avait peut-être un moyen de refermer la plaie pour de bon.

Il sortit de la voiture et fit quelques pas le long des pompes à essence. Il avait toujours aimé cette odeur. Quelques exercices de relaxation l'aidèrent à réfléchir à ce qu'il allait faire. Une possibilité était de rentrer tout simplement chez lui avec son dossier. Ce serait le plus raisonnable, car il nourrissait sans doute trop d'espoirs, Dieu sait comment se passerait la rencontre avec ce Ian Doble. Et à ce moment, il vit un père entrer dans la boutique avec son fils. L'enfant était fatigué, le père le prit simplement dans ses bras pour le porter. Ils passèrent devant lui, Francis ne les lâcha pas des yeux. Il se souvenait du petit garçon joyeux et sûr de lui qu'il avait été. *Je peux le redevenir, si tout se passe bien*, se dit-il. *Je peux être de nouveau comme ça*. Et il décida d'aller jusqu'au bout de l'histoire.

Ils avançaient sur l'autoroute, en direction du sud, un peu avant Tijuana. Francis était plongé dans ses pensées. Anne-May avait dit que ses parents n'accepteraient jamais quelqu'un comme lui. Mais avec son père – s'il obtenait son soutien –, il ferait certainement impression sur les Gardener. Il pensa aussi à sa mère, et prit conscience que son père en tant que neurochimiste cherchait peut-être des médicaments contre sa dépression. Francis regarda par la vitre, plus qu'une soixantaine de kilomètres et ils atteindraient la frontière. Il sourit.

« Qu'est-ce qu'il y a ? demanda Anne-May.

— Oh, j'étais en train de penser que mon petit frère a une panoplie du petit chimiste et s'intéresse à fond à ces trucs-là. Je pourrais l'emmener un jour à Tijuana rendre visite à mon père dans son institut. Mais je viens de me rappeler que Nicky vomit chaque fois qu'il fait de longs trajets en voiture. »

Il ressortit les documents de leur chemise et pendant le reste du trajet ils ne parlèrent plus que du Dr Doble. Anne-May trouvait enthousiasmant qu'il joue du violon, elle déclara que Ian était un très joli nom. Francis s'imaginait le regard impressionné de son père quand il le verrait, avec Anne-May à côté de lui. Il se mit à plaisanter. Désormais, il ne voulait plus qu'on l'appelle autrement que Dr Doble Junior et il en rajouta en disant que son père avait étudié à Harvard, qu'il était beau, qu'il était riche. Les autres demandèrent à lire le fameux dossier, mais il refusa de le leur donner. C'était à lui, rien qu'à lui.

Ils laissèrent la Chevy sur un parking, avant la frontière, parce que Grover avait peur de se la faire voler au Mexique. C'était la seule voiture avec une plaque du New Jersey.

Au loin, on voyait l'arc de triomphe de Tijuana. Ils passèrent au Mexique à pied, en traversant un pont. Francis regardait la route à huit voies, en dessous d'eux. Il y avait un énorme bouchon, des milliers de voitures voulaient aller en Amérique – le pays qu'ils venaient de quitter. Que son père aussi avait quitté.

Ils entrèrent au Mexique comme on passe la porte d'un supermarché : personne ne contrôla leurs papiers, on ne les regarda même pas, on les prenait sans doute pour des ados américains qui venaient faire la fête. Francis regardait autour de lui. C'était seulement la deuxième fois qu'il était à l'étranger. Enfant, il était allé une fois à Calgary avec Ryan, mais le seul souvenir qu'il en gardait c'était la neige.

Peu après la frontière, les premiers chauffeurs de taxi commencèrent à les harceler. Ils passèrent devant d'innombrables bazars où on pouvait acheter des images pieuses, des sombreros, de la camelote mexicaine, de la nourriture et des fringues bon marché.

Dans un bar de la rue principale qui s'appelait La Revolución, ils mangèrent les *enchiladas* les plus dégueulasses de la terre. Les jeunes de la table voisine engagèrent la conversation. Ils venaient de Mexico City.

« Quel bled sordide, Tijuana, on a été surpris mais vous verrez, la nuit, c'est bien pour faire la fête. Et vous, vous êtes là pour quoi ?

— On vient voir mon père.

Francis repoussa son assiette.

» Il travaille dans l'institut de chimie qui vient de se créer. »

Une des Mexicaines leva les sourcils avec respect, elle dit qu'elle avait lu quelque chose sur cet institut. Francis, gêné, hocha la tête. Parler comme ça de son père était entièrement nouveau pour lui. À cet instant, Ian Doble devait être dans sa villa, il allait tondre sa pelouse, ou alors il était à l'institut, il discutait avec ses employés, il donnait des instructions. Bientôt, ils allaient se regarder dans les yeux pour la première fois, un moment dingue. Il s'avancerait très lentement vers son père et… *et quoi* ?

Francis téléphona à l'institut avec le portable de Grover mais là-bas, c'était la pagaille parce que le bâtiment n'était pas tout à fait terminé. Personne ne put l'aider, son dernier recours était l'adresse qu'Andy lui avait donnée : Calle Sant Antoni.

Ils demandèrent à des passants où était la rue, personne ne fut capable de leur répondre. Pour finir, ils cherchèrent un taxi. Le premier passa sans s'arrêter.

« Qu'est-ce que je vais lui dire quand on se verra ?

Francis faisait les cent pas, il sortit son paquet de cigarettes et le remit aussitôt dans sa poche.

» Je peux difficilement lui dire : *Hello papa, comment va, ça fait un bail qu'on s'est pas vus, ha ha !*

Ils hélèrent un autre taxi, qui cette fois s'arrêta.

— Propose-lui de manger un bout ou de boire un café avec toi, dit Grover.

— Vous viendrez aussi ?

— Bien sûr !

Anne-May lui ouvrit la portière.

» Tu te pointes tout simplement et tu es... toi ! »

Francis acquiesça mécaniquement. Il monta dans le taxi et donna l'adresse. Le chauffeur réfléchit un long moment mais finit par démarrer, ils poussèrent un soupir de soulagement.

Pendant le trajet Francis était si nerveux que son cœur battait à toute allure et qu'il se mit à transpirer. Il imaginait des scénarios plus horribles les uns que les autres. Son père avait disparu ou avait été assassiné, ou bien ils ne le trouvaient pas, ou encore il le traitait de fils raté, il refusait de le voir.

Après d'interminables minutes, le taxi s'arrêta dans une banlieue miteuse. Si on avait empoigné ce quartier et qu'on l'avait secoué la tête en bas, on aurait été surpris par les créatures qui en seraient tombées. Le trottoir était encombré de réfrigérateurs cassés, d'ordures et de meubles brûlés. Les voitures garées étaient antédiluviennes ou bonnes pour la casse, quelques chiens et chats d'une laideur étonnante erraient alentour. Des cabanes en tôle ondulée voisinaient avec des bâtiments délabrés.

Francis pesta tout bas.

« Le taxi s'est foutu de notre gueule. »

Mais il découvrit à un carrefour la plaque avec le nom de la rue : « Sant Antoni ».

C'était donc ici que vivait le type censé lui dire où était son père. Probablement un ouvrier du bâtiment ou un petit employé de l'institut de chimie.

D'après l'adresse fournie par Andy, il habitait au numéro 224. Un bâtiment assez grand, les stores étaient baissés. Dans le garage mitoyen un clochard farfouillait sous le capot d'une vieille Dodge. Francis sonna à la porte. Il entendit des voix, une lamelle d'un store se souleva légèrement, deux yeux le scrutèrent.

Puis il y eut un bref silence et la porte s'ouvrit sur un homme chauve. Il portait un anneau d'or à l'oreille et mâchait du chewing-gum, les bras croisés. Il avait dans la poche, bien visible, un pistolet.

« *¿ Qué cojones quieres ?* », demanda-t-il d'un ton agressif.

D'autres types l'avaient rejoint à la porte, armés eux aussi, du moins ils en avaient l'air. Francis n'avait qu'une envie, foutre le camp, mais il ne pouvait pas se dégonfler maintenant. *Il ne faut pas lâcher*, se répéta-t-il.

« Quelqu'un ici connaît-il Mr Doble ?

Personne ne répondit. Les hommes le regardaient, attendant la suite.

Il essaya encore.

» Ian Doble ? Quelqu'un sait où il est ? Je suis son fils !

Enfin quelqu'un bougea. Un gros gars avec un T-shirt du Wu-Tang Clan*.

— Iwan ? demanda-t-il.

— Non, Ian !

— Iwan ! répéta l'autre.

Francis soupira.

— Bon d'accord, *Iwan*. Il est où ?

Le gros tendit la main vers le garage en montrant le clochard.

— Iwan ? demanda encore une fois Francis. Le type là-bas au fond sait où est Iwan ? »

Le jeune au T-shirt Wu-Tang acquiesça.

Francis remercia, mais les autres ne lui prêtaient aucune attention. Ils n'avaient d'yeux que pour Anne-May, qui soutenait leurs regards. Puis la porte se referma et Francis se dirigea vers l'ouvrier aux allures

---

* Groupe de hip-hop new-yorkais formé en 1992 et dont les membres sont originaires des quartiers de Staten Island et Brooklyn.

de pochetron qui trifouillait toujours sous le capot de la Dodge. Il soupira intérieurement à la perspective de devoir extorquer à cette loque humaine les informations sur son père qui allaient décider de sa vie.

« Excusez-moi, commença-t-il.

L'homme posa sa clé à molette et but une gorgée de bière.

Francis fit une nouvelle tentative.

» Salut. Pourriez-vous m'aider ?

Le type toussa deux ou trois fois mais ne semblait pas disposé à répondre.

» Je cherche le Dr Ian Doble, dit Francis. Savez-vous où je pourrais le trouver ?

L'homme se redressa enfin. Il s'avança vers Francis avec la démarche mal assurée d'un ivrogne. On voyait maintenant qu'il était très grand.

— Qu'est-ce que vous lui voulez ? », demanda-t-il.

Il lui manquait deux dents. Il portait un jean hors d'âge, crade et taché de cambouis, son torse était nu, les poils de sa poitrine grisonnaient, comme sa barbe et ses cheveux hirsutes. Une odeur légèrement aigre se dégageait de lui, il sentait le tord-boyaux et la peinture. Mais ce n'était pas la cause de la sueur froide que Francis sentait couler dans son dos.

La cause, c'était que la vérité venait de lui apparaître. Une vérité qui ne lui plaisait pas. Une vérité qui ne pouvait pas être vraie, ce n'était pas possible.

Francis regarda longuement le clochard.

« Papa ? », demanda-t-il.

2

Quelque chose s'était assombri. Pas le ciel, il était toujours aussi bleu que tout à l'heure. L'obscurité était en lui. Tout devenait subitement logique. Depuis qu'il avait appris que son père était censé être génial, Francis avait toujours eu le sentiment qu'il ne serait jamais à la hauteur du QI d'un inconnu nommé Donor James ou Ian Doble.

Et maintenant, il comprenait qu'il était un raté, exactement comme ce clodo soiffard devant lui, avec la même fossette au menton que lui et qui logeait dans un garage visiblement sous-loué à des dealers ou à des malfrats.

Francis lui raconta vite fait son histoire mais Doble ne manifesta guère d'intérêt, il se contentait de marmonner des paroles incompréhensibles. Pour finir, il retourna dans le garage où il habitait. Il avait isolé une partie de l'espace avec un drap, derrière il y avait un lit de camp, un sac de fringues et plusieurs caisses de bière vides sur lesquelles étaient posés des magazines pornos et des BD à dix cents de Johnny Canuck*. Une ampoule nue pendait au plafond. De minuscules insectes sortirent de sous le lit et disparurent dans une rainure du plancher. Ça sentait le moisi, la banane pourrie et le linge sale. Francis était tellement englué dans son cauchemar qu'il resta sans voix de longues minutes.

«Est-ce que tu veux... Tu voudrais un café?», demanda-t-il enfin.

Son père se contentait de le regarder, difficile de dire ce qu'il pensait. Il hocha la tête, se dirigea vers le lavabo dans un coin, se lava le torse et le visage. Puis il enfila un T-shirt gris, but le reste de sa bouteille de bière et ressortit du garage.

Francis le suivit. Anne-May et Grover l'accompagnèrent, il avait l'impression qu'il se serait effondré s'ils n'avaient pas été là.

Quelques rues plus loin, il y avait un bar. Ils étaient les seuls clients et s'assirent à l'une des tables du fond. Personne ne parlait. Francis examinait son père et cherchait les ressemblances. Doble avait la même façon de se tenir, le même regard. Ils étaient père et fils, ça sautait aux yeux. Mais pourquoi ne disait-il rien? Chaque minute de silence augmentait la décep-

---

* Héros national canadien de la bande dessinée créé en 1869, réinventé ensuite en tant que héros d'action de la Seconde Guerre mondiale en 1942.

tion de Francis. Il regarda Grover et Anne-May qui avaient l'air aussi mal à l'aise et gardaient les yeux baissés. La serveuse, une brune dodue qui éclatait dans son chemisier, s'approcha de leur table. Anne-May, Grover et Francis commandèrent chacun un coca, mais son père demanda un café, un jus de fruits pressés et, bien que ce soit l'après-midi, un petit déjeuner complet. Ça devait faire longtemps qu'on ne l'avait plus invité quelque part.

La serveuse disparut dans la cuisine, Francis regardait une mouche qui se posa sur la table. Il essaya de l'attraper, elle lui échappa. Son père abattit la main et la prit. Il eut un sourire pas si déplaisant, abstraction faite des deux dents qui lui manquaient. On devinait le beau gars qu'il était en réalité. Il aurait suffi de lui couper les cheveux, se dit Francis, de le raser et l'habiller chic, pour en faire ce type charmant qui roule tout le monde, genre Paul Newman dans *L'Arnaque*. Sa mère aimait tellement ce film ! Et elle s'était fait arnaquer.

Son père désigna son poing fermé.

« La vie ou la mort ?

Sa voix était grave et étonnamment claire.

— La vie !

Il libéra la mouche.

— Ça a été pareil pour toi autrefois », dit-il.

La serveuse apporta les boissons et le petit déjeuner : muffins, lard, œufs, gaufres. Doble se jeta dessus.

Son humeur s'améliorait, son visage s'animait. Il but d'un trait son jus de fruits.

Soudain Francis n'y tint plus.

« Tu es un escroc, dit-il.

— Je fais ce qu'il faut pour survivre, répliqua son père en haussant les épaules.

— Oui, je vois ça.

Doble le jaugea.

— Mon fils, dit-il avec un sourire. Les gens ont parfois besoin d'argent et c'était un boulot plus agréable que de donner son sang, y a pas photo.

Il parut réfléchir.

» Le type de la banque des génies, ce Walter Munchkin...

— Walter P. Monroe.

— À l'époque, il vous refilait cinq mille pour chaque don de sperme choisi par une femme. Cinq mille à chaque coup ! C'était cinquante fois plus que dans les autres banques de sperme.

Si Francis avait eu une gorgée de coca dans la bouche il se serait étranglé.

— Dans les *autres banques de sperme* ? Mais tu as engendré combien d'enfants comme ça ?

Doble haussa les épaules.

— Trente-six ? Trente-huit ? Je ne connais pas le chiffre exact.

Francis jeta un coup d'œil à Anne-May et Grover assis à côté de lui et qui se taisaient. Dans quel enfer avait-il atterri !

— Et tu as des enfants, sinon ?

— Un ou deux par-ci par-là, oui.

— Ça veut dire quoi ?

— Il y en a neuf si tu veux savoir. De six femmes, si je ne me trompe pas.

— Je n'ai pas loin de cinquante demi-frères et sœurs, c'est ça ? »

Doble acquiesça avec un petit air complice, comme s'ils se connaissaient depuis une éternité, deux voyous à mettre dans le même sac, lui Butch Cassidy et Francis le Kid.

Devant le regard furieux de son fils Doble lâcha du lest.

« Écoute, mon garçon, il y a tant de gens dans ce monde qui ne peuvent pas ou ne veulent pas avoir d'enfants, alors pour compenser il y a moi. Je suis un donneur de vie.

— Tout ce que tu voulais c'était le fric.

— De quoi te plains-tu ? Tu ne serais pas là.

— C'est du chantage.

— Non, seulement la vérité.

— Tu es quand même un escroc. Tu as menti à toutes ces femmes. Docteur, neurochimiste, violoniste... Qu'y a-t-il de vrai dans tout ça ?

— Pour être franc : rien. Le coup de la neurochimie c'est ce que j'ai trouvé de mieux, j'avais lu un article là-dessus. Personne d'autre dans le fichier n'avait ça.

— Et comment tu t'y es pris ?

— Ce Mister Monroe était tellement en manque de donneurs qu'ils ont à peine vérifié. J'habitais Albuquerque à ce moment-là et je connaissais un type qui était capable de falsifier n'importe quoi. Cartes d'identité, documents, étiquettes.

Francis songea avec une certaine gêne à sa propre carte d'identité falsifiée et à Toby.

» Bref, ce gars m'a procuré tout ce dont j'avais besoin, y compris ma nouvelle identité.

Francis se sentait de plus en plus découragé. Chaque phrase de son père ouvrait de nouveaux abîmes.

— Ta nouvelle identité ? Tu ne t'appelles même pas Ian Doble ?

— Pas tout à fait.

— Ça veut dire quoi, *pas tout à fait* ?

— Je m'appelle Iwan Doblinski. »

3

Son père réclama une seconde tournée d'œufs et de lard, Francis la lui offrit. Il regarda le ventilateur au plafond et enfouit sa tête entre ses mains. Il sentit qu'Anne-May lui caressait le dos.

Au bout d'un moment, il se redressa.

« On peut aussi oublier ton QI génial de 170, dit-il.

Son père but une gorgée de café et enfourna une portion d'œufs brouillés.

— Ne dis pas ça, déclara-t-il la bouche pleine. J'ai vraiment fait un test de QI et j'étais presque un génie.

— Comment ça ? Tu avais combien ?

— J'avais cent huit.

— CENT HUIT ? hurla Francis à travers le bar. Ce n'est pas du génie. C'est de la bêtise, c'est en dessous de la moyenne.

— Faux, dit son père d'un ton calme. C'est au-dessus de la moyenne. La moyenne c'est cent. »

Il n'avait pas l'air de comprendre qu'être presque génial ne suffisait pas. Francis secoua la tête. Derrière ces mensonges et cet optimisme débile se dessinait précisément la vie misérable et insignifiante qu'il avait voulu fuir.

C'en était trop, il se leva.

« Venez ! dit-il aux autres. On s'en va.

Son père le prit par le bras.

— Reste !

Il avait une certaine autorité naturelle, curieusement.

Francis se rassit.

— Qu'est-ce que tu veux ?

— Tu es jeune et en colère, OK. Je l'étais aussi. Mais la vie est longue, et rien n'est tout blanc ou tout noir comme tu as l'air de le penser.

— Qu'est-ce que tu veux ? répéta Francis, moins fort cette fois.

— Maintenant que tu es là, autant que tu écoutes toute l'histoire. Je ne suis peut-être pas le super-papa du fichier mais en revanche je peux te dire la vérité. »

Francis aurait été curieux de savoir l'âge réel de ce Doble ou Doblinski. Probablement entre quarante et cinquante ; difficile à dire vu son état, il faisait penser à une serviette éponge qu'on jette après le sport.

Son père gratta sa barbe de six jours.

« Mes grands-parents ont fui la famine après la guerre, commença-t-il. Ils ont émigré d'Europe en

Amérique, mon père était encore enfant. Les vieux Doblinski n'ont jamais appris l'anglais et ont vécu une vie d'immigrés à Pittsburgh. Mon père a eu une enfance difficile, il a toujours été un marginal, il enquillait les jobs minables et quand il a eu dix-neuf ans, je suis né. Ma mère était une Ukrainienne de dix-sept ans. Mon père n'était jamais là, il s'est mis à boire, il me frappait, et il n'a pas tardé à se faire la malle. On n'avait jamais d'argent à la maison, je devais me débrouiller comme je pouvais, comme l'avaient fait mes parents et grands-parents. J'ai quitté le lycée, j'ai travaillé trois ans sur un porte-conteneurs et j'ai vu du pays. Je savais que je ne serais jamais riche mais j'ai essayé de profiter de la vie. J'ai aimé des femmes, j'ai été un artisan et un menuisier passables, ça m'a maintenu la tête hors de l'eau, j'ai vécu sur tous les continents ou presque, j'ai été vagabond et j'ai parcouru des milliers de kilomètres en train, j'ai eu des périodes fastes, très fastes même, et d'autres moins bonnes, naturellement. Cette année, mon fils, est une mauvaise année, mais ça va changer. J'ai eu quelques problèmes *de l'autre côté*, c'est pour ça que je suis venu me planquer ici. Peut-être que je retournerai bientôt à Albuquerque. À moins que j'aille en Europe. »

Il sauça son assiette avec un morceau de pain et demanda une cigarette à la serveuse. Le dossier disait qu'il était non-fumeur, se rappela Francis. La serveuse regarda son père avec condescendance et allait refuser d'un signe de tête quand Doblinski lui dit en espagnol quelques mots qui devaient être très gentils, accompagnés d'un regard profond. Elle plongea la main dans la poche arrière de son pantalon, en sortit un paquet de Lucky Strike et lui en donna une.

« *Gracias, guapa* », dit-il avec un clin d'œil.

La serveuse parut gênée et retourna au comptoir. Anne-May jouait avec sa montre, Grover regardait fixement le plateau de la table. Tous deux avaient l'air dépassés, assister à un enterrement mongol ne leur aurait pas semblé plus incongru.

Doblinski suivit la serveuse des yeux puis revint à Francis.

« Je suis désolé de devoir te décevoir à ce point. Mais sais-tu de quand date mon dernier don à la banque des génies ? 1983, peut-être même plus tôt. Mon sperme y a été conservé pendant des années et je n'y pensais quasiment plus.

Il alluma sa cigarette et prit une bouffée.

» Je veux dire par là que j'étais à peine plus âgé que toi à l'époque. Comment aurais-je pu me douter que le passé allait me rattraper comme ça, plus de vingt ans après ? Ce Monroe nous avait promis à tous de garder secret le nom des donneurs quoi qu'il arrive. Ce n'est pas ma faute si ça a foiré.

Francis secoua la tête.

— Tu joues le petit escroc jovial, n'empêche que tu as entubé tout le monde pour quelques foutus dollars. Et tu ne réalises toujours pas ce que tu as déclenché. Ma mère était dans une situation difficile à l'époque, elle avait des tas de problèmes. Elle enchaînait les déceptions depuis l'enfance, elle était vraisemblablement au bord de la dépression. J'aurais dû être son salut en quelque sorte. Elle voulait un enfant génial, tu comprends, et peut-être que tout se serait arrangé dans sa vie. Au lieu de ça, c'est moi qu'elle a eu... un *déchet génétique*.

Il sentit que sa bouche se mettait à trembler et regarda par terre. Il entendit son père dire :

— C'est trop facile. Il y a les gènes mais il y a aussi ce qu'on en fait. Tu m'utilises comme prétexte.

— Tu es un imbécile, dit Francis à voix basse, il avait le plus grand mal à contrôler le tremblement de sa bouche. Tu parles comme un môme. Tu fais comme si rien n'avait d'importance, tout ce qui compte c'est que tu t'amuses. Pour toi, je ne suis que cinq minutes de branlette dans une cabine. Tu ne comprends pas que, moi, c'est toute ma vie. Tous tes enfants qui n'ont pas de père, qui grandissent dans la merde, tu t'en tamponnes. Aujourd'hui encore tu ne sais pas ce que ça veut dire, être père.

— J'étais si jeune quand c'est arrivé. Exactement comme mon père. J'avais dix-huit ans, elle seize. C'est une malédiction dans ma famille : les hommes deviennent pères trop tôt. À cet âge-là on n'est tout simplement pas prêt.

— Tu ne l'es toujours pas.

— Je n'ai pas à me justifier devant toi. »

Francis le regardait et ne savait plus ce qu'il devait penser et ressentir. Il y avait quelque chose chez ce Doblinski qu'il aimait et comprenait d'emblée, et il continuait à souhaiter que son père le trouve super et soit fier de l'avoir comme fils. Mais d'un autre côté, il détestait ce type et surtout il détestait en lui ce qui lui rappelait ses propres faiblesses.

« C'est à moi que tu dois d'être au monde, dit Doblinski. C'est ce qui importe en fin de compte.

— Bon Dieu, tu fais comme si tu avais accompli un acte grandiose. Tu t'es branlé quelques minutes pour de l'argent, voilà tout.

— N'empêche que je suis ton père.

— Non.

Francis essayait de rester aussi calme que possible mais il entendait lui-même sa voix qui tremblait.

» Tu n'es pas mon père.

Il savait qu'une porte venait de se refermer pour toujours.

— Et c'est pour me jeter ça à la tête que tu as fait des milliers de kilomètres ? Si j'avais été le noble Dr Doble tu m'aurais accepté quand même.

— Ce n'est pas le titre de docteur l'important, ou je ne sais quel QI. Le Dr Doble du dossier n'aurait pas été un raté égoïste qui entube tout le monde.

Doblinski le fusilla du regard. Pour la première fois, il y avait une vraie hostilité dans ses yeux. Il récupéra son mégot dans le cendrier.

— Tu sais ce qu'il disait, ce Monroe, avant qu'on nous envoie dans les cabines ?

Il aspira une longue bouffée.

» Il disait : "N'oubliez jamais que les premières gouttes sont les plus importantes." »

Ils se regardèrent dans les yeux quelques secondes sans rien dire, le père et le fils. Puis Doblinski détourna la tête.

Francis se leva et alla aux toilettes. Il avait mal au cœur, la tête qui tournait, il tituba jusqu'au lavabo et s'aspergea le visage d'eau froide. Il se regarda dans le miroir, et cette fois ce n'était plus lui qu'il voyait mais l'autre. Le loser qui avait quitté l'école et n'assumait aucune responsabilité. Il se rua vers la cuvette et vomit.

Plusieurs minutes plus tard, Francis était toujours dans les toilettes. Ce qu'il avait décidé de faire était difficile, car il n'était pas vraiment d'humeur. Mais il finit par y arriver, et fit sa petite affaire dans le papier-toilette qu'il avait à la main.

Tenant la boule de papier derrière son dos il alla trouver la serveuse et lui donna trente dollars. Il ne savait pas ce que le repas avait coûté, mais ça devait largement suffire. Puis il rejoignit la table où était son père. Grover lui jeta un regard compatissant.

Doblinski parlait avec Anne-May, il la fixait droit dans les yeux et déployait tout le charme dont il était capable.

« Jersey City ? disait-il en riant. J'ai connu un type de Jersey, il était très copain avec Allen Ginsberg… »

Francis sentit monter en lui une fureur sans bornes. De sa main libre, il tapa sur la table, si fort qu'il y eut un bruit de ferraille et le cendrier fit un bond.

« Qu'est-ce qui t'arrive ? demanda son père.

— Tu ne parles pas avec elle, lâcha Francis. Tu m'entends ? Pas un mot, je ne veux pas que tu lui parles.

Il sentit sur lui le regard d'Anne-May mais il ne tourna pas la tête.

— Écoute-moi, commença Doblinski.

— Allez-y, je vous rejoins ! dit Francis à Grover et Anne-May.

Tous deux se levèrent et se dirigèrent vers la porte d'un pas hésitant. Avant de les suivre, Francis jeta sur la table devant son père le papier-toilette où il s'était branlé.

» Tiens, je te rends ta mise, maintenant nous sommes quittes. »

Et il sortit du bar.

Dans le taxi, Francis était assis près d'Anne-May à l'arrière. Dans un premier temps il crut s'en être bien sorti. Voilà c'est fait, se disait-il, cette unique rencontre à laquelle il avait pensé toute sa vie avait eu lieu. Étonnant tout de même, la vitesse à laquelle ça s'était passé. Il était fier de sa sortie, il avait la conviction d'avoir agi comme il fallait. Il eut même un petit sourire quand les autres l'interrogèrent du regard.

Il avait réussi, il avait vu son père.

Mais la déception ne tarda pas à l'envahir. Il repensa à ce qu'il avait attendu et espéré, il voyait par la vitre tout ce qui défilait devant lui, les maisons délabrées, les gens, les voitures, les rêves.

Soudain, il fondit en larmes. Il avait beau lutter, il avait beau avoir honte de sangloter tout haut, impossible de s'arrêter.

Il mit ses paumes devant son visage et se détourna.

Anne-May lui passa la main dans les cheveux et le tint dans ses bras jusqu'à ce qu'ils arrivent à la frontière américaine.

4

Ils allaient faire tout le voyage du retour sans parler. Il ne leur faudrait que quatre jours pour aller de la côte ouest à la côte est. Ils se lèveraient le matin vers neuf heures, quitteraient le motel et reprendraient la route, mangeraient un burger à une station-service, feraient le plein et repartiraient, jusqu'à ce qu'il fasse noir et qu'ils cherchent le prochain motel. Fini de boire la nuit assis près de la piscine, finies les longues conversations, Anne-May et Francis ne s'embrasseraient pas et ne coucheraient plus ensemble. Ils rouleraient, c'est tout. Traverseraient le pays, onze États, Californie, Arizona, Nouveau-Mexique, Texas, Oklahoma, Arkansas, Tennessee, Virginie, Maryland, Delaware, New Jersey.

Le quatrième jour, ils arriveraient à destination et Grover aurait droit à l'engueulade de sa vie quand sa mère aurait en main le relevé de sa carte de crédit où, en plus des sommes colossales dépensées en essence, apparaîtraient aussi des notes d'hôtels sur la côte ouest. Francis irait voir sa mère à la clinique, grimperait en courant les dernières marches jusqu'à son service, se jetterait à son cou et la serrerait dans ses bras plus longtemps qu'il ne l'avait jamais fait. Et il se dirait qu'il avait parcouru le pays à la recherche d'un inconnu et que, pendant ce temps, il avait oublié le seul être qui avait toujours été là pour lui.

Anne-May et lui se diraient au revoir, elle irait dans une autre clinique où elle serait soignée pendant deux mois encore avant qu'on la laisse sortir. Leurs chemins se sépareraient, ils se téléphoneraient encore quelquefois au début, puis de moins en moins, puis plus du tout. Car il n'y avait plus rien qui puisse les réunir. Ils avaient vu qu'ils étaient mal assortis et que les circonstances étaient contre eux parce qu'il n'avait pas d'argent, parce que ses parents à elle ne l'accepteraient jamais, parce qu'il était trop Iwan Doblinski et pas assez Dr Ian Doble.

Il ne savait encore rien de tout ça quand ils laissèrent derrière eux le Nouveau-Mexique. Ils durent patienter plus d'une heure à la frontière, la file était interminable. Francis observait la liste des personnes recherchées placardée au mur. Il y avait là les photos de soixante grands criminels poursuivis par le FBI et le numéro vingt et un avait exactement la tête du type qui leur avait ouvert la porte à Tijuana, le chauve à la boucle d'oreille chez qui son père était sous-locataire. Il était colombien, poursuivi pour trafic de stupéfiants et trafic d'êtres humains, et Francis était presque étonné qu'il ne soit pas *serial killer* par-dessus le marché.

Il pensa à la famille Doblinski, dont les hommes ne faisaient que des conneries depuis des générations, et qui pourtant transmettaient aussi tôt que possible leurs gènes de loser. Ils se reproduisaient tous dès l'adolescence et le mieux serait que lui-même se fasse stériliser tout de suite pour mettre un terme à ce cauchemar.

Devant eux dans la queue, il y avait un couple de Mexicains. Ils avaient beau supplier, ils n'avaient pas le droit de passer la frontière. La mère pleurait et insistait, elle disait que ses enfants étaient déjà de l'autre côté, mais rien à faire, on lui refusait l'entrée. Francis prit conscience que Tijuana n'était pas vraiment le Mexique, avec tous ses aspects sombres, cette ville leur appartenait. Elle était le sac de nœuds des États-Unis. Il comprit que dans ses veines aussi coulait le sang d'une famille d'immigrants.

Leur tour arriva. Les douaniers contrôlèrent leurs papiers et leur posèrent deux ou trois questions, mais au bout de quelques minutes on leur fit signe de passer. Ils remontèrent dans la voiture. Le paysage s'enfonçait dans la nuit, ils roulèrent sans un mot en direction de l'est.

Dans le motel, Francis dormit mal et se remit à cauchemarder. Au petit matin, il se réveilla en sursaut en entendant des cris. Un couple se disputait dans la chambre voisine, si fort qu'il n'arriva pas à se rendormir. Il se leva et s'habilla. Sortit de son sac à dos le dossier sur son père. En quittant la chambre il jeta un coup d'œil à Grover et Anne-May qui dormaient paisiblement dans leurs lits... *comme des gens normaux*.

Lui, par contre, avait été stocké des décennies plus tôt dans l'azote liquide à −196 °C, un flacon parmi beaucoup d'autres remplis du produit d'exportation très prisé d'Iwan Doblinski. Il se demanda si sa mère avait hésité à l'époque entre le Dr Doble et les autres super-donneurs, le père d'Alistair par exemple. Dans ce cas, sa conception n'était au fond qu'un malheureux hasard, sa mère avait joué à la roulette russe et parmi tous les pères géniaux potentiels elle était tombée sur ce père-là.

Son frère avait été conçu de façon normale et il avait deux vrais parents. Pour Nicky tout était facile, il avait cette confiance innée dans la vie qu'ont les enfants, il était chaleureux, savait conquérir les gens et se faire aimer. Francis n'avait jamais su. Quand son frère apparaissait charmant et spontané, on le trouvait abrupt, méfiant, toujours à ressasser, comme s'il se doutait qu'il venait du froid et ne devait la vie qu'à un médecin douteux qui avait continué, des années après la guerre, à mener ses recherches de malade. Un milliardaire mégalomane.

Lui et les autres enfants avaient été mis au monde par des *fous*, pensa brusquement Francis. Deux cinglés persuadés qu'on pouvait produire des génies comme des animaux ou des plantes. Et maintenant, ils payaient de leurs vies gâchées cette incroyable bévue.

Francis se sentait près de suffoquer. Il sortit en titubant, alla s'asseoir sur l'escalier de secours rouillé, et se mit à rire, alors qu'il n'était vraiment pas d'humeur. Il riait parce qu'il avait si longtemps nourri l'espoir que tout finirait par prendre un sens grâce à la banque du sperme et à son génie de père. Mais tout avait encore moins de sens qu'avant. TOUT, TOUT, TOUT !

Il pensa à ses innombrables demi-frères et demi-sœurs, dispersés à travers le pays, et qu'il ne connaîtrait jamais. À Alistair et aux autres enfants issus de la cuve réfrigérée. Une poignée de rats de laboratoires rescapés d'une expérience odieuse et vouée à l'échec. Au fond, ils n'étaient tous que des *replicants*. Ils ressemblaient à de vrais humains, ils parlaient et ressentaient comme de vrais humains, mais ils étaient incomplets. Quelque chose les différencierait toujours. Exactement comme dans *Blade Runner*. Il regarda ses mains comme si elles étaient artificielles, comme dans le film.

Francis alluma une cigarette et feuilleta le dossier. Il avait trouvé son père au bout du monde et l'avait aussitôt reperdu. Il essaya de se convaincre une nouvelle fois que c'était une bonne chose de l'avoir vu, d'avoir trouvé la pièce manquante du puzzle, de savoir qui il était. Et il repensa au bonheur qu'il avait éprouvé ces derniers jours, surtout dans les heures qui avaient suivi sa conversation avec Andy. Il se revoyait, assis dans la voiture juste avant de rencontrer son père. Si seulement il ne l'avait jamais vu !

Il entendit des pas.

« Te voilà !

C'était Grover dans son pyjama à carreaux qui arrivait en traînant les pieds. Il bâilla et s'assit à côté de lui sur l'escalier de secours.

» Tout va bien ?

Francis crispa les doigts sur le dossier.

— J'aurais dû le prendre et repartir tout de suite chez moi.

— Mais le dossier dit des mensonges. »

Ils regardèrent un moment le paysage noyé dans l'obscurité, un camion passa au loin, sur l'autoroute déserte.

Soudain, Francis attrapa le dossier et le balança dans la cour. Il voltigea dans les airs et atterrit par terre à quelques mètres d'une poubelle.

« Je ne deviendrai pas comme lui. »

Grover se tourna vers Francis qui continuait à regarder devant lui dans le vide, sans bouger. Ils restèrent silencieux quelques minutes. Francis souffla un nuage de fumée et le regarda se dissiper au loin.

« Et maintenant je suis qui ? demanda-t-il tout bas.

Grover réfléchit et lui donna une bourrade dans les côtes.

— Tu es Francis ! »

Francis hocha la tête mais ne répondit rien. Il écrasa son mégot et appuya la tête contre la rambarde. Il remarqua qu'on voyait de nouveau les étoiles. Mais ça aussi, c'était des mensonges. Beaucoup de ces étoiles dans le ciel n'existaient plus, elles étaient consumées depuis des millions d'années. Ici, en bas, ils avaient toujours un temps de retard. D'ailleurs, si ça se trouve, la terre n'existait plus non plus, simplement ils ne le savaient pas encore.

Quand Francis fut dans son lit et sur le point de s'endormir, son rêve du casino lui revint à l'esprit. Il comprit soudain où était son erreur. Dans son rêve, il était plus âgé et il jouait seul, dans la réalité, il avait tenté le coup trop tôt, et Grover et Anne-May étaient avec lui. Ça expliquait aussi pourquoi il s'était senti aussi peu sûr de lui à Las Vegas et pourquoi les autres indices de son rêve étaient absents. Francis s'en voulut de son erreur, mais pas longtemps. Ce n'était sans doute que des conneries.

Il regarda l'heure. Un jour spécial venait de commencer. Dix-huit ans plus tôt, dans les locaux de la clinique Monroe, était venu au monde un bébé, né d'une pom-pom girl optimiste et d'un escroc qui ne s'étaient jamais rencontrés.

Happy Birthday, Loser !

5

Trois mois après le voyage, Francis reçut un coup de fil d'Anne-May. C'était bizarre, ils n'avaient plus aucun contact. Il se demanda ce qu'elle lui voulait. Quand il l'apprit, le monde en fut transformé une fois de plus.

Elle était enceinte.

De lui.

À l'âge de dix-sept ans et onze mois, un Doblinski de plus avait transmis ses gènes à la génération suivante.

Amérique

1

Francis courait pour ne pas arriver en retard, il n'avait aucune chance. Le rendez-vous avec Anne-May était à huit heures, mais l'employé qui devait prendre la relève chez Denny's était arrivé avec un quart d'heure de retard, et ce quart d'heure, il fallait maintenant qu'il le répercute sur Anne-May.

Elle était chez Alfredo's, en train de siroter son verre d'eau d'un air agacé. Francis fit un geste d'excuse et s'assit. Un serveur arriva dans la minute. Anne-May avait faim, lui se décida très vite pour les pâtes du jour, elle commanda des antipastis, une pizza Hawaï et une grosse salade, plus une grande carafe d'eau et un jus de fruits. Elle n'en était qu'au septième mois, pourtant à voir son ventre on aurait cru qu'elle allait accoucher de deux ou trois enfants à la fois.

Mais ils n'attendaient qu'un seul fils. Conçu dans l'aile aseptisée d'une clinique psychiatrique.

Il allait voir la lumière du jour dans quelques semaines.

Francis lui caressa le ventre.

« Il va comment ?

— La nuit dernière il était agité et n'arrêtait pas de me donner des coups de pieds. À part ça tout va bien. »

Ils s'étaient mis d'accord assez vite sur le choix du prénom, John. C'est Anne-May qui l'avait proposé, à cause de Johnny Cash qu'elle idolâtrait.

Francis commença par les bonnes nouvelles : sa mère avait trouvé un job de caissière chez Walmart, peut-être que, cette fois, elle allait enfin vraiment mieux. Elle paraissait en tout cas stabilisée et confiante, elle se réjouissait beaucoup de devenir grand-mère.

« Ah oui, et puis hier a eu lieu l'enterrement de Marcus Jennings, ajouta-t-il. La moitié du lycée était là. C'était une légende vivante au bahut parce qu'un jour il avait frappé un prof.

— Il est mort de quoi ?

— Il était en Irak. Il a sauté pendant une patrouille avec deux autres soldats. Une mine ou un truc du genre.

— Oh... Tu le connaissais bien ?

— Non. C'était le frère d'un type que je trouvais même débile. Mais quand même. Je... C'est... »

Francis voulait lui parler du passé, de la fois où Marcus lui avait jeté ce regard presque angoissé à la cafétéria du lycée, ou lui raconter qu'il avait vu Brad Jennings pleurer tout seul dans sa voiture après l'enterrement. Mais il se tut.

L'idée d'avoir bientôt un fils le remplissait de fierté. Il lui arrivait encore très rarement de douter, de se demander s'il ne lui manquait pas quelque chose de fondamental pour être un bon père, et si c'était le cas chez tous ceux qui étaient issus de la banque du sperme. Mais il gardait ces réflexions pour lui, jamais il n'en aurait parlé à Anne-May. La grossesse les avait rapprochés. Elle aimait bien être avec lui. Parfois, ils allaient au cinéma, souvent au restaurant. Elle avait eu une crise de panique, récemment, elle répétait en boucle qu'elle n'arriverait jamais à se débrouiller avec un bébé, il l'avait rassurée et lui avait donné un baiser, simplement ça. On ne pouvait pas dire qu'ils étaient vraiment ensemble, mais Francis lui avait fait comprendre qu'il n'était pas comme son père, qu'il prendrait ses responsabilités, il serait là pour elle et travaillerait à s'améliorer. Elle lui faisait confiance, il le savait. Bien sûr, elle lui avait dit autrefois qu'elle n'éprouvait rien pour lui, mais maintenant avec son fils ça changerait peut-être. Plus il voyait Anne-May, plus il l'aimait. Il avait toujours besoin de quelques jours pour se remettre d'un rendez-vous avec elle, ça le bouleversait chaque fois, mais il ne pouvait naturellement pas le lui dire.

L'autre fois, il était assis à côté d'elle sur le lit et la regardait simplement étendue là, en train de lire. Elle avait refermé le livre et passé ses doigts le long de son dos.

« Tu as des épaules vraiment viriles, avait-elle murmuré.

— Tu aimes ? », avait demandé Francis et elle avait hoché la tête.

Il ne s'était rien passé de plus, mais, depuis, il avait l'impression qu'elle tenait tout de même un petit peu à lui.

Le problème, c'était ses parents. Depuis qu'Anne-May était revenue, ils avaient essayé de l'isoler comme jamais. Ils se servaient de son sentiment de culpabilité depuis la mort de son frère pour la régenter. Quant à Francis, ils avaient l'air de le détester. Dès la première rencontre, ils avaient tordu le nez et lui avaient à peine adressé la parole. Ils ne s'étaient même pas donné la peine de cacher leur déception. Ils l'humiliaient dès qu'ils pouvaient, en lui parlant pendant des heures de choses dont il ignorait tout : l'opéra, l'histoire, la politique, un bouquin de Faulkner. Et comme il ne trouvait rien à dire, ils échangeaient un de ces regards qui en disent long. Mais qu'est-ce qui leur donnait le droit de décider de ce qui avait de la valeur ou pas ? S'il leur avait posé des questions sur Trent Reznor, Banksy ou Joss Whedon*, eux aussi seraient restés secs. Les Gardener voulaient détruire sa relation avec leur fille et Anne-May elle-même s'en agaçait souvent.

---

* L'Américain Trent Reznor est un auteur-compositeur-interprète de rock, Banksy un street-artiste britannique, et Joss Whedon un réalisateur et scénariste américain, créateur de séries, dont *Buffy contre les vampires*.

Ils imaginaient tous les deux comment ce serait s'il avait gagné au casino et acheté cette petite maison à San Francisco, loin des parents.

Anne-May attendait avec impatience qu'on lui apporte ses plats. Elle lui demanda s'il viendrait le lendemain à la gymnastique prénatale. Une fois de plus, il lui ferait faux bond. Il était malheureusement déjà inscrit au planning chez Randolph, le magasin d'articles ménagers, son autre job. Francis travaillait tant qu'il pouvait, le reste du temps il étudiait. Il voulait décrocher ce foutu diplôme de fin d'études secondaires et faire mentir les gènes de son père. Ne pas devenir un loser égoïste.

Francis mettait de côté la moitié de l'argent qu'il gagnait. Il n'avait dit à personne pourquoi, c'était son projet à lui, son secret. Une partie avait servi à acheter pour sa mère et lui une vieille Buick bonne pour la casse. Depuis il avait encore économisé.

Ils parlèrent de Grover. Son saut dans le canyon lui avait valu une certaine célébrité sur le Net. Anne-May voulait savoir comment il allait.

« Tu as eu de ses nouvelles ? »

Francis haussa les épaules. Il pensa à la soirée qu'ils avaient passée, après la cérémonie de remise de diplôme de Grover. Ils étaient allongés tous les deux dans sa cave, Francis avait trinqué à sa santé.

« À la fin de toutes les souffrances !

— *À la fin de toutes les souffrances !*

Grover avait lissé sa toge avec un petit rire.

» N'empêche, le lycée va me manquer... Le lycée était la seule chose que je savais faire... »

Là-dessus, ils s'étaient raconté leur premier jour de classe. À peine bizuts, ils avaient énervé un garçon plus âgé, il les avait menacés de les frapper.

« Après ça, on a voulu se cacher pour toujours dans le garage de mes parents.

— C'est vrai, avait dit Francis. Je me souviens qu'on a fouillé dans les cartons, à la recherche de conserves, et qu'on est tombés sur les *Playboy* de ton père, des machins datant de l'université. Là-dessus ta mère est entrée, nous a surpris et engueulés. Et ton père à côté qui ne mouftait pas !

Ils avaient ri tous les deux puis fixé le plafond en silence un long moment.

— Yale sans toi, ce sera chiant, avait fini par dire Grover.

— Claymont sans toi sera encore plus chiant », avait-il répondu.

Mais tout ça remontait déjà à plusieurs mois. Maintenant, Grover étudiait dans le Connecticut, avec Luke Fabianski, un garçon de leur classe qui avait obtenu une bourse pour Yale.

En racontant tout ça à Anne-May, Francis réalisa que Grover ne se manifestait plus beaucoup. Il devait crouler sous le travail. N'empêche qu'il semblait bien s'entendre avec Alistair. Ils se téléphonaient souvent, échangeaient des mails. Au fond ils avaient beaucoup plus de points communs. C'est vrai que Grover n'avait pas encore – autant qu'on le sache – de petite amie, mais ça n'allait pas tarder à changer. Un jour, à tous les coups, une fille allait repérer son potentiel et lui mettre le grappin dessus.

Leur déjeuner arriva. Francis regarda Anne-May se jeter sur tous les plats en même temps. Enfin il n'avait plus besoin de la défendre contre d'autres hommes. Elle aussi avait l'air de se sentir bien. Un gros ventre est une meilleure défense que de jouer froidement les nymphomanes.

Au dessert, Francis revint une fois de plus sur ces onze mille kilomètres à travers le pays qu'ils avaient faits en quinze jours. C'était toujours lui qui parlait du voyage, de la nuit dans ce motel de l'Illinois où ils avaient nagé saouls dans la piscine et dansé dans la chambre, de leur promenade le long de la plage à San Francisco, ou de la fois où ils étaient assis au bord du Missouri, à regarder passer les trains. Anne-May et lui étaient tout le temps ensemble, à l'époque. Il avait retrouvé, pendant ce périple en voiture, le sentiment de liberté qu'il avait connu enfant à Jersey City. Dans vingt ans, il se rappellerait encore cette tentative de fuite ratée. Anne-May ne semblait pas lui accorder la même importance. Tout ce qu'elle trouva à dire, c'est que rien n'empêchait Francis de refaire ce genre de voyage, un jour. Elle ne comprenait pas qu'il ne pourrait plus jamais le refaire de la même façon, avec autant de naïveté et d'espoir, et surtout avec elle.

Chez lui, dans le mobil-home, Francis fit ses maths, ils avaient un contrôle le lendemain et c'était dans cette matière en particulier qu'il s'était fait recaler l'année précédente. Au lycée, tout le monde le regardait bizarrement depuis qu'on savait qu'il allait devenir père. Mais il s'en fichait. Il travailla deux heures, regarda la télé et fut happé par un bref reportage sur Eminem ; on disait qu'il ne faisait plus de musique pour l'instant, suite à une rechute, et qu'il était accro aux médicaments.

Francis éteignit la télévision et prit un des livres qu'Anne-May lui avait offerts. Il était question d'un couple en panne, les Wheeler, qui voulait partir s'installer à Paris, dans les années cinquante. Francis devait pas mal se concentrer et perdait souvent le fil. Mais il avait décidé de lire davantage, surtout les livres qu'Anne-May lui donnait. Quand il lui en avait demandé, elle avait ri : « Vraiment, Dean ? ». Mais maintenant elle lui en offrait plus souvent.

Son livre préféré, c'était pourtant celui que Ryan lui avait donné autrefois. L'histoire de ce vieux pêcheur malchanceux qui, un beau jour, finit tout de même par capturer, très loin, au large, un poisson géant qu'il reperd peu à peu sur le trajet du retour, si bien qu'à la fin il débarque les mains vides. Francis l'avait enfin lu jusqu'au bout, et il était même sûr de l'avoir compris.

Quand il alla dire bonne nuit à sa mère, elle était déjà au lit.

Quelques jours plus tôt, elle l'avait regardé longuement, comme si elle le voyait pour la première fois. « Tu es devenu tellement *sérieux*. » Francis ne savait pas si elle s'en réjouissait ou si ça la rendait triste.

Il s'assit un moment à côté d'elle, et lui raconta son rendez-vous avec Anne-May, comment elle avait englouti toute la nourriture et qu'il la reverrait peut-être à la fin de la semaine. Sa mère l'écoutait et souriait, comme elle l'avait toujours fait. Mais beaucoup de choses avaient changé depuis sa tentative de suicide. Ils n'avaient jamais eu le courage, ni l'un ni l'autre, de s'expliquer, sa mère s'était repliée sur elle-même, elle ne lui disait presque plus jamais ce qu'il devait faire. De son côté, il ne lui avait pas dit la vérité sur son père. Il s'était contenté de raconter qu'il n'avait pas réussi à trouver ce Dr Ian Doble, et d'une certaine façon ce n'était pas faux.

En tout cas, pour Francis, une chose était sûre, il ne dirait jamais à sa mère que le flacon qu'elle avait reçu de la banque des génies contenait en réalité le sperme d'un loser. Comme ça, elle garderait jusqu'au bout l'espoir que son fils finirait par se distinguer.

Son père biologique était redevenu pour Francis une question secondaire, comme avant. Il essayait d'oublier cette rencontre. Une fois, récemment, une mouche bourdonnait à travers sa chambre, il avait essayé de l'attraper au vol et il avait réussi. La scène dans le restaurant mexicain avec son père lui était revenue en mémoire. Il n'avait pas pu s'empêcher de penser que son fils non plus n'aurait pas existé sans le don de sperme de Doblinski, et il lui avait fallu des jours pour se débarrasser des souvenirs de Tijuana. C'était bizarre : la décision de ne pas être comme son père lui avait fait prendre conscience qu'il ne savait absolument pas qui il était.

En général, il refoulait ce genre d'idées. Ou bien il espérait que, par amour pour sa mère, Andy avait interverti les éprouvettes et qu'il était son vrai père. Il ferait son apparition un beau jour et tout serait bien. Francis n'avait pas oublié la tendresse qu'Andy manifestait pour son petit garçon. En le voyant, il avait compris ce qui lui avait toujours manqué. Même si ce n'étaient là que des pensées sottes et puériles, il avait, quelques mois plus tôt, cherché le numéro d'Andy sur Internet. Il s'était dit qu'il l'appellerait une fois, une seule fois. Si Andy répondait, il lui raconterait tout ce qu'il avait dans la tête, si c'était sa femme, ou si ça sonnait dans le vide, il laisserait tomber pour toujours.

Francis alla se coucher. En rêve il se revit au casino, il misait tout sur une couleur et devenait riche. Ensuite, il rêva de sa mort comme si souvent ces derniers temps, il se faisait tirer dessus ou il sautait sur une mine. Ce rêve aussi était d'un réalisme effrayant. Quand il se réveilla le lendemain matin, il resta un long moment hébété.

2

C'était l'hiver, deux ans et demi s'étaient écoulés depuis le voyage.

Francis avait maintenant vingt ans, il était dans sa chambre modeste du mobil-home. Sur le lecteur de CD, la musique était à fond. Francis fit cent cinquante pompes et cent *sit-ups*, puis un tour au pas de course dans son quartier. Il faisait très froid, il y avait de la neige sur le trottoir, l'air coupant lui glaçait les poumons. Dans la rue, deux ou trois femmes le suivirent des yeux. Travailler dans le bâtiment l'avait fortifié, et il s'était remis aux haltères, comme autrefois quand il faisait de la lutte.

À midi, il téléphona à Anne-May. Ils se disputaient beaucoup ces derniers temps, toujours à propos de John.

«Je n'ai presque plus le droit de le voir. C'est presque un miracle que j'aie pu assister à sa naissance. Et tu sais très bien à qui la faute!»

Anne-May prit la défense de ses parents, comme si souvent, alors il raccrocha. Il en était malade d'avoir si peu d'occasions de voir son fils. Il avait beau faire, les Gardener continuaient à essayer de le tenir à l'écart d'Anne-May et de leur enfant. Il voulait être le meilleur papa du monde, et ils le cantonnaient dans ce rôle du loser irresponsable qu'il était pour eux. Et Anne-May n'était jamais de son côté. Jamais ! Elle baissait toujours pavillon devant ses parents, elle prenait même leur défense.

« Nous ne voulons pas que tu emmènes ton fils dans ce trou à rat », avaient-ils dit à Anne-May un jour où elle voulait faire un saut au mobil-home avec John.

Quand elle avait raconté ça à Francis, il en était resté sans voix.

« Et tu leur as répondu quoi ? »

Elle avait haussé les épaules. Il voyait bien qu'elle aurait aimé autre chose et que tout ça la désolait, mais elle n'avait tout simplement pas la force de s'opposer à sa famille. La dernière idée des Gardener était de déménager à Manhattan. Ce serait le moyen de lui enlever définitivement Anne-May et son fils, il ne pourrait évidemment pas venir les voir tout le temps à New York.

La décision des parents d'Anne-May paraissait irrévocable et Francis sentit qu'il allait perdre aussi ce dernier combat.

Quand il revit Anne-May la fois suivante, il proposa timidement qu'elle cherche un travail ici à Claymont, mais elle baissa aussitôt la tête.

«Mon père m'a déjà trouvé un emploi *uptown*, dit-elle, et rien que sa façon de prononcer "*uptown*" le dérangea. Auprès d'un collègue assez réputé. Je ferai ça quand John sera assez grand... Je veux m'en aller d'ici.

— Et pas moi ?», demanda-t-il.

Ils échangèrent des regards lourds de reproche.

Puis Francis essaya de sourire, il ne voulait pas d'une nouvelle dispute. Il lui prit la main dans un geste de réconciliation, et se remit à parler encore une fois de la petite maison à San Francisco, et comment tout aurait pu tourner autrement pour eux. Anne-May retira aussitôt sa main.

« Oh non, pitié, tu ne vas pas recommencer ! Je ne peux plus supporter d'entendre ça. Pourquoi reviens-tu sans arrêt sur ce foutu voyage et cette idée chimérique que tu serais heureux sur la côte ouest ?

Francis se redressa.

— PARCE QUE J'AURAIS PU AVOIR TOUT ÇA ! dit-il, surpris lui-même par sa véhémence. J'en étais à deux doigts. Tout aurait pu être différent. *Moi*, j'aurais pu être différent !

— Tu débloques, dit-elle. Depuis que je te connais, tu fais toujours dépendre ton bonheur des autres ou de choses sur lesquelles tu n'as plus aucune prise de toute façon... Arrête une bonne fois pour toutes de vivre dans le passé ! »

Elle était partie peu après.

Francis comprit que l'époque de la naissance de John, où ils s'étaient rapprochés, était définitivement révolue.

Deux semaines de décembre avaient passé, le déménagement à New York approchait. Francis était de l'équipe du soir, il rentrait chez lui à minuit passé. Il portait le duffle-coat noir qu'Anne-May lui avait offert à Noël l'année précédente. Et pourtant, il était gelé, il devait avoir pris froid. Son nez coulait, il toussait et s'enfonçait dans la neige en marchant. Il aurait préféré se mettre en congé maladie mais il ne pouvait pas se permettre de perdre des journées de travail.

Quand il entra dans le mobil-home, Francis trouva sa mère dans la cuisine. Elle était en train de mettre de l'eau à chauffer, avec la radio en fond sonore. Elle paraissait frêle, son visage blanc et ridé. L'embellie de l'an passé n'avait été que de courte durée, elle avait dû démissionner de son poste chez Walmart. Accès dépressif. Son psychisme avait de nouveau baissé le rideau, elle arrivait à peine à sortir de son lit le matin. Les nouveaux médicaments, plus chers, ne semblaient pas faire effet non plus, et le coût d'un séjour en clinique était exorbitant. Quand Francis rentrait du travail il avait souvent peur de la retrouver inanimée sur le plancher.

« Comment tu vas ? », demanda-t-il.

Sa mère essaya de sourire. Il vint se placer à côté d'elle et lui passa la main dans le dos. Il se rappela qu'autrefois ils faisaient toujours la cuisine ensemble. Il envisagea un moment de lui donner tout l'argent qu'il avait mis de côté et de partir à New York rejoindre Anne-May et John. Mais elle était malade, Doblinski l'avait entubée, Ryan l'avait quittée. Il ne pouvait pas la laisser tomber.

Elle versa l'eau bouillante dans une tasse et y jeta un sachet de thé. Il était debout à côté d'elle, comme paralysé. *Parle-lui*, se disait-il. *Dis-lui tout!* Francis la regarda fixement pendant cinq secondes, dix secondes. Puis il la serra dans ses bras et lui donna un baiser sur la joue.

Il alla à côté, chez Toby. Son voisin réchauffa les restes de son dîner, ils s'assirent sur le canapé avec leurs assiettes. Toby portait un sweat-shirt, un pantalon large et des baskets sans lacets. Il écrivait toujours des textes et des chansons dans un petit carnet et haïssait passionnément tous les garçons que ses petites sœurs ramenaient à la maison.

Ils dînèrent en regardant la télévision. Francis se plaignit de devoir travailler si souvent de nuit, ces derniers temps. Toby sortit du papier-filtre et du tabac d'un sac en plastique et se roula une cigarette.

« Et l'université ça donne quoi ? Tu ne devais pas t'inscrire ? »

Francis hocha la tête, c'était son projet, à l'époque où il venait d'avoir son diplôme. Mais les frais d'inscription à l'université étaient beaucoup trop élevés et ses résultats d'examen trop moyens pour qu'il ait droit à une bourse. Et maintenant que sa mère n'avait plus de boulot et que Ryan ne leur donnait plus rien, il n'avait de toute façon plus le temps. Il devait travailler vingt-quatre heures sur vingt-quatre ; loyer, nourriture, médicaments, d'ailleurs il le faisait volontiers. Mais ça ne suffisait pas. Il avait beau arriver toujours à l'heure et faire des heures supplémentaires, il ne gagnerait jamais assez pour subvenir aux besoins de son fils ou pour s'en aller d'ici. Et si sa mère devait retourner à la clinique, et que Ryan mettait ses menaces à exécution et ne prenait pas en charge les frais d'hospitalisation, ou si lui-même tombait malade, ils seraient au bord du gouffre.

Toby l'écouta jusqu'au bout.

« Ben dis donc, mon petit, dit-il enfin en lui donnant une bourrade, il va falloir que tu te fasses massacrer contre de l'argent, à ce qu'on dirait. »

Francis fit la grimace. Il avait déjà songé plus d'une fois à s'engager. La guerre ne signifiait rien pour lui, mais la perspective de gagner beaucoup d'argent et de pouvoir ensuite étudier et vivre sur un campus était infiniment séduisante. Il jeta un coup d'œil sur la télévision.

« Le problème, c'est que les deux sont chiants, dit-il. Je ne veux pas mourir, mais je ne veux pas non plus rentrer et être poursuivi jusqu'à ma mort par des images d'enfants qui explosent, de cadavres en petits morceaux et des crises de panique. Il doit bien y avoir une autre solution.

— Bah, tu peux aussi dealer comme la plupart des gars ici, tu te feras plus de blé, dit Toby. »

Ils rirent tous les deux.

Mais ce n'était pas un vrai rire.

Fin février le déménagement d'Anne-May et de John était imminent. Francis n'était plus aussi déprimé, il s'y était fait. Cela tenait peut-être aussi à la décision qu'il avait prise.

C'était un dimanche matin plutôt frais, son vol partait dans quatre heures. Il avait démissionné de tous ses boulots et il profitait de cette liberté inhabituelle pour être avec son fils. Anne-May et lui ne disaient pas un mot du déménagement. Il avait renoncé depuis longtemps à la faire changer d'avis, même s'il ne la croyait pas entièrement convaincue.

D'abord, il avait tenu John dans ses bras, maintenant il était assis sur le canapé et regardait Anne-May jouer du piano pour son fils, dans une intimité totale avec lui. *Une intimité beaucoup plus grande que celle qu'il a avec moi.* Francis savait que c'était faux, mais il ne pouvait s'empêcher de le penser. Dans ces moments-là, il éprouvait un grand vide et il avait peur qu'à l'avenir John ne l'aime pas. Il lui donnait tout ce qu'il avait, mais ce ne serait jamais assez.

Une heure plus tard, il prit congé de son fils et d'Anne-May. Il enfila son duffle-coat et elle l'accompagna jusqu'à la porte. Elle ne se doutait pas que c'était un adieu définitif et ne lui donna qu'un bref baiser sur la joue.

« Intéressante ta coupe de cheveux », dit-elle encore avec un sourire.

Francis rentra chez lui en voiture. Il s'était remis à neiger, les essuie-glaces de la Buick allaient et venaient à toute allure. Le sol était verglacé, mais il conduisait d'une main sûre à travers les rues de la ville.

Chez lui, il resta un moment assis dans la cuisine, plongé dans ses pensées. Tout était silencieux dans le mobil-home, sa mère était dans sa chambre et dormait. Dehors, la nuit tombait déjà, laissant entrer de moins en moins de lumière. Francis jouait avec un couteau et faisait des petites entailles dans la table en plastique. Il pensa à Nicky, qu'il n'avait pas vu depuis longtemps, et qui avait été très laconique lors de leurs dernières conversations téléphoniques. À Anne-May, qui lui avait parlé d'un homme que ses parents lui avaient récemment présenté. C'était ce dernier point surtout qui avait hâté sa décision. Les choses lui échappaient. Il n'arrêtait pas de se disputer avec Anne-May, il arrivait en retard pour voir son fils, et ne respectait plus non plus ses autres engagements. Il commençait à lâcher prise. Il ne voulait pas se voir en train de tout perdre. Voir sa mère retourner sans arrêt à la clinique et se trancher les veines un jour. Se voir arracher Anne-May et son fils, voir Anne-May épouser finalement un type de son bureau d'architectes et avoir un autre enfant avec lui. Voir le mari adopter John en disant que ce serait la meilleure solution pour lui. Il était décidé à agir.

Demain, il entrerait dans le premier bureau de recrutement qu'il trouverait à Somerville et il s'engagerait. Il était en bonne santé, grand et fort, on le prendrait et on l'enverrait en Afghanistan ou en Irak. S'il avait la poisse, il reviendrait perturbé ou il mourrait là-bas. Il avait souvent envisagé cette hypothèse et maintenant il était persuadé que ça arriverait. Dans ce cas, il aurait au moins un bel enterrement, comme celui du frère de Brad Jennings. Les gens afflueraient en masse au bord de sa tombe, Anne-May pleurerait peut-être, Grover aurait le visage rougi et les lunettes embuées. Plus tard, sa mère recevrait une petite pension. Et on pourrait raconter à son fils que son père n'était pas le loser du mobil-home mais un héros qui avait donné sa vie pour son pays.

Tout ça ne tenait pas debout évidemment. Francis continuait à taillader la table de la cuisine et secouait la tête. Pourtant il n'y avait plus grand-chose à faire. Il ne lui restait que cette unique possibilité.

Et ce billet d'avion pour Las Vegas.

3

Quand il atterrit à Las Vegas et qu'il vit les lumières, Francis eut le cœur serré. Il n'avait que son sac de marin et se fit conduire en taxi au MGM Grand. À l'hôtel, il prit une chambre pour une nuit, derrière lui une famille nombreuse attendait, il entendait le joyeux chahut des enfants. Il prit l'ascenseur, introduisit la clé électronique dans la serrure et se jeta sur son lit. Il se sentait mal et sortit l'enveloppe de son manteau. Elle contenait cinq mille dollars, son capital de départ, de quoi amorcer son rêve. Il avait travaillé deux ans et demi pour les économiser, obsédé par l'idée qu'ici on pouvait gagner un million, il suffisait de miser deux ou trois fois de suite sans se tromper.

Il n'avait parlé de son projet à personne. Ni à sa mère, qui n'aurait rien compris, ni à Anne-May, qui l'aurait traité de fou. Et il savait très bien que l'argent ne pouvait pas être l'unique solution. Seulement voilà, dans la situation où il était, il n'en avait pas trouvé de meilleure.

Francis était sur son lit, quasiment incapable de bouger. Son plan était simple, revenir ici pour faire une dernière tentative. Mais maintenant qu'il y était, il prenait conscience que c'était bel et bien sa dernière chance. S'il échouait, il s'engagerait dans l'armée le lendemain et sa vie serait terminée.

Il fouilla dans son manteau et en tira une autre enveloppe. Elle contenait les plus belles photos de leur voyage. Sa préférée était celle où Anne-May et lui étaient assis côte à côte sur la plage (Grover les avait pris à leur insu), et aussi, celle prise avec le déclencheur automatique, tout au début, à New York, peu avant le départ. Ce jour-là, ils regardaient l'objectif avec un sourire timide. Tout était encore possible, exaltant.

Grover lui manquait terriblement. Leur dernière rencontre remontait à une éternité. C'était chez ses parents. Les Chedwick avaient fait la cuisine et l'avaient accueilli comme un membre de la famille qu'on n'a pas vu depuis longtemps. Ensuite ils avaient regardé un film de John Hughes des années quatre-vingt et ils avaient ri. Mais ce n'était plus tout à fait comme avant. Grover n'arrêtait pas de parler d'Alistair, de leur projet de monter un site web, et aussi de ses études et de son nouvel environnement. Francis n'avait guère eu l'occasion d'intervenir. Il avait la certitude que cette impression désagréable qu'ils avaient eue tous les deux, ce soir-là, venait de ce qu'ils n'avaient plus grand-chose à se dire. Il avait trouvé ça triste. Il aurait voulu demander à Grover s'il se souvenait de la fois où ils avaient trouvé chez ses parents une plante qui sécrétait un liquide quand on la touchait, ils avaient bu ce liquide en croyant qu'il leur donnerait des superpouvoirs. En fait, il aurait juste voulu dire à ce drôle de nerd à quel point il lui manquait.

Mais il s'était tu. À la fin, ils avaient encore joué brièvement à *Unreal Tournament*, sans grand plaisir, et il était parti. « À bientôt », avait-il dit sur le pas de la porte, et Grover avait répondu lui aussi « À bientôt ! ».

Il y avait neuf mois. Ils ne s'étaient pas revus depuis.

Francis prit le téléphone de la chambre et composa le numéro de portable de Grover. Il laissa sonner un temps infini mais personne ne décrocha. Il pesta.

Soudain il se surprit à composer le numéro d'Andy Kinnear. Il voulait l'appeler depuis des mois mais il n'avait jamais osé. Il y eut trois sonneries, quatre. Un cliquetis sur la ligne et il entendit la voix d'Andy.

Francis allait dire bonjour quand il comprit que c'était le répondeur. Il hésita un instant, puis raccrocha. *Et voilà*, se surprit-il à penser. Ce serait son unique tentative. Il ferma les yeux et se massa les tempes du bout des doigts.

Il devait avoir dormi. Au réveil, il se sentit comme si on l'avait battu. Il avait rêvé. C'était peu après la naissance de John, il était couché avec Anne-May et son fils. Ils dormaient tous les trois soudés les uns aux autres. Ça leur avait paru naturel à l'époque mais aujourd'hui, il savait que cette nuit était précieuse, la plus précieuse peut-être qu'il ait jamais vécue.

Quand il rêvait d'Anne-May ou de John, il se réveillait toujours hébété. Il lui fallait plusieurs secondes pour comprendre où il était. Il regarda autour de lui en clignant des yeux. L'obscurité régnait dans la chambre, dehors les lumières.

Il sortit son lecteur MP3 de son sac de marin. Il commença par écouter un peu Arcade Fire, le groupe préféré d'Anne-May, parce que les chansons le faisaient penser à elle, et au temps où il allait la voir tous les jours à la clinique. Sans savoir pourquoi, il se mit à repenser aux souris qui parlent, avec leurs noms d'aristocrates anglais, et il ne put s'empêcher de sourire. Ensuite, il écouta plusieurs fois de suite *Lose Yourself* d'Eminem. Les paroles se gravèrent une fois de plus dans son cerveau :

Look, if you had one shot, and one opportunity
To seize everything you ever wanted in one moment
Would you capture it or just let it slip?

Il se leva et alla dans la salle de bains. Ces dernières semaines, il s'était laissé pousser la barbe, il prit le rasoir en plastique de l'hôtel et la rasa. Retrouver son visage familier lui parut bizarre. Il passa ses doigts sur ses joues glabres et se regarda dans le miroir. La fossette au menton de son père, la jolie peau de sa mère, toujours légèrement hâlée, les cheveux noirs qu'il avait fait couper très court pour faire bonne impression le lendemain, s'il devait aller se présenter au bureau de recrutement de Somerville. Il banda ses muscles. Toute cette force inutilisée.

Il scruta son image dans le miroir et oublia tout ce qu'il y avait autour de lui. Ne resta plus que le vrai, l'élémentaire. *Je suis Francis Dean*, pensa-t-il. Je suis père, j'ai un fils. Cette idée était toujours aussi incroyablement neuve que la première fois où elle avait surgi dans son esprit.

Il éteignit la lumière et prit l'enveloppe avec l'argent. Devant la porte, il s'immobilisa. Pendant quelques secondes, il lui fut carrément impossible d'appuyer sur la poignée, de sortir vraiment, et d'aller jouer. Puis il quitta la chambre et prit l'ascenseur pour descendre.

4

Francis écoutait, comme hypnotisé, le vacarme du casino et plongea dans ce monde à la fois prometteur et glacé où se mêlaient les écrans scintillants des machines, les mélodies métalliques et la cacophonie des voix. Une jeune femme le heurta en passant et s'excusa. Francis aperçut au fond de la salle les tableaux d'affichage avec les chiffres clignotants de la roulette. Il se faufila parmi les touristes et les joueurs et atteignit la table de la dernière fois, un peu à l'écart. Ici on misait des dizaines de milliers de dollars sur des combinaisons apparemment arbitraires, et quand les joueurs perdaient, ils avaient juste un petit sourire de regret et remettaient dix mille sur le tapis.

Francis attendit qu'une place se libère et s'assit. Selon sa carte d'identité falsifiée il avait presque vingt-quatre ans mais le croupier ne la lui demanda pas.

Les autres invités dans leurs costumes sur mesure lui jetèrent les mêmes regards condescendants que la première fois ; cette fois aussi, il était en jean et T-shirt, seules ses Chuck étaient neuves. Il avait échangé tout son argent contre une unique plaque bleue d'une valeur de cinq mille dollars, et il la posa sur le noir. Les autres l'observaient avec intérêt, quelques-uns firent comme lui. Francis ne voulait pas attendre plus longtemps. Si son rêve était vraiment dépourvu de sens, il perdrait tout d'un seul coup mais au moins ça irait vite. Et il pourrait enfin oublier cette idée fixe qui le torturait depuis deux ans et demi.

Ne plus se dire : et si ce rêve se réalisait ?

Francis sentit des picotements sur sa peau. Ou bien cet argent pour lequel il avait trimé comme un dingue s'envolait d'un coup, ou bien il se retrouvait avec le double en l'espace de quelques secondes. Quelle folie. Maintenant qu'il jouait avec son propre argent et plus celui de Ryan, il prenait conscience de sa valeur.

La bille roula, ralentit. Francis respirait par à-coups, il était incapable de regarder et attendit plusieurs secondes atrocement longues jusqu'au moment où il sentit quelqu'un lui taper sur l'épaule. Il rouvrit les yeux, la boule était sur la case vingt-huit – noire. Soulagement. Il avait maintenant dix mille dollars.

Francis prit l'argent et misa la totalité, à nouveau sur le noir. Quelqu'un secoua la tête. Le croupier lança la bille, pendant les secondes qui suivirent les joueurs la regardèrent tressauter dans le tambour. Il y eut plusieurs autres mises, puis le croupier cria: *Rien ne va plus*!

La bille s'arrêta sur le trente-trois. *Noir*[*]. Francis avait vingt mille dollars, à présent. Il en garda cinq et misa quinze, de nouveau sur le noir.

Le noir sortit. Incroyable!

Le bonheur lui donnait la chair de poule. Il était déjà en possession de trente-cinq mille dollars. Exactement comme la première fois où il avait tout perdu. Ç'avait été d'une facilité inouïe, même pas cinq minutes. Il se souvenait d'avoir repensé souvent à ces trente-cinq mille dollars durant l'année écoulée. Tout ce qu'on pouvait faire avec cette somme!

Il avait conscience d'avoir bénéficié trois fois de suite d'une chance insolente. Un homme sensé se serait arrêté là. Francis misa trente mille sur le noir.

Le monsieur en veste de tweed à côté de lui le regarda avec curiosité. Il posa lui aussi ses plaques sur le noir, soixante mille.

«J'espère que tu fais le bon choix, dit-il. Le noir est déjà sorti plusieurs fois de suite.

— Je sais qu'il va sortir encore.»

Ils échangèrent un signe de tête. Quelques secondes plus tard la bille atterrissait sur le onze, noir.

---

[*] En français dans le texte.

Cris de joie, mais Francis vit aussi que deux messieurs à l'autre bout de la table lui jetaient des regards hostiles. Tous deux avaient misé sur le rouge et devaient l'incriminer en secret, lui et sa baraka. Il ramassa son gain, soixante mille, et le mit de côté avec les cinq mille.

« En voilà un qui vise haut », dit le monsieur élégant.

L'homme ramassa avec désinvolture ses plaques pour une valeur de cent vingt mille dollars, en donna mille au croupier et se leva pour partir.

« Vous voyez ces vitres sans tain ?

Francis désignait l'étage.

» Là-haut c'est la salle des flambeurs, la mise minimale est de cent mille. C'est le seul endroit où on a une chance de gagner vraiment gros.

— Et tu veux y aller ? Pourquoi ?

— J'ai besoin d'argent. De beaucoup d'argent.

L'homme le dévisagea un instant puis sourit.

— Eh bien, je te souhaite que ça marche, mon garçon ! »

La bille était déjà dans le tambour. Francis devait se dépêcher de jouer, sinon il serait contraint de passer un tour. Il déposa par inadvertance sur le tapis non seulement les soixante mille, mais aussi la plaque de cinq mille qu'il comptait garder en cas de besoin. Il voulut se raviser, récupérer sa plaque, mais le croupier l'en empêcha.

« *Rien ne va plus* !

— Mais je dois la...

— C'est trop tard, jeune homme ! »

Francis faillit bondir et ramasser sa plaque mais on l'aurait mis dehors. Tendu comme un arc il observait la bille. Si le noir sortait, il doublerait sa réserve par la même occasion.

Une peur soudaine l'envahit, quelque chose clochait. Il comprit qu'il venait de commettre une erreur terrible, sous la pression il avait misé trop vite. Et si ce n'était pas le noir qui sortait ?

La course de la bille dura une éternité, elle ralentissait, ralentissait, mais restait collée à la paroi du tambour. Francis était tétanisé. Sa belle assurance s'était envolée et, pire encore, il se sentait de nouveau aussi mal et aussi fébrile que lors de sa première visite à Las Vegas. Il ne tenait plus en place, balançait ses pieds sous la table et se mordillait la lèvre inférieure. Enfin la petite bille retomba. Et quand elle atterrit dans la case dorée portant le numéro trente-six, tous ses rêves volèrent en éclats sous ses yeux impuissants. Rouge. Il avait tout perdu. Soixante-cinq mille dollars. Et sa vie.

5

Il ne comprenait pas ce qui s'était passé. Dans sa précipitation il avait mal misé, il avait fait cette unique erreur, stupide et fatale. Francis sentit ses yeux se remplir de larmes, le souffle lui manquait. Il perçut le sourire sardonique des deux messieurs du bout de la table, mais aussi les regards compatissants des autres. Et surtout la présence derrière sa chaise de joueurs prêts à prendre sa place. Il n'avait plus rien à perdre, il ne valait plus rien.

Il allait se lever et s'en aller lorsqu'une main jeta une plaque sous son nez. Une plaque bleue d'une valeur de cinq mille dollars.

Francis se retourna et vit l'homme de tout à l'heure. Sa main gauche était enfoncée dans la poche de sa veste en tweed, dans la droite il tenait ses gains.

« Sans toi j'aurais misé sur le rouge tout à l'heure, ce n'est que justice, dit-il. D'ailleurs c'est moi qui t'ai distrait au moment de miser, pas vrai ?

Francis voulut le remercier mais l'homme l'arrêta d'un geste.

» Bonne chance », dit-il, puis il désigna du menton les fenêtres occultées de l'étage et partit.

Francis se concentra à nouveau sur le jeu. Il regarda la plaque de cinq mille dollars et la posa aussitôt sur le rouge. Le rouge sortit. Il sentit monter en lui une détermination farouche, incroyable. Sa peur s'était dissipée, la fièvre du jeu le submergea. Il s'abandonna. Posa très calmement les dix mille sur le noir. Le noir sortit. Il prit les vingt mille et en misa quinze sur le rouge. Le rouge sortit. Il mit la plaque de cinq mille en réserve dans la poche gauche de son pantalon et joua le reste en prenant tous les risques.

Trente mille sur le noir.

Il gagna de nouveau et se retrouva en possession de soixante mille dollars. Tout allait très vite, *tac*, *tac*, *tac*. Son cœur aussi battait de plus en plus vite. S'il gagnait encore cette fois, il aurait assez pour rejoindre les flambeurs à l'étage. Le croupier lança la bille dans le tambour et là, tout à coup, trou noir : il ne savait plus ce qu'il devait jouer. Jusqu'à présent il avait toujours su, mais pas cette fois. *Rouge ou noir ?* Il fallait faire vite, plus que quelques secondes. *Rouge ou noir*, *rouge ou noir*...

Francis allait placer les soixante mille sur le rouge mais se retint au dernier moment et pour la première fois passa un tour. La bille s'arrêta sur le trente et un noir.

Il l'avait échappé belle.

Une intuition diabolique lui dit que le trente et un allait sortir de nouveau. Il songea à miser la plaque de cinq mille qui était dans sa poche sur ce numéro et le reste sur le noir, mais se ravisa et ne misa que les soixante mille.

Quand le trente et un sortit peu après, il s'en voulut. S'il avait joué sa réserve il aurait ramassé presque cent quatre-vingt mille dollars de plus.

Il s'éveilla de sa transe et comprit qu'il venait tout de même d'en gagner cent vingt mille.

IL AVAIT GAGNÉ CENT VINGT MILLE DOLLARS, PUTAIN !!!

Francis exultait, il poussa des cris de joie, tomba à genoux. Tous les regards étaient tournés vers lui car, au casino, les gens aiment bien voir quelqu'un de vraiment content. Il se passa la main dans les cheveux et constata qu'ils étaient trempés. Il ramassa les cent vingt mille dollars et salua à la ronde.

« Au revoir, *ladies and gentlemen*, j'ai autre chose en vue. »

Certains rirent, ils croyaient sans doute qu'il allait faire la fête. Ils ne comprirent pas qu'il s'apprêtait à remettre en jeu tout son argent. Francis prit une profonde inspiration, ramassa ses plaques et quitta la table. Maintenant il avait le droit d'aller là-haut, derrière ces vitres sans tain qui le poursuivaient jusque dans son sommeil depuis deux ans et demi.

Les deux employés en livrée ne voulurent pas le laisser entrer dans un premier temps. Ils lui firent signe de s'asseoir sur une chaise dans l'antichambre et vérifièrent sa carte d'identité. Puis ils lui dirent qu'il ne pouvait pas entrer sans veste.

« Tu sais qui sont les gens qui jouent ici ? demanda l'un des hommes qui avait la peau foncée et portait un pantalon noir et une veste rouge avec des boutons dorés. Des grands patrons, des stars du foot, des acteurs, des gourous de la Bourse. Ce sont des réunions à huis clos, si tu préfères. Que penseront-ils s'ils voient se pointer un type comme toi ?

— Dans ce cas pourquoi n'imposez-vous pas une mise minimale d'un million de dollars ?

— Parce que les gens comme toi ne sont pas censés connaître l'existence de cette salle.

L'employé posa la main sur l'épaule de Francis.

» Tu as gagné plus de cent mille dollars en une soirée ? Tu sais ce que ça représente ? Pour moi ce sont des années de travail.

— Ce n'est pas assez. Il me faut plus.

— *Plus ?* Tu es devenu complètement cinglé, mon ami. Je vous connais, toi et tes semblables, vous vous empressez de perdre tout ce que vous venez de gagner. Rentre chez toi avec ton argent tant que tu le peux encore !

— Je dois continuer à jouer. Je vous en prie ! Trois tours, pas plus. Après je m'en vais. Vous ne comprenez pas à quel point c'est important pour moi.

L'employé le regarda longuement, échangea un regard avec son collègue et soupira.

— Tu sais quoi ? Je te laisse entrer.

— Merci, oh merci. Merci, merci, merci.

— Tu me remercieras plus tard si tu n'as pas tout perdu entre-temps. »

Sur ces mots il lui ouvrit la porte en acajou.

Francis entra. Enfin, il y était.

6

Depuis qu'il avait fait ce rêve, Francis s'était souvent demandé pourquoi il fallait que ce soit Las Vegas. Pourquoi pas une autre ville.

Mais depuis qu'il était venu ici, et surtout depuis qu'il avait vu son père, il connaissait la réponse. Parce que Las Vegas était la Mecque du *white trash*, le petit Blanc pauvre dont lui, Francis, était le prototype. Une ville aussi démente était le seul endroit où un loser sans avenir avait la chance d'obtenir ce qu'il n'aurait jamais par des moyens honnêtes et à la sueur de son front : changer de vie.

Tout semblait possible à Las Vegas, tout le monde était à égalité, comme nulle part ailleurs. Les deux cheiks en djellaba blanche. Le rappeur noir en costume qu'il connaissait bien. Le politicien qu'il avait vu à la télévision. De même que la dame élégante d'un certain âge en tailleur sombre, l'homme à lunettes et veste en velours et le type blond en sweat-shirt Tommy Hilfiger dont les visages ne lui disaient rien. Ces gens ne pouvaient pas être plus différents. Mais ici, face à ces trente-six numéros plus le zéro, ils avaient tous les mêmes chances.

Plusieurs joueurs levèrent les yeux quand il entra. Francis s'assit à une place libre et étala sur le tapis de feutre vert la totalité de ses plaques pour une valeur de cent vingt mille dollars. Il n'y avait qu'un seul croupier dans cette salle, un homme à cheveux gris en costume trois pièces, qui regarda Francis d'un air inquisiteur. L'employé noir qui avait accompagné Francis jusqu'à sa place déclara qu'il n'y avait pas de problème, il avait gagné cet argent ici, dans la salle du bas.

« Il n'a pas de veste », dit le croupier.

Francis faillit répondre que les deux cheiks et le type en sweat-shirt n'en avaient pas non plus, mais il garda sa remarque pour lui.

« Il n'a qu'à prendre la mienne », dit l'employé en ôtant sa veste d'uniforme rouge à boutons dorés.

Francis l'enfila. Comme il était large d'épaules et plus grand, elle était un peu étriquée pour lui. Il regarda le nom sur le badge : « Michael Finlay ».

« Merci, Michael !

Pour la première fois, l'homme esquissa un sourire.

— De rien. On dit un pour cent des gains ?

— D'accord.

L'employé lui tapota l'épaule.

— Bonne chance ! »

Et il quitta la pièce.

Francis regarda autour de lui. Les autres jouaient des sommes démentes ! L'un des deux cheiks, un barbu dans la cinquantaine, avait au bas mot pour quatre millions de plaques devant lui. Le second – nettement plus jeune et sans barbe mais avec un énorme casque sur les oreilles –, c'était pareil. Et les autres joueurs n'étaient pas moins pourvus. Tout ici était luxueux, les murs lambrissés de bois précieux, les tapis d'Orient sur le sol en marbre noir, les deux canapés en cuir beige dans un coin et le buffet proposant amuse-gueule et boissons. À travers la vitre panoramique occultée de l'extérieur, Francis avait une vue fantastique sur le casino et pouvait observer la foule de gens qui déambulaient entre les tables de jeux et les machines. Ceux qui jouaient ici dominaient, dans tous les sens du mot. La plupart étaient probablement venus en jet privé et on les avait introduits dans cette salle en toute discrétion et à l'insu de la presse.

Tout se passait un peu plus lentement à cette table. Le croupier laissait plus de temps aux gens pour miser. Francis prit ses cent vingt mille, ferma un instant les yeux et les posa sur le rouge. Sans trop réfléchir. Les autres le regardèrent comme s'il était complètement cinglé. Le plus âgé des deux cheiks rit.

« Tu viens de gagner ça en bas ?

— Oui.

— Tu ne manques pas d'audace, mon gars ! »

L'homme misa deux cent mille, lui aussi sur le rouge. La dame en tailleur sombre plaça ostensiblement ses cent mille sur le noir, les autres placèrent leurs mises selon toutes sortes de combinaisons ou sur un seul numéro. Le croupier demanda s'ils avaient tous fait leurs jeux. Ils acquiescèrent et il lança la bille dans le sens inverse de la rotation du tambour. Elle tourna en vrombissant pendant plusieurs secondes.

« *Rien ne va plus* ! »

Francis se cramponna à la table. La bille ralentit peu à peu et tomba finalement sur le sept. Ses muscles se détendirent. Rouge.

Il s'entendit rire. Le cheik barbu sur la chaise à côté lui tapa sur l'épaule, il avait gagné aussi. Le politicien lui adressa un petit signe également. Francis était maintenant en possession de deux cent quarante mille dollars, il réfléchit à toute allure : il pouvait ramasser l'argent et rentrer chez lui, il aurait de quoi vivre les prochaines années dans l'insouciance, mais pas assez pour reconquérir Anne-May et son fils, donc il devait rester, il ne pouvait tout simplement pas s'arrêter, pas plus que la dernière fois, il aurait bien voulu prendre l'argent et quitter le casino d'un pas chancelant, *s'il te plaît, fais-le !* mais il était comme ligoté à la table, il songea à ne miser qu'une partie pour ne pas tout perdre, mais ça durerait beaucoup trop longtemps, ce n'était plus possible, il fallait qu'il continue, *allez vas-y!* la fièvre du jeu avait eu raison de lui. *Je sais que je vais y arriver*, se disait-il, *c'est maintenant ou jamais, maintenant ou jamais, maintenant ou jamais!*

Quand le croupier donna le signal, il prit toutes ses plaques et fut le premier à les poser sur le tapis. De nouveau sur le rouge. Il entendit les autres murmurer.

« Tu ne préfères pas t'arrêter? demanda le politicien.

Francis secoua la tête.

— Tu espères inscrire ton nom dans l'histoire, c'est ça? s'écria le cheik barbu.

— J'essaie.

— Ce coup-ci tu te trompes. Je suis sûr que le noir va sortir. »

L'homme prit une plaque de trois cent mille et la posa sur le noir. D'autres en revanche pensaient que Francis allait encore gagner, ou bien ils s'en fichaient, en tout cas ils misèrent sur le rouge. Le jeune cheik aux écouteurs se retira, il s'allongea sur un des canapés et se mit à lire le journal.

La dame à la gauche de Francis passa un tour elle aussi.

« D'où viens-tu? demanda-t-elle.

— Claymont. Le *trailer park.* »

Francis ne savait pas lui-même pourquoi il disait ça à ces gens-là, sans doute par provocation. La dame d'un certain âge haussa les sourcils. Il observa le collier en or à son cou. On avait le droit de fumer dans cette salle, il lui demanda si elle avait une cigarette. Elle sortit un petit étui multicolore, lui en offrit une et lui donna du feu. Francis inhala une longue bouffée et tenta de calmer son trac en fumant.

« Il habite un mobil-home et il se bat pour le jackpot, dit l'homme en sweat-shirt avec un fort accent écossais. On se croirait au cinéma.

— Un film dramatique alors, car il va perdre, dit le plus âgé des deux cheiks. Je sais que le noir va sortir. »

Le croupier lança la bille dans le tambour. Francis respira à fond plusieurs fois, inspira, expira, inspira, expira, baissa la tête, pensa à cette couleur rouge sur laquelle il plaçait tous ses espoirs. Il était presque incapable de regarder, il gigotait sur sa chaise, fumait et se malaxait la lèvre inférieure avec les doigts. Soudain il eut un horrible pressentiment, regarda le cheik qui avait l'air si sûr de gagner.

Pourquoi était-il aussi certain que le noir allait sortir ?

Francis avait la tête qui tambourinait, il se massa les tempes. *Ça ne va pas marcher*, pensa-t-il, *ça ne va pas marcher*, *ça ne va pas...*

La bille tomba dans la case vingt-trois.

Rouge.

Gagné. *Gagné !* GAGNÉ !

Francis bondit de sa chaise et piqua un sprint à travers la salle avant de reprendre enfin ses esprits.

Tout le monde riait, même le jeune cheik sur le canapé avec son casque sur les oreilles. Il sauta encore une fois en l'air en brandissant le poing. Il avait maintenant près de cinq cent mille dollars. Un cinq et cinq zéros. Stupéfiant. Ses yeux se remplirent de larmes d'excitation, il n'arrivait pas à y croire.

Le plus âgé des deux cheiks sourit.

«J'aurais mieux fait de t'écouter!

Francis revint à la table.

— Si tu t'arrêtes maintenant c'en est fini des mobilhomes, dit le politicien. À ta place j'en resterais là.»

Francis était conscient qu'avec cet argent il avait de quoi boucler largement ses fins de mois pendant les vingt prochaines années. Il pourrait rembourser à Ryan ce qu'il lui devait et même davantage, et aussi venir en aide à sa mère. Mais il ne récupérerait pas Anne-May et son fils pour autant. Car ce n'était pas encore assez pour réaliser son projet secret. D'un autre côté il avait cinq cent mille bonnes raisons de s'arrêter. Il considéra la pile de plaques sous son nez. Que faire?

Il lui fallait une pause pour réfléchir tranquillement. Il laissa passer deux tours. Quel soulagement de pouvoir se contenter de regarder sans être impliqué. Le zéro vert sortit une fois, toutes les mises de chance simple furent bloquées. Sa situation serait devenue critique dans tous les cas de figure.

La fois suivante, le onze noir sortit.

Francis fit quelques pas de long en large. Personne ne savait ce qu'il faisait ici. Un cinglé de plus qui était prêt à tout miser et à tout perdre. Pour récupérer une femme qui n'avait peut-être aucune intention de revenir.

Le moment était venu de trancher. S'il continuait à jouer, celui qui sortirait d'ici dans une minute serait soit millionnaire soit le plus grand imbécile de toute l'histoire de Las Vegas. Il se voyait aussi bien dans les deux rôles. Il n'était quand même pas venu ici pour caler au moment décisif. Pourtant la tentation de déguerpir était forte. Il tournait nerveusement sa langue dans sa bouche. Deux voix se disputaient dans sa tête. L'une lui disait d'arrêter immédiatement, sans quoi il allait commettre une énorme erreur. L'autre l'implorait: *Sois courageux. S'il te plaît, sois courageux, tiens bon, juste une dernière fois, tiens bon!* Francis se demandait encore quoi faire quand il entendit en lui un déclic et vit ses mains, comme pilotées de l'extérieur, prendre l'argent et le placer sur le rouge.

Les gens à la table le regardaient médusés. Près de cinq cent mille dollars, même ici c'était une mise importante.

« Le petit gars des mobil-homes perd les pédales, dit le cheik.

Il paraissait fasciné.

» Pourquoi sur le rouge? Pourquoi pas le noir?

Francis haussa les épaules.

— Une intuition.

— Tu me plais, mon garçon ! dit le cheik. Tu es peut-être complètement timbré mais tu ne manques pas d'audace ! »

L'homme prit des plaques d'une valeur de plusieurs centaines de milliers de dollars et les plaça aussi sur le rouge.

« Je ne parie plus contre toi ! »

La dame d'un certain âge secoua la tête et dit qu'elle allait de nouveau passer un tour. Le rappeur et l'homme aux lunettes et à la veste en velours firent comme elle. Ils hésitaient tous, ils ne savaient plus s'ils devaient miser avec Francis ou contre lui. En quelques minutes, sa compulsion avait fait de lui un élément clé du jeu.

Pourtant, Francis avait des doutes. Il se demandait maintenant s'il avait eu raison de parier sur le rouge, en fait il était de plus en plus certain que le noir allait sortir. *Déplace ta mise*, se disait-il, *dépêche-toi, déplace-la !* Mais il n'arrivait pas à se décider.

Le croupier demanda s'ils avaient fait leurs jeux. Francis acquiesça sans conviction et vit la bille s'élancer dans le tambour. Son cœur se remit à battre plus vite. Il sentit son corps se contracter, il jeta un coup d'œil à travers la vitre sans tain et observa les joueurs dans la salle du bas. Un nouveau croupier prenait son service, une vieille dame devant une machine à sous empochait son gain, un type en combinaison bleue se frayait un chemin dans la foule, deux étudiants pestaient à voix haute parce qu'ils venaient de perdre au black-jack et un homme plus âgé souriait, lui aussi venait de perdre mais il prenait la chose avec philosophie.

À cette seconde même Francis sut que le noir allait sortir. Le treize noir, le nombre fétiche d'Anne-May.

Il allait déplacer sa mise quand le croupier dit, beaucoup trop tôt cette fois :

— *Rien ne va plus* !

7

Le cri qui s'éleva alors se répercuta à travers toutes les salles du MGM Grand. Les gens assis à la table de black-jack l'entendirent, ceux qui étaient aux machines à sous et aux bandits manchots l'entendirent, les dames de l'accueil l'entendirent et peut-être même les gens du Cirque du Soleil. Francis criait parce qu'il devait absolument miser sur le noir, parce qu'il savait que le treize allait sortir, on ne pousse un cri pareil qu'une seule fois dans sa vie, quand il s'agit de la sauver, sa vie.

Il supplia le croupier de le laisser déplacer sa mise.

Mais l'homme restait inexorable.

Pendant ce temps la bille continuait sa course folle contre la paroi du tambour.

«Je vous en prie! criait Francis. Vous avez arrêté les mises trop tôt. Je sais que le noir va sortir, je le *sens.*»

Le croupier secoua la tête. Francis eut l'impression qu'on avait baissé les lumières. La panique le submergea. Il s'était ravisé trop tard, exactement comme l'autre fois, si ce n'est que là aucun type gentil n'allait venir lui offrir une plaque de cinq mille, sans parler du fait qu'il n'aurait pas une seconde occasion de gagner autant de coups d'affilée.

Tout était perdu.

À cet instant un des cheiks se racla la gorge. C'était le raclement de gorge d'un multimilliardaire qui déclarait maintenant d'une voix sonore qu'il allait acheter cette boîte et foutre le croupier à la porte s'il ne laissait pas immédiatement ce jeune homme déplacer sa mise.

Le croupier blêmit, réfléchit intensément quelques secondes, puis acquiesça. Francis s'empressa de déplacer ses cinq cent mille dollars sur le noir. Il sortit de sa poche gauche sa plaque de réserve et joua les cinq mille directement sur le treize. Le tout pour le tout.

« Le nombre fétiche de mon amie », dit-il avec un regard de gratitude en direction du cheik.

Celui-ci hocha la tête et déplaça lui aussi ses plaques de la case rouge à la noire. Son obligeance n'était donc pas tout à fait désintéressée.

Le regard du croupier fit le tour de la table.

« *Rien ne va plus*, répéta-t-il d'une voix faible. Rien ne va plus, c'est fini. »

Bientôt la bille commença à ralentir. Les choses devenaient sérieuses. Francis avait peine à tenir en place, ses mains étaient secouées de tremblements comme s'il n'arrêtait pas de toucher une clôture électrique. Son esprit quitta son corps et flotta au-dessus de lui. Il se vit avec ses cheveux coupés court, debout devant la table de jeu. Il portait la veste que lui avait prêtée l'employé du casino et regardait fixement le tambour et la bille. Les autres joueurs le lorgnaient du coin de l'œil. Lui aussi se voyait debout à la table, venant de tout miser. Son argent, sa vie et celle de sa mère. Et peut-être aussi celles d'Anne-May et de John.

C'était de la folie. Il laissait une minuscule bille blanche décider seule de son sort. D'un autre côté il savait qu'il avait frappé à la bonne porte car la vie n'était rien d'autre en somme qu'une roulette géante. Soit on était chanceux, on vivait dans un pays riche, on avait la santé et l'intelligence, soit on avait la poisse, on était catalogué comme « idiot », on chopait le cancer ou bien on naissait dans un bidonville en Afrique et on mourait avant même d'être capable d'épeler le mot « mourir ». Une éprouvette contenait le sperme d'un génie, la suivante celui d'un tricheur, et si le frère d'Anne-May avait traversé la rue deux secondes plus tard, la voiture ne l'aurait pas renversé. Tout était arbitraire et délirant, alors pourquoi ne pas aller tout de suite à Las Vegas et jouer sa vie ou sa mort. Au moins, on se soumettait de plein gré à l'injustice du hasard, c'était au fond le seul endroit honnête sur cette terre.

Une petite bille blanche était son juge, et le bref laps de temps où elle ralentissait avant de terminer sa course lui parut durer une éternité. Ce qui avait été sa vie jusque-là s'achèverait dans quelques secondes et comme à l'instant où l'on va mourir il revit tout ce qui avait compté pour lui.

Il repensa à la scène de *Blade Runner* où le *replicant* dit que tous ces moments se perdront dans le temps comme des larmes dans la pluie. Il se rappela le gâteau aux fraises que sa mère faisait toujours pour son anniversaire. Les combats de lutte qu'il avait perdus et les yeux vides de son chat mort. La fois où tout petit encore il avait coulé dans la piscine et eu terriblement peur, peur d'une chose complètement inconnue encore et qui était la mort. Les promenades au parc qu'il faisait autrefois avec Ryan et sa mère, quand ils le prenaient chacun par une main et le faisaient sauter en l'air. Ou sa mère assise en larmes à la table de la cuisine quand Ryan était parti. Ou dans son lit d'hôpital peu de temps après, tenant des propos sans queue ni tête. Il avait dû apprendre qu'il avait désormais deux mères, une qu'il aimait et l'autre qui ressemblait à sa mère, qui était malade et qu'il *devait* aimer encore plus. Il pensa à son petit frère qui avait un vrai père gentil, et qui lui manquait tant. Et il se rappela que Nicky était beaucoup trop petit pour son âge et que tout le monde faisait semblant de ne pas s'en rendre compte. Il se rappela la première fois qu'il avait embrassé une fille, Becky Larado, c'était dégoûtant et mouillé, il s'était demandé ce que les baisers avaient de si extraordinaire, et pourtant il n'avait eu de cesse de recommencer. Il se rappela les parties de *Unreal Tournament* avec Grover, et Grover jouant autrefois de la batterie tandis que lui-même l'accompagnait en imitant des instruments avec sa bouche. Ou bien les innombrables nuits où il avait dormi chez Grover, la lumière éteinte ils restaient des heures à débattre pour savoir si Stallone-Rambo aurait gagné à la lutte contre Stallone-Rocky. Il se rappela que tout petit il avait trouvé un jour au parc un éclat de verre qui scintillait dans le soleil, il s'était senti plus heureux à cet instant qu'il ne l'avait jamais été. Et il pensa au garçon apathique et découragé qu'il était devenu par la suite. Mais il était redevenu courageux au bon moment et il jouait son va-tout. Il se rappela soudain la petite Hannah Packer qui habitait à deux ou trois mobil-homes du sien et qui avait eu une leucémie quelques années plus tôt. Hannah était une gentille petite fille, tout le monde l'aimait, elle inventait toujours pour lui des poèmes qui ne rimaient pas vraiment, et un jour elle était morte. Chaque fois qu'il réfléchissait à ce qui arrivait après la mort, il espérait que Hannah était encore quelque part et qu'elle allait bien. Il se rappela sa traversée du pays en voiture, il avait toujours cru que rencontrer son père serait déterminant pour lui mais ce n'était pas du tout le cas, le voyage en lui-même avait été beaucoup plus important. Il pensa à son père, ce baiseur alcoolo à qui il n'avait jamais dit son nom et qui vivait dans un garage de Mexico sous-loué à des gangsters. Francis espérait de toutes ses forces que John ne deviendrait jamais comme lui ou comme Doblinski, qu'il tiendrait plutôt d'Anne-May, que plus tard il lirait des livres et serait bon à l'école. Il se rappela la naissance de John. Il était dans la salle d'accouchement, il tenait la main d'Anne-May et soudain il avait entendu un cri. Puis il avait tenu son fils dans ses bras pour la première fois. Le sentiment le plus fort de toute sa vie. Il aurait voulu ne plus jamais lâcher cette petite chose toute ratatinée. Mais les parents d'Anne-May le lui avaient pris des mains peu après, et ils ne le lui avaient plus jamais rendu. Anne-May Gardener. Il pensait à elle bien sûr : dans le gigantesque dépotoir qu'était sa vic il avait trouvé tout à coup un truc doré qui scintillait. Il se rappela la première fois qu'il l'avait vue à la clinique. Le jour où ils avaient fait l'amour sur le piano. Son sourire qui découvrait ses dents, sa façon de lui taper sur l'épaule pour le taquiner ou de jouer du piano pour John. Il pensa qu'elle lui échappait de plus en plus. Il pensa à la petite maison de San Francisco. Son rêve. Si la bille s'arrêtait sur le noir, il pouvait encore changer le cours des choses. Il achèterait immédiatement la maison et une bague pour Anne-May, il lui demanderait de l'épouser et ils iraient s'installer à San Francisco avec John, au soleil. Il aurait brisé non seulement ses chaînes, mais celles de sa mère qu'il emmènerait naturellement avec lui sur la côte ouest. Et aussi les chaînes d'Anne-May. Elles n'étaient peut-être pas sales et rouillées comme les siennes, c'étaient des chaînes en or, mais elle était bel et bien prisonnière comme lui.

Et puis, il pensa à ce qui arriverait si le rouge sortait et qu'il perdait. Si son rêve l'avait trompé, s'il avait simplement bénéficié jusque-là d'une chance insolente, et que le démon du jeu venait de lui faire jeter tout son argent par les fenêtres. Il se rappela qu'il avait déjà fait le mauvais pari une fois, dans la salle du rez-de-chaussée. S'il perdait un demi-million de dollars, il savait qu'il ne s'en relèverait jamais. Demain il s'engagerait dans l'armée et changerait complètement de vie, peut-être qu'il mourrait à la guerre comme le frère de Brad Jennings, ou alors il rentrerait psychiquement infirme et traînerait jusqu'à sa mort une existence lamentable.

Dans les quelques secondes précédant l'arrêt de la bille, Francis vécut plusieurs existences en même temps, il oscilla entre son ancienne vie dans le *trailer park* et ses deux nouvelles vies possibles, à San Francisco ou en Irak, il oscilla entre richesse et bonheur d'une part, pauvreté et mort d'autre part, et il n'y avait qu'un seul endroit au monde où l'on pouvait mener ces trois vies en parallèle, c'était ici, en *Amérique*. Un instant de simultanéité magique, car deux de ces trois vies allaient s'achever pour toujours.

Francis jeta un dernier coup d'œil en direction du cheik qui semblait aussi pétrifié que lui. Il vit la bille se détacher de la paroi du tambour et tomber. Elle atterrit avec un léger cliquetis dans la case d'un numéro noir, rebondit, tomba dans la case d'un numéro rouge, sautilla plus loin, on aurait dit qu'elle dansait. La tension était insupportable, Francis ferma les yeux et serra les paupières de toutes ses forces. Dans une seconde il serait fixé et son cœur battait si fort qu'il eut peur qu'il n'éclate. Le vertige le prit et il dut se cramponner à la table pour ne pas s'évanouir. Il entendait son souffle et la bille qui bondissait, les images ressurgirent, San Francisco ou l'Irak, Anne-May et John ou la solitude, la vie ou la mort.

Tout allait se décider là, maintenant, *noir s'il vous plaît! noir s'il vous plaît! noir s'il vous plaît!* Il entendit la bille ralentir, ralentir encore, elle allait forcément s'arrêter dans une des cases, sur un des numéros, et effectivement il l'entendit tomber dans une case avec un petit clic final. À cet instant il retint son souffle. Il retint son souffle et il ouvrit les yeux.

Remerciements

Je voudrais en tout premier lieu mentionner ma mère, car ce livre est pour elle avant tout.

Merci aussi à Theodor Lange. S'il ne m'avait pas donné un article sur la banque des génies en mai 2006, je n'aurais vraisemblablement jamais découvert ni écrit cette histoire. Frieder Wittich m'a beaucoup aidé également. Mes amis Michael Bieber, Julia Weinberger et Ferdinand Neumayer m'ont accompagné dans le voyage de plusieurs mois que j'ai fait pour ce livre à travers les États-Unis en 2008 – un épisode magnifique et inoubliable. Maddalena de Carolis m'a toujours conseillé les bons livres, ma cousine Leonie et mon cousin Lukas ont été d'importants lecteurs tests. Outre mes héros cités jusque-là je remercie : Muriel Siegwart, Laura Lichtblau, Lena Schömann, Arian Tan, Julian Kummer, Renata Sielemann, Bettina

Wagner, Oliver Ziegenbalg, Antonie Habermas, Marie Gronwald et Roger Eberhard. Ainsi que tout le monde chez Diogenes, pour le soutien, la gentillesse et ce sentiment d'être chez soi en tant qu'écrivain.

Enfin je voudrais crier haut et fort à la face du monde : « Merci, Thomas, pour ta sincérité ! », « Merci, Bubu et Peter, pour vos conseils ! », « Merci, Ursula, pour ton intervention ! », « Merci, Veronika, pour cette question ! » et : « Merci, chère Eva, pour cette réponse ! ».

Benedict Wells

CET OUVRAGE EST PUBLIÉ PAR SLATKINE & CIE
LE TEXTE EST COMPOSÉ EN CARACTÈRE SLATKINE,
DESSINÉ PAR MATTHIEU CORTAT À LYON
IL A ÉTÉ ACHEVÉ D'IMPRIMER EN JUIN 2020
SUR PAPIER 65 GRAMMES BOUFFANT
ISSU DE LA GESTION DURABLE DES FORÊTS
SUR LES PRESSES DE L'IMPRIMERIE FLOCH
IMPRIMEUR NUMÉRO 96387
IMPRIMÉ EN FRANCE

IMPRIM'VERT®